Brûlés par le désir

JOHANNA LINDSEY

Johanna Lindsey

Brûlés par le désir

Traduit de l'américain
par Nathalie Dallain

Éditions J'ai lu

Titre original :

LOVE ME FOREVER
Published by arrangement with William Morrow
and Company, Inc., N.Y.

1

— Yan, tu m'entends ? Réponds-moi !

« Suis-je encore vivant ? » songeait avec amertume Yan MacGregor, laird respecté dans toute l'Écosse, qui se vidait peu à peu de son sang... Oui ! Seule sa fierté était réduite à néant. Peut-être aurait-il mieux valu qu'il passe de vie à trépas... En effet, que le chef du clan MacGregor fût réduit à détrousser les voyageurs était suffisamment déshonorant ! Mais qu'il eût été stupide au point de s'écrouler sous la balle d'un ennemi... L'affront était insupportable.

— Yan ?

Son compagnon insistait.

— Par tous les diables ! grommela le laird en essayant en vain d'ouvrir les yeux. Si je ne suis pas mort, ce n'est plus qu'une question de minutes. Mais écoute-moi, Ranald : tu ne ramèneras pas ma dépouille à Kregora pour l'enterrer. Tu la laisseras pourrir sur place, comme elle le mérite.

Quelqu'un derrière eux partit d'un grand éclat de rire.

— Tu t'inquiètes inutilement, Ranald !

Yan reconnut la voix de son cousin, Gilleonan MacGregor.

— Il faudrait bien plus qu'une malheureuse balle pour venir à bout de ce mastodonte ! ajouta Gilleonan.

Le chef du clan renifla avec mépris. Ranald, qui de toute évidence se tourmentait pour la vie de Yan, laissa échapper un soupir.

— Je le sais, bien sûr, rétorqua-t-il avec un mélange de soulagement et d'orgueil. Je me demandais juste comment il allait se hisser en selle. S'il n'y arrive pas tout seul, nous n'aurons d'autre choix que de l'abandonner ici.

— Dans ce cas, il n'y a aucun problème, lança Gilleonan d'un ton moqueur. Je me rappelle avoir mis le feu à son kilt alors qu'il n'était encore qu'un gamin. Si tu avais vu ce balourd de Yan courir comme un dératé !...

Le chef des MacGregor émit un faible grognement. Gilleonan s'esclaffa tandis que Ranald claquait la langue d'un air visiblement agacé.

— Ne t'avise pas de faire la même chose aujourd'hui, cousin, déclara-t-il avec fermeté. Un feu ne manquerait pas de renseigner ces Anglais de malheur sur notre position.

— Tu as raison... Grands dieux ! Si seulement Yan avait attendu que nous soyons sur le chemin du retour pour tomber de son satané cheval... Mais voilà, il n'a pas jugé bon de patienter ! Comment veux-tu que nous le déplacions ? Il pèse son poids, le bougre...

— J'ai bien une idée, siffla le laird entre ses dents. Je vous brise le cou à tous les deux. Comme ça, nous pourrirons ici tous ensemble.

Gilleonan et Ranald connaissaient leur chef pour être particulièrement susceptible quand il s'agissait de sa taille, gigantesque au demeurant, et leurs boutades étaient autant d'aiguillons destinés à l'exaspérer afin qu'il se relevât seul... en espérant qu'il ne choisirait pas alors de les étriper.

Comme le laird ne montrait pas le moindre signe de colère, Ranald insista :

— Si j'étais toi, Yan, je n'accepterais pas de mourir aussi près de la frontière anglaise. Dans les Highlands, je ne dirais pas non, mais ici, pas question.

— Et si vous la boucliez tous les deux et me laissiez quelques instants pour me reposer... Je vous promets ensuite de remonter en selle sans l'aide de quiconque.

Il savait cependant qu'il était incapable de se relever seul. Ses forces l'abandonnaient peu à peu. Maudite blessure ! Pourtant, s'il n'avait pas senti la brûlure de la balle tout à l'heure, il aurait pu jurer que la douleur était déjà là depuis des mois, nichée quelque part en lui. La blessure qui le taraudait aujourd'hui n'était en effet rien comparée à celle qui le rongeait, qui le consumait à petit feu...

— Je parierais qu'il avait encore l'esprit ailleurs, maugréa Gilleonan. Cela fait longtemps, trop longtemps que cette situation dure. Depuis le jour où le Sassenach lui a subtilisé cette rousse, il n'est plus lui-même.

Yan n'ignorait pas que son cousin cherchait simplement à le provoquer, de sorte qu'il réagisse et se redresse pour grimper en selle. Que le diable l'emporte... car Gilleonan avait visé juste.

Quand il avait reçu la balle quelques minutes plus tôt, son esprit errait à des milliers de lieues de là. Il revoyait l'ensorcelante Megan avec sa crinière de feu, ses prunelles bleu nuit et ses hanches épanouies qu'il n'avait jamais eu le bonheur de caresser. Comme chaque fois qu'il se lançait dans un raid à la frontière de l'Angleterre, Yan songeait à cette magnifique créature, car c'est à cette occasion qu'ils s'étaient rencontrés... et qu'il l'avait perdue. Bien sûr, il aurait dû essayer de l'oublier, de la reléguer au plus profond de sa mémoire, mais il en était incapable...

— Je l'ai volée aux Anglais! protesta-t-il. Si ce Sassenach ne l'avait pas récupérée...

— Il ne t'aurait pas ôté toute envie de vivre, c'est cela?

Yan ne pouvait accepter cette remarque, même si elle était parfaitement sensée. Avec la vitesse de l'éclair, il tendit la main et, agrippant Gilleonan par la cheville, il lui fit perdre l'équilibre et l'envoya au tapis. L'homme poussa un cri de surprise, tellement l'attaque avait été soudaine.

— Bien, très bien, Yan, commenta Ranald avec un sourire satisfait. Et maintenant, si tu montrais la même énergie à te secouer pour te mettre en selle, nous pourrions rentrer à la maison pour que Nessa soigne ta blessure.

Yan gémit. Gilleonan, qui avait deviné les pensées de son chef, rugit :

— Tu es devenu fou, Ranald? Plutôt mourir que de laisser sa vie entre les mains de Nessa. Elle va être folle de rage... Te sens-tu prêt à encourir ses foudres? Et à entendre son sempiternel refrain sur la stupidité des hommes...?

Ranald haussa un sourcil interrogateur.

— Tu crois qu'elle oserait houspiller le chef?

— Plutôt deux fois qu'une, marmonna le laird avec un soupir las.

Et elle n'aurait pas tort de le sermonner. Il le méritait grandement.

Cette perspective le poussa à se remettre sur pied, au prix toutefois d'un effort surhumain. Sa vision se brouilla aussitôt mais, de toute façon, une profonde obscurité régnait alentour. C'était une nuit sans lune, une nuit idéale pour le maraudage. Même si certains savaient viser dans le noir, comme il venait de le découvrir à ses dépens...

— Guidez-moi jusqu'à mon cheval, ordonna-t-il à ses compagnons.

Ils firent plus que le guider, ils le soutinrent jusqu'à son alezan. Comment, il ne le sut pas, mais il se retrouva bientôt en selle. Ses cousins réussirent à le ramener à la maison, sans qu'il gardât un souvenir de ce long voyage jusqu'à Kregora... et jusqu'à Nessa, qui exigerait, il n'en doutait pas un instant, de prendre les choses en main.

Yan ne s'était pas trompé... Trois semaines passèrent — trois semaines qui lui parurent interminables — avant que sa cousine ne consentît à le laisser en paix. Le problème avec cette jeune fille, c'est qu'elle était éprise de lui et s'imaginait qu'il l'épouserait un jour, même si jamais il ne lui avait laissé espérer quoi que ce soit. Le seul fait qu'il ne s'intéressât à aucune belle des environs la confortait dans cette idée. Mais disposait-il vraiment d'une minute à lui pour conter fleurette ? Non, il avait la responsabilité de son clan, et cela depuis des années.

Nessa, qui vivait sous son toit comme beaucoup de MacGregor, était à son service depuis toujours. Elle avait été sa compagne de jeux pendant leur enfance, puis elle était devenue une ennemie quand il avait commencé à s'intéresser à la gent féminine. Depuis la mort de son père, et le départ précipité de sa belle-mère qui s'était enfuie avec toute la fortune des Mac-Gregor — ce qui avait obligé Yan à détrousser les voyageurs sur les routes —, la jeune fille, de cinq ans sa cadette, avait pris les rênes de la maisonnée.

Dire qu'il avait confié à la belle Megan que le maraudage était une tradition familiale ! C'était faux. Il avait fallu plus de deux cents ans avant que les MacGregor ne se mettent à pratiquer ce genre d'activité, et encore s'agissait-il alors d'imiter les clans voisins et non de remplir les coffres. La fortune des MacGregor, qui au fil des années s'était constituée grâce à quelques présents royaux, avait toujours suffi à payer les réparations du vieux château et à couvrir les frais des innombrables mariages qui advenaient une fois l'an, ainsi qu'à assurer le bien-être de chacun.

Aujourd'hui, les récoltes n'étaient plus que saisonnières et le cheptel était si maigre qu'il ne pouvait subvenir aux besoins de tous. Le seul argent qui aurait pu être investi et continuer à leur fournir quelque liquidité s'était brutalement envolé avec le départ de Lady Winnifred.

Dès que Yan songeait à sa belle-mère et à ce qu'elle avait infligé au clan, il voyait rouge. Cette femme ne l'avait pas élevé, même si elle avait vécu douze années à Kregora aux côtés de son père. Pourtant, il n'avait rien à lui reprocher à cette époque. Elle était là tout simplement, comme un élément du décor, songeant trop à elle pour se soucier d'un enfant qui ne lui appartenait pas.

Personne n'aurait pu imaginer une seconde

que sous ses airs d'indifférence, elle cachait l'âme d'une voleuse. Moins d'une semaine après la mort de son mari, elle avait pris la clé des champs, avec en poche l'héritage de Yan. Pendant plus d'une année, ce dernier, assisté de ses cousins, l'avait recherchée, sans le moindre succès. Elle avait purement et simplement disparu. Comme si son forfait et sa fuite avaient été soigneusement prémédités, jusque dans leurs moindres détails... Cette femme était le diable en personne.

Aujourd'hui, trois ans plus tard, Kregora tombait en ruine, parce que Yan n'extorquait pas assez d'argent aux voyageurs anglais pour remettre en état le vieil édifice. Et pourtant, il se refusait à multiplier ses raids. L'idée de jeter sur la paille de pauvres gens lui répugnait, même s'il ne s'agissait que de maudits Sassenach. Il parvenait à peine à nourrir les membres de son clan, dont il était moralement responsable. Faute d'argent, les mariages étaient sans cesse reportés, et certains de ses hommes, qui avaient passé leur vie au château ou sur les terres des Mac-Gregor, fuyaient à présent les Highlands.

Certes, Yan avait toujours su que les responsabilités du clan lui incomberaient à la mort de son père, mais jamais il n'avait imaginé qu'on lui enlèverait la fortune familiale. À vingt-trois ans, il n'était pas prêt à porter un tel fardeau sur ses épaules. À vingt-six, il ne voyait toujours pas la situation s'améliorer, et la disparition de son héritage lui laissait un goût amer dans la bouche. Il frémissait en songeant aux dettes qu'il avait contractées auprès de tous ses parents et de ses amis, et qu'il ne pourrait probablement jamais rembourser. Quant aux objets qu'avait abrités autrefois le château, il n'en restait rien. Tout avait été vendu, jusqu'au plus petit bibelot.

Cette situation inquiétante l'amena, alors que sa convalescence était en bonne voie, à convoquer ses deux plus proches compagnons, Gilleonan et Ranald, pour discuter des mesures à prendre.

Gilleonan, son cousin germain, était de quelques années son aîné. Ranald, lui, était un cousin au troisième degré et d'un an plus jeune que son chef. Ni l'un ni l'autre ne vivaient au château, ils avaient tous deux une demeure dans le voisinage, même s'ils passaient la majeure partie de leur temps à Kregora.

En cette froide soirée de novembre, ils s'étaient réunis pour partager le dîner dans l'immense salle à manger.

Yan attendit la fin du repas pour aborder enfin le sujet qui le tourmentait.

— Nous ne pouvons continuer ainsi, lâcha-t-il sans autre préambule.

Ses cousins comprirent aussitôt de quoi il voulait parler. Eux-mêmes partageaient cette pensée.

— Tout marchait bien jusqu'à ce que tu sois blessé, fit remarquer Ranald.

— Cet accident n'a rien à voir là-dedans, protesta Yan. Regarde autour de toi. Voler ne nous sert à rien.

Et en effet, des grandes tapisseries qui, jadis, faisaient la fierté des MacGregor, il ne restait plus que d'affligeantes marques blanches sur les murs. Le bahut qui contenait toute la précieuse vaisselle de porcelaine et les verres de cristal avait disparu. Cette salle qui avait connu tant de faste à l'époque du père de Yan paraissait à présent terriblement lugubre.

— Tu veux dire que nous ne volerons plus ? demanda Gilleonan, les sourcils froncés.

— Je pose la question, c'est tout. À une certaine époque, nous rapportions un butin suffisant pour faire vivre le clan. Mais aujourd'hui, nous partons sur les routes six à sept fois par mois, et pour quoi ? Pour quelques piécettes d'or... qui ne changeront en rien notre ordinaire.

— J'avoue que je me passerais bien de ces sorties, surtout à cette période de l'année, concéda Gilleonan. Même si parfois, je le reconnais, nous y prenons beaucoup de plaisir.

Yan ne put s'empêcher de sourire. Il fallait l'admettre, ils avaient bien ri en dépouillant les Sassenach, leurs ennemis jurés depuis des générations.

— Ces embuscades suffisaient quand la situation n'était pas à ce point critique, commenta-t-il, recouvrant son sérieux. Mais aujourd'hui, nous devons trouver une autre solution, ou alors nous serons contraints d'abandonner Kregora.

— Tu penses à quelque chose en particulier ? s'enquit Gilleonan.

Yan soupira.

— Non, mais comme toujours, je suis ouvert à toute proposition.

Ses compagnons se carrèrent au fond de leurs sièges, Gilleonan sirotant le fond de son verre, Ranald pianotant sur le bord de la table. Le laird croisa les mains derrière sa tête. La flamme de la bougie se reflétait dans ses yeux perçants.

— J'ai entendu dire qu'on avait trouvé de l'or en Californie, lança Ranald, brisant un silence qui s'éternisait. Des pépites grosses comme le poing qui ne demandent qu'à être ramassées.

Yan écarquilla les yeux. Toutefois, avant même qu'il n'ait pu exprimer son étonnement, Gilleonan intervint :

— C'est vrai, mais il n'est pas question que le chef des MacGregor parte aussi loin. Peut-être pourrions-nous demander à l'un des nôtres d'aller voir de quoi il retourne. Pourquoi pas Arnald ? Lui qui rêve de voyager ! Sans compter que son frère acceptera certainement de l'accompagner.

Yan n'aurait pas dit mieux, il se contenta donc d'acquiescer, regrettant secrètement de ne pouvoir accomplir un tel périple lui-même. Mais Gilleonan avait raison : le chef devait rester auprès de son clan.

— Envoyons Arnald pour voir ce qu'il en est, renchérit Ranald. Mais en attendant, qu'allons-nous faire ?... Je vois bien une solution, mais je crois que Yan est encore trop jeune pour...

— De quoi s'agit-il ? s'enquit ce dernier, aiguillonné par la curiosité.

— D'une épouse... enfin, d'une riche épouse.

Yan n'en croyait pas ses oreilles. Son cousin plaisantait !

— Excellent ! s'écria Gilleonan en se redressant. D'ailleurs, n'est-il pas grand temps que MacGregor songe à ses héritiers ?

— Et où vais-je trouver une riche épouse par ici ? protesta Yan que l'idée n'enchantait guère.

— Dans la région, c'est certain que nous n'avons aucune chance. Mais au sud...

— Les Lowlands ne regorgent pas d'héritières fortunées... fit le laird en grimaçant.

— Peut-être, mais l'Angleterre, oui. Et ce n'est qu'à quelques jours de route d'ici.

Yan poussa un juron.

— Une femme Sassenach? cracha-t-il avec fiel. Tu es tombé sur la tête!

— Ton grand-oncle Angus, lui, ne voyait pas là un obstacle, s'empressa de rappeler Ranald.

— Oncle Angus, que Dieu ait son âme, était amoureux, rétorqua Yan, espérant mettre un terme à cette discussion stérile.

— Oh! Parce que pour toi, ce n'est pas le cas? nota Gilleonan non sans ironie. La ravissante Megan ne t'a pourtant pas déplu, si je ne m'abuse? Et cependant, elle était anglaise, n'est-ce pas?

Yan sentit le rouge lui monter aux joues tandis qu'il cherchait en vain une réplique cinglante. Comment aurait-il pu donner tort à Gilleonan? Il avait demandé à Megan de l'épouser quelques minutes seulement après l'avoir rencontrée, puis l'avait enlevée quand elle avait décliné son offre pour l'obliger à revenir sur sa décision. Et il l'aurait entraînée de force devant le prêtre si son fiancé ne s'était pas lancé à leurs trousses pour la récupérer. Jamais il ne retrouverait une pareille beauté...

Et voilà que Gilleonan et Ranald parlaient mariage quand il ne pensait qu'à Megan, cette femme dont il resterait prisonnier pour le restant de ses jours. Certes, un laird était supposé faire des concessions pour le bien de ses proches, si ces sacrifices étaient nécessaires bien entendu, mais aujourd'hui, la requête lui semblait au-delà de ses forces. Depuis toujours, il s'était imaginé qu'il demanderait la main de la personne de son choix...

— Vous voudriez que j'épouse la première venue? lança-t-il sans cacher sa mauvaise humeur.

— Non, pas du tout, le rassura aussitôt Gilleonan. Les jolies créatures, riches de surcroît, ce n'est pas ça qui manque. Tu n'auras que l'embarras du choix. Et te connaissant, tu risques de tomber amoureux en quelques minutes!

Ces mots lui rappelèrent Megan. Avait-elle épousé son fiancé Sassenach? Beaucoup de ceux qui s'enfuyaient à Gretna Green dans l'espoir de voir le maréchal-ferrant les marier en secret changeaient d'avis en chemin. Toutefois, un an s'était écoulé depuis la disparition de la jeune femme. Si elle n'avait pas épousé celui qui était venu la chercher en Écosse, elle avait eu tout loisir d'en trouver un autre. Mais s'il se trompait, si elle était encore seule? Et libre? Cela valait la peine d'aller s'en assurer.

— Je ne suis pas un parti bien intéressant. Y avez-vous pensé?

Ranald s'esclaffa.

— Tu oublies ton charme. Elles tombent toutes à tes pieds.

Yan ne pouvait se cacher qu'il possédait un certain pouvoir de séduction sur les femmes. Ses yeux d'un vert aussi lumineux que les collines écossaises, ses longs cheveux sombres provoquaient des ravages parmi la gent féminine.

— Je ne faisais pas allusion à ma personne, Ranald, fit-il, mal à l'aise. Je voulais parler de ma pauvreté.

— Mais tu es le chef du clan MacGregor. À ce titre, tu restes un beau parti. Et c'est tout ce qui importe.

Yan exhala un long soupir résigné. Il avait accepté d'organiser des raids devant l'insistance de ses deux cousins et il n'y avait rien gagné. Néanmoins, cette nouvelle idée valait la peine qu'on s'y intéresse. C'était peut-être leur seule planche de salut.

— Très bien, mes cousins, il en sera fait selon vos désirs. Je me rendrai en Angleterre. Dès demain, j'écrirai à ma tante pour lui demander si elle peut me recevoir et me recommander. Mais quitte à vivre encerclé par les Sassenach pendant plusieurs semaines, vous m'accompagnerez. C'est MacGregor qui vous le demande.

En d'autres mots, c'était un ordre qu'ils ne pouvaient discuter.

2

— Vous partirez cette semaine, ma fille, déclara fermement Cecil Richards, comte d'Amburough, à sa seule héritière. Le duc de Wrothston et son épouse vous attendent à Sherring Cross et se chargeront de vous introduire dans la haute société. Souvenez-vous de mes conseils. Vous n'aurez aucune difficulté à vous trouver un mari en évoluant dans ces sphères.

Kimberly Richards considérait sans mot dire son père qui venait de la rejoindre dans le boudoir où elle trompait son ennui en brodant. Cecil approchait de la cinquantaine, et se faisait ventripotent. Son visage boursouflé témoignait de son vif penchant pour la dive bouteille. Il avait le cheveu rare, d'un marron indéfini, et des yeux gris enfoncés dans leurs orbites, sans le moindre éclat. Dieu soit loué, Kimberly ne lui ressemblait en rien, tant pour le physique que pour le caractère !

Elle n'aurait pas dû être surprise d'une telle annonce, même si elle venait de sortir d'une longue période de deuil. Un an durant, elle était restée voilée après la disparition tragique de sa mère. Elle s'était refusée à tout divertissement, et ses sorties s'étaient résumées à l'office religieux du dimanche. Ainsi, elle avait perdu son fiancé, car ce dernier n'avait pas consenti à attendre six mois de plus pour l'épouser...

Kimberly aurait dû se douter que son père prendrait un jour une telle décision, car elle le savait impatient de la voir quitter la demeure familiale. En effet, il ne lui avait jamais caché son désir de prendre la veuve Marston pour épouse, cette femme qui, quelques années plus tôt, avait emménagé dans la petite ville du Northumberland. Celle-ci refuserait de partager les rênes de la maison avec une autre. Elle refuserait même la présence de la jeune fille, qu'elle semblait considérer comme une rivale.

Plus tôt Kimberly aurait trouvé un mari, plus tôt son père mènerait à bien son projet. Il n'avait pas pleuré longtemps la disparition de sa femme. Non, cette mort l'avait soulagé plus que toute autre chose !

Kimberly demeura impassible devant les déclarations de son père, se contentant de demander d'un ton détaché :

— Comment avez-vous réussi à obtenir l'aide du duc de Wrothston ?

— Un prêté pour un rendu, répliqua-t-il avec une grimace sardonique. Je ne pensais pas que ce serait pour quelque chose d'aussi insignifiant, mais voilà, c'est ainsi.

La jeune fille haussa les sourcils. Insignifiant ! Il lui avait pourtant semblé que ce « quelque chose » lui importait beaucoup. Mais à quoi bon relever ? Elle ne cherchait plus à discuter avec lui, trop heureuse de quitter enfin cette demeure où elle avait grandi et qui n'était malheureusement plus un véritable foyer depuis le décès de sa mère, mais un endroit cauchemardesque, aussi désespérant qu'une prison.

— Décidez-vous rapidement, ajouta Cecil d'un ton irrité. Tâchez de ne pas perdre votre temps avec un homme dont je n'approuverai pas le choix.

Sans quoi, il ne manquerait pas de la déshériter... La menace était suffisamment claire. D'ailleurs, ne l'avait-il pas assez souvent répétée ? Il avait même failli la mettre à exécution quelques mois plus tôt, quand elle avait refusé d'abandonner ses tenues de deuil.

Aujourd'hui, elle pouvait épouser qui bon lui semblait car, à vingt et un ans, elle avait enfin atteint sa majorité. Être désavouée par Cecil Richards, le comte actuel d'Amburough, n'était à vrai dire guère important, à présent qu'elle savait que sa fortune n'en pâtirait pas. Elle devait en remercier feu Melissa, sa mère, qui avait veillé à tout.

Dire qu'un mariage avait été autrefois arrangé... Un mariage auquel elle aurait été condamnée si le destin n'en avait décidé autrement. En effet, Cecil l'avait promise à Maurice Dorrien, le fils de son meilleur ami, Thomas. De trois ans son aîné, Maurice était un jeune homme agréable et, lors de leurs visites respectives tout au long de leur enfance, Kimberly s'était plutôt bien entendue avec lui. Ils n'étaient pas devenus de proches amis, mais au moins avaient-ils certaines choses en commun...

Mais voilà, ils n'avaient jamais réussi à fixer une date pour la cérémonie. Quand Kimberly avait été en âge de se marier, Maurice s'était lancé dans un voyage autour du monde. Elle l'avait attendu patiemment un an, mais Maurice avait choisi de prolonger son périple, refusant de renoncer tout de suite au plaisir de ses pérégrinations.

Quelqu'un lui avait-il demandé alors si elle acceptait de patienter douze mois supplémentaires ? Non, bien sûr ! Elle avait été simplement informée que Maurice serait absent plus longtemps que prévu et que le mariage s'en trouvait retardé.

Elle fêtait ses vingt printemps quand Maurice était finalement revenu en Angleterre. Les préparatifs du mariage avaient été aussitôt organisés, mais alors Melissa s'était éteinte et Kimberly avait décidé de porter le deuil. Elle adorait sa mère et n'avait nulle intention d'écourter le délai habituel pour un mariage qui avait déjà été reporté deux fois. Elle avait attendu Maurice. Il pouvait en faire de même.

Elle avait vite réalisé son erreur. Maurice avait contracté de nombreuses dettes au cours de son voyage, il ne pouvait attendre plus longtemps la dot de sa femme pour les rembourser.

Kimberly, qui ne voyait dans cette union que l'aboutissement d'une longue amitié et non le fruit d'un calcul cupide, avait refusé malgré son insistance de l'épouser sur-le-champ et... le jeune homme avait aussitôt rompu leur engagement. C'était si inattendu qu'elle en était tombée des nues !

Son père s'était mis alors dans une rage folle, non à l'encontre de Maurice, mais de sa propre fille. Devant le jeune homme, Cecil s'était borné à protester, mais qu'aurait-il pu dire? Depuis la mort de Thomas, son père, Maurice était libre. Il n'avait plus à honorer une promesse qui avait été faite par ses parents, pour laquelle il n'avait pas eu son mot à dire. Il ne pouvait attendre plus longtemps, avait-il expliqué. Ses créanciers lui avaient mis le couteau sous la gorge.

Après son départ, quand Kimberly avait commis l'erreur de faire remarquer que Maurice n'en voulait qu'à son argent, Cecil n'avait même pas eu un mot gentil.

— Incroyable! s'était-il méchamment moqué. Mais ma pauvre fille, c'est la coutume! Croyez-vous que j'ai aimé votre mère? La seule femme pour laquelle j'ai éprouvé quelque chose est morte à cause de ces maudits Écossais. Qu'ils aillent tous rôtir en enfer! Je me suis rabattu sur Melissa uniquement parce qu'elle était fortunée. Et vous voyez, nous nous en sommes fort bien arrangés.

« Vraiment? » avait pensé Kimberly avec amertume. Jamais elle n'oublierait la tristesse, les pleurs de sa mère chaque fois que Cecil haussait le ton. Melissa était de nature introvertie, comment aurait-elle pu s'entendre avec un homme aussi violent et intempestif? Il lui aurait fallu un époux aimant, tendre, compréhensif...

Même si Kimberly ressemblait trait pour trait à sa mère, elle n'avait pas hérité de sa timidité. Il lui en aurait fallu beaucoup plus que les invectives de Cecil pour perdre son sang-froid. Et il était hors de question de se laisser aller à la colère en cette minute. Il lui fallait trouver un mari, le plus tôt possible, pour quitter à jamais la demeure de son père...

Lorsqu'elle avait appris qu'elle épouserait Maurice, elle s'était peu à peu résignée à son sort. Jamais elle n'avait envisagé une autre existence. Mais voilà, à présent elle n'était plus liée à son ami d'enfance ! Alors pourquoi ne rencontrerait-elle pas un homme dont elle tomberait amoureuse, avec lequel elle serait heureuse ?

Trouver cette perle rare ne serait pas une mince affaire. Elle n'était pas à proprement parler une beauté ravageuse, qui faisait tourner la tête aux hommes. Autrefois, Melissa prétendait qu'elle avait un beau sourire, mais n'était-ce pas ce que toutes les mères disaient à leurs filles ? Kimberly, pour sa part, n'avait jamais rien trouvé d'extraordinaire à cette large bouche, trop renflée à son goût. Elle était mince, presque trop grande... Ses cheveux blonds couronnaient de boucles un visage qu'elle jugeait plutôt fade, malgré d'immenses prunelles en amande d'un vert aussi pur que l'émeraude.

Si au moins elle possédait un talent... Certes, elle ne chantait pas faux et savait jouer du piano, sans être pourtant une virtuose. En revanche, quand il s'agissait de gestion, elle n'avait pas son pareil. Génie des chiffres, acrobate des comptes, elle saurait investir judicieusement sa fortune. Mais ces qualités, fort peu féminines, suffiraient-elles ?

Kimberly posa sa broderie et se planta devant son père qu'elle dominait d'au moins une tête. Elle savait que sa haute stature ne manquait jamais d'agacer Cecil et, depuis le jour où elle avait atteint cette taille, elle prenait un malin plaisir à le lui rappeler. Cependant, en d'autres circonstances, ces quelques centimètres en trop s'avéraient un handicap. Partout où elle allait, elle dépassait ses compagnes... et même parfois les jeunes hommes qui semblaient prendre peur.

— Je n'ai pas l'intention de perdre mon temps, père, mais n'espérez néanmoins pas de résultats immédiats car il est hors de question que j'accepte le premier venu. Sachez que vous ne me forcerez pas à vivre pour le restant de mes jours auprès d'un homme qui me déplaît.

La colère déformait les traits de Cecil quand elle acheva sa diatribe, mais elle s'y attendait. Il ne supportait pas qu'elle lui tienne tête.

— Vous n'allez certainement pas traîner ici, je vous le dis ! Je...

Kimberly le coupa :

— Qu'est-ce qui vous fait croire une telle chose ? Je n'ai pas la moindre intention de vivre chez vous plus longtemps, rassurez-vous.

Il n'émit aucune remarque en retour, mais qu'aurait-il pu rétorquer ?

— Arrangez-vous pour disparaître de ma vue le plus tôt possible ! gronda-t-il entre ses dents avant de tourner les talons et de se diriger vers la porte.

Quand Cecil eut quitté le boudoir, Kimberly se laissa choir dans son fauteuil avec un soupir de soulagement. C'est alors que l'appréhension lui noua la gorge. Elle allait voyager seule, pour la première fois de sa vie. Elle devrait affronter de nombreux inconnus. Et elle aurait à dénicher un époux.

Cette dernière chose serait probablement la plus difficile de toutes...

3

Megan St. James, duchesse de Wrothston depuis maintenant un an, reposa la lettre qu'elle venait de parcourir. Quand son époux lui avait tendu la missive, il lui avait confié son désir de la voir jouer les marieuses. Elle comprenait mieux à présent ce qui lui avait valu cette remarque. Une remarque qui n'était pas sans l'agacer au plus haut point...

Elle haussa un sourcil interrogateur, frappant du pied pour manifester son irritation.

— Comment avez-vous pu penser que je trouverais un mari à cette fille, Devlin ? C'est vous qui devez une faveur à son père ! Cette lettre vous est personnellement adressée, si je ne me trompe.

— Les problèmes matrimoniaux ont toujours été du ressort des femmes.

— Qui a affirmé de telles sornettes ?

— Moi, ma douce.

Il ponctua sa réplique d'un sourire qui ne réussit qu'à exaspérer Megan davantage encore. Elle riposta aussitôt par une grimace, qui n'avait rien de très élégant pour une dame de son rang.

— Votre mère saura à n'en pas douter se charger de cette affaire, répondit-elle avec ironie. Elle connaît tout le monde, elle n'aura aucune peine à dénicher un homme en quête d'une épouse. Pour ma part, j'ai déjà bien du mal à me rappeler les noms des comtes et vicomtes de la région, sans parler de ceux qui défraient la chronique en ce moment. Je commence à peine à me familiariser avec tous ces gentilshommes et ces dames.

— À ce propos, je dois reconnaître que vous vous débrouillez bien, ma chérie.

« Ce compliment sonne faux », pensa aussitôt Megan.

— Il est vrai que Duchy serait plus au fait dans ce domaine, poursuivit-il avec un sourire, mais ma mère a passé l'âge de sortir pour mener à bien ce genre de mission. Vous pourrez toutefois recourir à ses conseils et à ceux de Margaret. Elles seront ravies de vous les donner. Cette faveur m'a été demandée, c'est vrai, mais comme vous êtes mon épouse, elle vous incombe tout naturellement.

Il avait raison. Il était duc, on ne pouvait lui infliger une tâche aussi ordinaire. Mais pouvait-on l'infliger à une duchesse? Non! Pas davantage...

— Est-il vraiment nécessaire que vous rendiez ce service? questionna-t-elle.

— Absolument. J'ai une grande dette envers ce comte et je devrais être soulagé qu'il ne me demande qu'un si piètre service en retour.

Megan faillit de nouveau grimacer, mais cette fois elle se retint. C'était si simple pour son époux! Le duc se contentait de lui déléguer ses responsabilités et s'en lavait les mains. En tout cas, c'est ce qu'il s'imaginait... Si elle devait organiser plusieurs réceptions afin que cette jeune fille puisse rencontrer un prétendant, la duchesse s'arrangerait pour que Devlin participe à la plupart d'entre elles.

C'est alors qu'elle se rappela qu'ils recevraient un autre invité durant le séjour de Lady Kimberly. Peut-être que le destin ferait bien les choses... Peut-être ne faudrait-il qu'une poignée de jours pour marier cette jeune fille.

— Votre tante Margaret a fait allusion à un neveu par alliance qui doit nous rendre visite...

— Bien, très bien, la coupa-t-il, manifestement agacé.

— Ce qui signifie que la maison va être de nouveau pleine de monde.

— Dites-moi quand elle ne l'est pas !

La jeune femme s'esclaffa. Avec plus de cent domestiques à leur service, la demeure n'était effectivement jamais déserte. Mais son époux faisait référence aux innombrables invités qui séjournaient régulièrement sous leur toit. Tant de gens faisaient affaire avec Devlin ! Et comme Sherring Cross se trouvait à plusieurs heures de route de Londres, ils venaient chez lui et s'éternisaient, pour certains quelques jours voire des semaines entières avant de reprendre le chemin de la capitale.

— Ce que je voulais dire, lança-t-elle d'un ton réprobateur, c'est que plutôt que de supporter des parasites chez nous pendant des semaines, nous devrions jeter Lady Kimberly dans les bras de ce neveu.

— Excellente idée ! Vous vous en chargerez ?

— Je crois pouvoir faire cet effort. Ce sera certainement plus facile que d'organiser de fastueuses réceptions... auxquelles vous devrez assister, je vous le rappelle.

Il ouvrit de grands yeux horrifiés.

— Je crois qu'il vaut mieux que je m'installe à Londres pendant quelque temps.

— Maintenant que vous le mentionnez, ce serait plus commode d'organiser tout cela à Londres. Nous n'aurons pas à garder en pension tous ces gens.

Devlin changea aussitôt d'avis.

— À bien réfléchir, je vais rester ici à la campagne.

Megan eut un sourire qui se voulait innocent.

— À votre guise. Si vous êtes prêt à supporter une trentaine de convives à votre table, au petit déjeuner, chaque matin...

Il lui décocha un regard noir.

— Vous êtes déterminée à m'enrôler dans cette histoire, n'est-ce pas ?

— Absolument.

Devlin soupira.

— Je crois que je vais avoir une petite discussion avec Margaret au sujet de ce neveu par alliance. S'il constitue un bon parti, ce dont je ne doute pas, je m'arrangerai pour qu'il s'entende avec la fille du comte. C'est une idée de génie que vous venez d'avoir, ma chérie. Laissons les choses se faire toutes seules !

— Peut-être pourrions-nous ensuite profiter de deux ou trois jours en toute intimité : juste vous, moi et le bébé. Après tout, nous n'avons pas eu un instant à nous depuis la naissance de Justin. Il a presque un an, vous vous rendez compte ! Que diriez-vous de nous installer quelque temps dans votre pavillon près de Bath ?

Il salua cette suggestion d'un grand éclat de rire.

— Un pavillon qui ne comprend pas moins de vingt pièces, sans compter les quartiers réservés aux domestiques. Il serait difficile de s'y sentir seuls, ma douce.

Elle se renfrogna, ayant imaginé quelque chose de plus petit. Plus intime.

— Et si nous déménagions tous les trois dans l'une des ailes inhabitées de Sherring Cross sans en avertir quiconque ? proposa-t-elle.

Son mari la dévisagea, incrédule.

— Est-ce une critique sur la taille de cette demeure ? s'enquit-il quand il comprit qu'elle ne plaisantait pas.

— Pas du tout. C'est Tiffany qui a déclaré un jour que Sherring Cross était un véritable mausolée. Moi, je n'ai rien dit.

Tiffany était sa meilleure amie. Des années auparavant, elles étaient venues visiter Sherring Cross ensemble. Et à l'époque, toutes deux avaient été très impressionnées par l'immensité de cette demeure ducale.

— J'ai toujours considéré cette maison comme parfaite, s'empressa-t-elle d'ajouter en surprenant la mine assombrie de son époux. Même si parfois il m'arrive de me perdre dans les couloirs.

— Vous exagérez !

— Une ou deux fois, j'ai dû attendre que les domestiques retrouvent ma trace dans ce labyrinthe.

— Megan...

— D'accord, une fois.

La jeune femme adorait taquiner son mari. Elle réussissait immanquablement à le faire sortir de ses gonds, lui faisant oublier l'espace d'un instant ses manières compassées dont il ne se départait guère. Elle préférait le jeune homme éperdu d'amour, impulsif, aventurier qu'il avait été le jour où ils s'étaient enfuis à Gretna Green pour se marier. À l'époque, comment aurait-elle réagi si elle avait su qu'il était duc et non palefrenier comme il l'avait prétendu ?

— Vous savez, Megan, je n'ai pas exploré l'aile nord de Sherring Cross depuis des lustres. Les lits sont-ils encore en bon état ?

La lueur qu'elle surprit alors dans ses prunelles turquoise lui fit l'effet d'une caresse. Le désir s'empara immédiatement d'elle, comme chaque fois qu'il la couvait d'un regard enflammé. Un rendez-vous, au beau milieu du jour, dans cette partie de la demeure désertée, lui semblait une merveilleuse idée.

— Pourquoi n'irions-nous pas nous en assurer tout de suite ? suggéra-t-elle d'une voix enjôleuse.

4

Jamais Kimberly n'avait vu une telle demeure ! Certes, elle n'ignorait plus le faste des grands édifices de la royauté comme Buckingham Palace, pour y avoir été présentée à la reine, la dernière fois qu'elle s'était rendue à Londres avec sa mère. Mais Sherring Cross, la propriété ducale d'Ambrose Devlin St. James, supplantait tout ce qu'elle connaissait.

Ici, le parc s'étendait sur des milliers d'hectares soigneusement entretenus. Et si, tout au long du voyage, elle avait nourri quelque appréhension à venir frapper chez de parfaits inconnus, cette bâtisse avec son parc planté d'arbres et ses tapis de pelouse émaillés de fleurs exotiques ne faisait que renforcer ses craintes.

Quelle humiliation de quémander le secours de quelqu'un d'aussi important que le duc de Wrothston ! Décidément, son père ne connaissait aucune borne quand il s'agissait de se débarrasser de sa fille. Le duc serait-il enchanté de lui servir d'entremetteur et de chaperon? Ce n'était guère probable...

Et que dire du long périple harassant qu'elle avait dû entreprendre pour franchir ces immenses vantaux forgés... Trois jours de voyage pendant lesquels elle avait été sérieusement secouée... sans compter les différents incidents qui avaient jalonné sa route. Que de temps perdu! Une roue s'était détachée de la voiture et il avait fallu la réparer. Le ciel était resté obstinément maussade, et la modeste chaufferette du véhicule n'avait pas réussi à faire oublier le vent glacial.

Puis cette halte, la veille au soir, dans une auberge au bord de la route où Kimberly s'était retrouvée près d'un groupe d'Écossais bruyants. Non qu'elle éprouvât quelque hostilité à l'égard des Écossais... Contrairement à son père qui les haïssait pour avoir causé la mort de la seule femme qu'il eût jamais aimée, mort qui n'avait été en fait qu'un tragique accident.

Autrefois, Kimberly avait souvent songé à cette femme fauchée à la fleur de l'âge, échappant ainsi à une existence aux côtés du comte certainement plus dramatique encore que la mort elle-même...

Mais revenons à la nuit dernière, cette nuit cauchemardesque passée à l'auberge... Qui aurait pu supporter le charivari que les Écossais lui avaient infligé? Trois plaintes déposées auprès du patron de l'établissement n'avaient pas réussi à réduire ces individus au silence. Une chance encore que son père ne fût pas là... il n'aurait pas manqué de provoquer un esclandre.

30

Au matin, elle avait heurté de plein fouet l'un de ces ignobles Écossais, à la crinière de feu, dans le couloir de l'auberge. Le pauvre avait grand-peine à ouvrir les yeux, mais elle s'était hâtée de le réveiller en le couvrant d'insultes bien choisies. Ce ne fut que quelques heures plus tard, alors qu'elle avait repris la route, qu'elle avait regretté de s'être ainsi emportée. Elle qui d'ordinaire ne perdait jamais son sang-froid... Que s'était-il passé ? La fatigue et l'énervement n'étaient pas des excuses valables.

Sa nouvelle femme de chambre n'avait pas arrangé les choses. Elle ne lui était d'aucune aide. La domestique avait encore moins bien supporté le voyage qu'elle, ce qui n'était pas peu dire. Ses sempiternels geignements à chaque nid-de-poule, à cause du froid, à cause de leur retard, en auraient agacé plus d'un. Mais au moins elle réussissait, le soir venu, à trouver le sommeil dans la chambre qu'elle partageait avec Kimberly. Elle s'endormait rapidement et se mettait à ronfler comme un soufflet, au grand désespoir de sa maîtresse.

Et comme si tout cela n'avait pas suffi, Kimberly avait attrapé froid. Elle avait le nez rouge à force de se moucher. Percluse de courbatures, elle avait l'impression que sa tête allait exploser.

Dire que le protocole exigeait qu'elle fasse bonne figure devant Leurs Seigneuries. Amusant ! Il leur suffirait d'un regard pour regretter d'avoir accepté de l'héberger.

Mais comment aurait-elle pu y remédier ? Elle venait de pénétrer dans l'enceinte de Sherring Cross. Des serviteurs engoncés dans leur flamboyante livrée accouraient déjà vers le cabriolet. Les portes d'entrée étaient grandes ouvertes.

Si seulement elle avait le temps de se rafraîchir et de se changer avant d'être présentée au duc de Wrothston et à son épouse... Mais la chance refusa une nouvelle fois de la servir : la duchesse surgit à cet instant sur le perron pour l'accueillir.

Rencontrant Megan St. James pour la première fois, Kimberly demeura ébaubie, ne l'ayant pas imaginée aussi jeune et surtout aussi belle. Certes, elle aurait dû s'en douter. Dix ans plus tôt, elle avait croisé le duc, alors âgé d'une vingtaine d'années, et elle se souvenait de lui comme d'un homme fort séduisant.

Megan St. James incarnait la beauté dans toute sa splendeur. Ses cheveux d'or rouge, retenus par un simple catogan doré, ruisselaient sur ses épaules, rehaussant son teint de porcelaine. Ses prunelles d'un bleu inimitable pétillaient d'une malice presque juvénile. Quant à sa silhouette, que sa récente grossesse aurait pu altérer, elle avait gardé toute sa finesse.

Devant tant de grâce et d'élégance, Kimberly se sentit brusquement gauche. Il fallait admettre que dans sa petite ville du Northumberland, elle n'avait eu que peu d'occasions de se vêtir au goût du jour, d'autant qu'elle portait le deuil de sa mère. Ses vêtements avaient déjà plus d'un an et elle avait maigri. Cela ne se remarquait heureusement pas dans son lourd manteau de laine... mais alors le majordome s'approcha et l'en débarrassa.

Megan, une fois sa surprise initiale passée, se prit à songer qu'avec une nouvelle robe mieux coupée, des cheveux relevés en chignon pour mettre en valeur ce visage en forme de cœur, et un nez moins rouge, elle pourrait accomplir des merveilles. Elle ne réussirait peut-être pas à transformer Lady Kimberly en reine de beauté, mais les choses auraient pu être pires. Au moins la fille du comte n'était-elle pas laide... Et elle possédait de magnifiques prunelles vertes, aussi lumineuses que deux précieuses émeraudes. Il faudrait seulement patienter un peu pour lui trouver un prétendant.

Kimberly, malgré son désir de faire bonne figure, renifla sans discrétion. Pis encore, elle réalisa qu'elle avait oublié son mouchoir dans la voiture. Elle paniquait en sentant son nez brusquement couler, quand Megan la gratifia d'un sourire indulgent.

— Vous avez attrapé un rhume? lui demanda-t-elle gentiment. Cela n'a rien d'étonnant avec le froid qui règne en cette saison.

Kimberly crut distinguer derrière ce sourire et ces paroles aimables l'expression d'une condescendance méprisante. Elle se raidit. Mais alors qu'elle s'apprêtait à répliquer vertement, elle se ravisa, craignant de regretter ses mots. Mieux valait réfléchir à tout cela à tête reposée. Peut-être se faisait-elle tout simplement des idées...

— Veuillez m'excuser un instant, je reviens, Votre Grâce, déclara-t-elle finalement. Il semblerait que j'aie oublié mon mouchoir dans la voiture.

Sans autre explication, sans donner le temps à son hôtesse de protester, elle se dirigea vers la porte que le majordome venait de refermer derrière elle. Avec un peu de chance, la voiture serait encore là...

Mais, lorsqu'elle ouvrit le lourd battant de chêne, elle se pétrifia, stupéfaite.

Si l'inconnu qui se tenait sur le seuil et

s'apprêtait à frapper n'avait pas interrompu son geste, Kimberly aurait reçu son poing en plein visage. « Un inconnu ma foi fort séduisant », commenta-t-elle *in petto* tandis qu'elle dévisageait son vis-à-vis. Il était grand, bien plus grand qu'elle, mais ce ne fut pas ce qui la surprit au premier abord. Il n'était pas seulement gigantesque, il possédait la carrure d'un guerrier.

Le charme qui émanait de cet homme était renversant.

Il portait ses cheveux bruns attachés pour éviter que le vent ne les décoiffe. Les timides rais du soleil rehaussaient ses boucles de reflets d'or rouge. Il était séduisant, certes, mais il n'y avait pas une once de gentillesse dans son regard vert clair.

— Plutôt que de me regarder avec ces yeux ronds, si vous me laissiez entrer ? maugréa-t-il.

Malgré son intonation traînante et son accent écossais, la voix de l'inconnu était cinglante.

Kimberly n'avait jamais vu quelqu'un d'aussi grand, d'aussi impressionnant, si ce n'était le duc de Wrothston, quelques années plus tôt...

Elle était si déconcertée qu'elle ne pouvait recouvrer l'usage de la parole. Clouée sur place par le regard inquisiteur de l'homme, elle sentit tout à coup que son nez coulait et, sans réfléchir, s'essuya avec le revers de sa manche. Cela ne se faisait pas dans le grand monde, ce geste était celui d'une enfant et non d'une jeune fille accomplie, et l'expression dédaigneuse de l'inconnu lui fit mesurer l'ampleur de sa bévue.

D'un mouvement brusque, sans ménagement aucun, l'homme la poussa pour passer. La jeune fille aurait aimé pouvoir disparaître de la surface de la terre tant elle était gênée. Toutefois ses joues cramoisies, aussi reluisantes maintenant que son nez, passèrent inaperçues. Elle vit un sourire se dessiner sur les lèvres de l'inconnu lorsqu'il posa les yeux sur la duchesse. Son sourire se fit soudain éclatant, ses prunelles vertes rieuses. Elle crut même qu'il allait sauter de joie.

Megan St. James, quant à elle, s'était assombrie.

— Seigneur! Le pilleur écossais! s'écria-t-elle en portant une main à sa poitrine. Vous n'êtes quand même pas venu nous voler?

Le regard envoûtant de l'inconnu faisait naître en Kimberly une émotion étrange. Pourtant ce regard ne lui était pas adressé.

— Si vous me laissiez dérober votre cœur, ma douce... Je n'en crois pas mes yeux, la plus jolie femme de toute l'Angleterre vivant sous le même toit que ma tante Margaret? Je dois rêver!

Megan secoua la tête d'un air incrédule.

— Vous êtes le neveu de Margaret? Impossible. Les parents d'oncle Angus s'appellent MacGregor et non Mac...

Elle s'arrêta, essayant de se rappeler son nom, ce nom qu'il lui avait donné il y avait si longtemps.

— Duell, MacDuell, c'est cela? reprit-elle l'instant suivant. Oui, c'est ainsi que vous vous êtes présenté, Yan MacDuell.

— Vous n'auriez quand même pas voulu que je vous révèle mon véritable nom alors que j'étais en train de vous dépouiller! s'écria-t-il sans paraître pour autant froissé. Je suis Mac-Gregor, le chef du clan MacGregor, mais mon prénom est bien Yan. Je suis heureux que vous vous en souveniez.

Il ne se départait pas de son sourire, alors que l'hostilité de Megan était évidente.

— Monsieur MacGregor, le prévint-elle sans la moindre aménité, Devlin ne vous permettra jamais de rester chez lui. Il ne vous aime pas beaucoup, vous savez.

— Devlin Jefferys? Que fait-il à Sherring Cross?

— Peut-être est-il là parce que cette propriété lui appartient? rétorqua la duchesse sèchement. Jefferys n'est d'ailleurs pas son vrai nom. Comme vous, il adore les pseudonymes.

L'homme s'était brusquement rembruni.

— Attendez un moment, êtes-vous en train de me dire que ce satané Anglais n'est autre que le neveu de tante Margaret, Ambrose St. James?

— Chut! Il déteste qu'on l'appelle ainsi. Mais vous ne vous trompez pas, c'est bien lui.

L'Écossais poussa un grognement furieux.

— Ne me dites pas que vous l'avez épousé!

— Si, pourquoi?

Il serra les poings mais miraculeusement, l'instant d'après, il avait retrouvé son sourire.

— Cela n'a pas d'importance, lâcha-t-il. J'ai surmonté des obstacles bien plus grands.

Les pupilles de Megan s'étrécirent.

— Vous pouvez oublier vos projets tout de suite, souligna-t-elle d'un ton glacial. Je peux vous garantir que vous ne séjournerez pas à Sherring Cross comme vous l'escomptiez. J'aurais pourtant juré que Margaret avait dit que vous cherchiez une épouse.

Le regard qu'il décocha à Megan était sans la moindre équivoque: la duchesse était la seule qu'il convoitait. Cette dernière rougit jusqu'à la racine des cheveux.

— Que je reste ici ou non, déclara Yan, je garde l'espoir de gagner l'objet de mon désir. Je serais idiot de ne rien tenter.

— Vous seriez idiot de tenter quoi que ce soit, répliqua Megan avant de soupirer. Je vous l'ai déjà répété il y a un an, et vous avez refusé de m'écouter.

— J'étais déterminé à ne pas vous entendre, corrigea-t-il avec un sourire moqueur. Et qu'importe le mariage quand deux cœurs sont faits l'un pour l'autre.

La duchesse écarquilla les yeux, manifestement éberluée par tant d'aplomb.

Kimberly s'éclaircit la voix, mettant un terme à un silence devenu embarrassant. Megan lui jeta un regard étonné comme si elle avait oublié la présence de la jeune fille.

Tout à coup, elle se ressaisit. Elle manquait à ses devoirs de maîtresse de maison.

— Ma chère Lady Kimberly! Acceptez mes excuses. Vous devez être lasse après ce long voyage, et voilà que je vous délaisse pour écouter les bêtises de cet incorrigible Écossais... (Elle marqua une pause pour fusiller Yan MacGregor du regard.) Je suis navrée, reprit-elle en reportant son attention sur la jeune fille. Venez, je vais vous montrer vos appartements et nous nous occuperons sérieusement de votre rhume. Duchy, la mère de Devlin, connaît quelques fabuleux remèdes...

— Ma douce, l'interrompit Yan, vous n'allez quand même pas me quitter ainsi! Cela fait si longtemps que j'attends cet instant.

Megan pesta entre ses dents, et fit signe à Kimberly de la suivre.

Devant l'escalier, elle jeta un coup d'œil par-dessus son épaule.

— Cette jeune fille est la bienvenue ici, monsieur MacGregor. Vous, vous ne l'êtes pas. Demandez à un domestique de vous conduire auprès de Margaret et n'oubliez pas de l'informer de vos précédents différends avec Devlin. Elle vous dira elle-même de renoncer à vos projets. Jamais elle n'acceptera de recevoir un voleur sous son toit.

— Je préfère *brigand*, si cela ne vous dérange pas, répondit-il, taquin.

Megan eut un soupir exaspéré.

— Pour moi, cela ne fait pas la moindre différence, MacGregor, surtout quand ce sont des Anglais que vous dépouillez.

— Le problème ne se pose plus, charmante dame, car le temps du maraudage est révolu pour moi. Je suis ici aujourd'hui parce que j'ai tourné la page.

— Comment pourrais-je vous croire ? D'ailleurs, peu m'importe ! Je ne vous dis pas au plaisir... mais adieu !

Kimberly remarqua le chagrin qui se peignit sur le beau visage de l'Écossais, puis aussi la lueur de détermination qui étincela dans ses yeux verts. Il n'était apparemment pas homme à se faire éconduire aisément, même s'il n'avait que peu de chances de conquérir le cœur de Megan St. James. Toute l'Angleterre savait le duc et la duchesse de Wrothston profondément épris l'un de l'autre. À l'évidence, cette nouvelle n'avait pas dépassé les frontières de l'Écosse.

Dès le premier instant, Kimberly avait éprouvé une forte attirance pour ce Yan MacGregor. Décidément la chance ne lui souriait pas. Cet homme n'avait d'yeux que pour la duchesse et... il était écossais. Ce problème était insurmontable. Son père n'accepterait jamais une telle union. Il s'empresserait de la désavouer... provoquant un scandale qui entacherait sans nul doute sa réputation.

Un Écossais ! Quel dommage !

5

— Mon pauvre garçon ! s'écria Margaret MacGregor d'un ton compatissant quand Yan eut raconté en toute honnêteté les circonstances qui l'avaient conduit ici. Et votre belle-mère... Qui aurait pu supposer que Winnifred ferait une chose pareille ? Une fille si gentille !

Yan sourit malgré lui. Winnifred devait approcher la quarantaine, et n'était plus à proprement parler une jeune fille. Mais pour Margaret qui venait de fêter ses soixante-dix printemps, ses cadettes avaient toutes le droit à ce surnom.

Quand la vieille dame eut rempli de thé la tasse de Yan — ils étaient seuls dans l'immense salon de Sherring Cross — elle le gourmanda :

— Pourquoi n'êtes-vous jamais venu me demander de l'aide ? Votre grand-oncle Angus, paix à son âme, est mort en me laissant une fortune considérable. Pourtant il me savait à l'abri de tout ennui financier.

Le sujet était fort embarrassant, mais il l'aurait été plus encore si Yan avait essayé d'expliquer pourquoi il n'avait jamais fait appel à elle. Emprunter de l'argent à un parent de sang n'avait rien de déshonorant, cependant

Margaret n'était une MacGregor que par alliance et, à présent que son époux n'était plus, Yan n'aurait même pas dû être là.

— Je dois me débrouiller seul, tante Margaret, se contenta-t-il de répondre en espérant qu'elle n'insisterait pas.

Elle ne le fit pas, se bornant à secouer la tête d'un air réprobateur.

— Très bien. Il semble que vous soyez revenu sur le droit chemin. Une épouse avec une solide fortune, voilà la solution à tous vos problèmes.

Yan acquiesça même s'il aurait préféré ne jamais recourir à ce genre de mariage, qu'il jugeait mesquin.

— Il y a autre chose, tante Margaret, dont je souhaiterais vous entretenir. Quelque chose à quoi je ne pensais pas être confronté en venant ici. Voilà...

Il hésita un instant.

— J'ai rencontré votre neveu Ambrose dans des circonstances pour le moins singulières, reprit-il en rassemblant tout son courage. Le problème, c'est qu'il s'est présenté à moi sous un faux nom et que j'ignorais jusqu'à aujourd'hui qui il était réellement.

Elle fronça les sourcils.

— Un faux nom ?

— Exactement. Cela se passait en Écosse l'année dernière. Je l'avais arrêté en chemin dans le seul but de le soulager de quelques pièces d'or, mais voilà... je lui ai subtilisé sa fiancée.

Margaret ouvrit de grands yeux avant de s'esclaffer, contre toute attente.

— Seigneur ! c'était vous ? Megan nous a en effet parlé de cet incident — bien sûr, jamais

Devlin ne se serait vanté d'une telle histoire, même s'il s'est comporté avec beaucoup d'héroïsme. Enfin, Duchy et moi avons beaucoup ri, je dois bien l'avouer.

Qu'elle jugeât l'anecdote amusante soulageait Yan d'un grand poids. Si seulement Devlin pouvait en rire, lui aussi...

— Je crains à présent que votre neveu ne refuse de m'accueillir sous son toit.

— Au contraire ! s'exclama-t-elle d'un ton jovial pour se reprendre aussitôt : Enfin, il acceptera quand il aura eu vent de votre situation, je m'en porte garante. Ne vous inquiétez pas, mon cher garçon. Devlin se montrera sans aucun doute compréhensif...

Yan esquissa une grimace. Il ne partageait pas cet optimisme. Quelle malchance que la belle Megan eût épousé le propre neveu de sa tante ! Enfin, si elle ne l'avait pas fait, l'aurait-il retrouvée ?

De telles retrouvailles l'obligeaient d'ailleurs à modifier ses projets. Il allait devoir concentrer tous ses efforts pour conquérir le cœur de cette femme et l'écarter de son duc. S'il y parvenait, il lui faudrait trouver un autre moyen pour remplir les coffres de Kregora mais, pour l'instant, il préférait laisser de côté cette question.

Megan était aussi ravissante que dans son souvenir, sinon plus. Tout aussi ensorcelante que par le passé. Quelle ironie du sort que sa quête d'une épouse l'eût jeté sur le chemin de cette jeune femme... Elle était pour lui, et non pour l'Anglais. Il ne restait plus qu'à la convaincre.

— Ma sœur et moi avons réfléchi, et nous sommes tombées d'accord sur le choix de plusieurs héritières qui vous conviendraient, mon garçon, annonça Margaret, l'arrachant à ses pensées. Nous devrions d'ailleurs recevoir l'une d'entre elles ici sous peu. Il s'agit de la fille d'un riche comte. Vous ne pouviez mieux espérer. Sa dot serait, paraît-il, inestimable, et comprendrait plusieurs propriétés, dont une à Londres.

Yan hocha la tête, ne pouvant décemment pas avouer à son interlocutrice que ses plans avaient changé, qu'il n'était plus à la recherche d'une épouse. C'eût été prendre le risque d'être congédié de Sherring Cross et de ne plus jamais revoir Megan.

— C'est merveilleux ! s'écria-t-il en feignant l'enthousiasme. Vous me la présenterez, je l'espère... si je ne suis pas obligé de retourner dans les Highlands avant qu'elle n'arrive, bien sûr, ajouta-t-il avec un air faussement inquiet.

La vieille dame lui tapota gentiment le bras.

— Ne vous mettez pas martel en tête. Notre Dev aura la bonté d'oublier vos petits malentendus d'autrefois, j'en suis certaine. Si cela peut vous rassurer, je lui parlerai dès aujourd'hui. En attendant, installez-vous, mon garçon. Vous êtes ici chez vous.

6

— Il ne restera pas, un point c'est tout !

Ce n'était pas la première fois que Devlin répétait cette phrase au cours de ces dernières heures, sans que personne pourtant lui accorde la moindre attention.

Megan l'avait informé avant les autres de l'identité du neveu de Margaret pour le laisser ensuite réfléchir à cette incroyable coïncidence. Puis cela avait été au tour de Margaret de venir le trouver dans son bureau. Elle lui avait raconté l'histoire abracadabrante de ce Highlander qui, ayant été privé de son héritage, avait dû, pour la sauvegarde de son clan, se résoudre au maraudage.

Une belle-mère envolée avec toute la fortune de la famille ? Incroyable ! C'était à n'en pas douter des boniments inventés de toutes pièces par cet Écossais pour s'attirer les bonnes grâces de leur tante mutuelle...

Même Megan avait changé d'attitude, alors qu'au début elle s'était montrée indignée que Yan MacGregor pût s'installer à Sherring Cross. Devait-il y voir le fabuleux pouvoir de persuasion de tante Margaret ?

Tous s'étaient réunis au salon comme chaque soir avant le dîner. La mère de Devlin et la sœur de cette dernière, Margaret, échangeaient quelques palabres en aparté sur le canapé. Lord Wright, venu de Londres pour faire l'acquisition d'un pur-sang, devisait avec Lady Kimberly dans un coin. Dommage que ce gentilhomme eût plus de cinquante ans et qu'il fût déjà marié, car il montrait un vif intérêt pour la fille du comte...

Le fauteur de troubles, le sujet de toutes les controverses avait eu la présence d'esprit de ne pas se montrer ce soir-là ! Heureusement, car Devlin n'était pas certain de pouvoir refréner sa colère s'il l'apercevait. Toutefois, ce scélérat séjournait encore quelque part dans cette demeure, grâce à l'aimable courtoisie de tante

Margaret et de Megan, pour lui permettre de passer une bonne nuit avant de reprendre, frais et dispos, la route des Highlands.

Sans Megan pour le faire revenir sur sa décision, jamais il n'aurait permis à l'Écossais de demeurer sous son toit même pour une nuit. Son épouse devrait cependant lui fournir des explications quant à sa volte-face, mais il y veillerait plus tard, dans l'intimité de leurs appartements.

— Vous n'allez tout de même pas vous énerver pour des peccadilles qui remontent à l'année dernière, n'est-ce pas? lui souffla Megan à l'oreille, le ramenant brusquement à la réalité.

— Ce rustre n'a pas trouvé mieux que de vous kidnapper, et vous parlez de peccadilles?

— L'important, c'est que vous m'avez récupérée après lui avoir infligé une correction à la hauteur de son méfait. À moins que vous n'ayez déjà oublié que vous avez eu votre revanche?

Devlin esquissa l'ombre d'un sourire à ce souvenir.

— Là n'est pas le problème, rétorqua-t-il en se rembrunissant. Juste ciel! Ne comprenez-vous pas que c'est un voleur? Pourquoi vous, les femmes, n'y attachez-vous aucune importance? C'est insensé!

Il avait élevé le ton. Tous les regards convergèrent dans leur direction.

— Pas si fort, chuchota Megan, s'il vous plaît. Puis-je vous faire remarquer que vous n'avez pas encore prêté attention à Lady Kimberly — elle est discrète, je vous l'accorde — et que vous êtes en train de gâcher une possibilité d'honorer votre dette? Auriez-vous déjà oublié que nous voulions la marier à l'Écossais?

— *Voulions* est le mot juste, Megan. Mais à présent, il n'en est plus question. Ses activités passées le rendent indigne d'une fille de comte.

— Ne dites pas de sottises ! protesta la jeune femme d'un ton impatient. MacGregor est un seigneur écossais et un chef de clan, ce qui fait de lui un parti plus qu'honorable pour cette jeune fille, et vous le savez pertinemment. Quant à ses activités passées, elles ont seulement été dictées par son sens des responsabilités. Vous avez entendu ce qu'a dit votre tante. Ce pauvre homme était désespéré. Pourtant, aujourd'hui, il a renoncé à ses forfaits et est venu chercher une riche épouse pour se tirer d'affaire. Avec la dot de Lady Kimberly, il n'aura plus de soucis à se faire pour son clan.

Devlin renifla avec mépris.

— Et s'il prenait simplement plaisir à ces odieuses rapines ? Il n'aurait alors aucune raison de cesser ses agissements, avec ou sans épouse. Vous ne pouvez quand même pas nier qu'il semblait enchanté de nous détrousser !

— Nous ne pouvons en jurer. Le seul fait qu'il soit en quête d'une épouse prouve sa bonne volonté. Je ne vois pas pourquoi nous lui refuserions une chance de se racheter. Même votre grand-mère partage cet avis...

— S'il est sincère, je mangerai mon...

— Ne faites pas de promesses que vous ne pourriez tenir, l'interrompit-elle avec agacement. Et admettez-le, vous n'aimez pas cet homme. C'est la seule raison de votre objection.

— Cessons ces palabres inutiles. Il ne restera pas, un point c'est tout !

7

Ainsi l'Écossais était réellement un voleur! Certes MacGregor l'avait admis lui-même dans le vestibule, mais Kimberly ne l'avait alors pas pris au sérieux, croyant à une simple joute verbale entre lui et la duchesse. Mais voilà que le duc avait confirmé cette version...

MacGregor était donc un maraudeur et en plus il s'en était pris au duc et à la duchesse de Wrothston. Pis encore, il avait osé enlever Megan St. James, ce qui aurait pu, sans le soutien de Margaret, lui valoir une peine d'emprisonnement.

L'unique raison qui avait poussé Kimberly à rejoindre ses hôtes pour le dîner était l'espoir de revoir une dernière fois l'Écossais. Dire qu'il n'avait pas même montré le bout de son nez... Elle aurait mieux fait de prendre son repas dans sa chambre et de se coucher tôt, surtout qu'à présent le sommeil refusait de venir...

De l'autre côté de la cloison régnait un véritable tumulte, ponctué d'éclats de rire et de murmures étouffés. Kimberly avait beau tendre l'oreille, elle ne pouvait distinguer aucune parole. Ce qui n'était pas le cas la nuit précédente, à l'auberge, quand les cloisons étaient si fines qu'elle avait pu suivre la conversation des Écossais sans le moindre effort.

Ce tapage devenait excédant, et s'il durait plus longtemps, elle devrait réagir. Oui, mais comment?

Donner un coup contre le mur lui semblait la meilleure solution. Harassée comme elle l'était, elle ne se sentait pas le courage d'aller chercher la maîtresse de maison pour lui demander de changer de chambre. Si seulement elle n'avait pas le sommeil aussi léger...

Quelques minutes plus tard, à bout de patience, elle frappa à la cloison, timidement d'abord, puis plus fort comme le bruit ne cessait pas.

Enfin, le silence tomba dans la chambre voisine. Elle avait réussi. Avec un soupir de soulagement, elle tapota son oreiller et s'allongea... mais alors un coup violent fut asséné contre le mur, derrière elle.

Ah! c'est ainsi qu'on le prenait! Elle ne resterait pas une minute de plus dans cette chambre mais, avant d'en toucher un mot à la duchesse, elle allait dire sa façon de penser à ses voisins. Un autre jour, elle ne se serait peut-être pas sentie si fébrile mais, aujourd'hui, la coupe était pleine!

D'un bond, elle fut debout et enfila son déshabillé dont elle serra la ceinture d'un geste rageur. L'instant d'après, elle se tenait devant la chambre voisine et frappait à la porte. Qu'elle s'ouvrît aussitôt n'eut rien de surprenant. Ses occupants étaient de toute évidence réveillés. Non, ce qui la surprit, ce fut de voir Yan Mac-Gregor surgir devant elle, plus imposant que jamais.

Mais cette fois, son charme la laissa de glace. Elle était bien trop furieuse pour songer aux émotions qu'il éveillait en elle.

— Auriez-vous perdu la tête, monsieur? demanda-t-elle en lui décochant un regard noir. Il est tard et vous dérangez vos voisins avec votre tintamarre.

Il se borna à hausser les sourcils.

— Ainsi, la petite demoiselle a une voix!

Kimberly rougit brusquement, sans savoir pourquoi.

— Pour avoir de la voix, elle en a! s'exclama quelqu'un d'un ton moqueur, derrière Yan.

Penchant la tête sur le côté, Kimberly reconnut le rustre Écossais qu'elle avait heurté de plein fouet le matin même dans le couloir de l'auberge.

— Elle m'a littéralement hurlé dans les oreilles ce matin, à l'auberge, et cela sans raison, ajouta l'inconnu à la crinière flamboyante, ne faisant qu'attiser la fureur de Kimberly.

— Nous auraient-ils par hasard installés dans l'aile réservée aux domestiques? lança Yan avec ironie à l'adresse de son ami, tout en gardant les yeux rivés sur la jeune fille. Je suis désolé de vous avoir dérangée, mais... vous ne pouvez que blâmer vos employeurs de m'avoir assigné ici.

Ainsi, il la prenait pour une servante! C'était à peine croyable! Pourtant, à moins qu'il ne fût sourd, il avait dû entendre la duchesse mentionner son titre, ce matin. Sans compter que Megan avait insisté sur le fait que Kimberly était son invitée. Cherchait-il à l'insulter?

Quel homme odieux! Ses manières laissaient décidément à désirer... Mais la jeune fille n'avait nulle intention de se laisser injurier.

— Apparemment, il est dans vos habitudes, monsieur, de semer la zizanie partout où vous passez. Ce ne sont pas les quartiers des domestiques ici. Mais ai-je besoin de vous le rappeler? Comme vous, je suis en visite à Sherring Cross. Je suis malade, fatiguée, et j'ai besoin de dormir, ce qui s'avérera impossible tant que vous continuerez à beugler de la sorte. Que cherchez-vous à faire? À réveiller toute la maisonnée?

— Cette demeure est bien trop grande pour que j'y parvienne, même si, j'en conviens, cette idée ne serait pas pour me déplaire.

Il avait prononcé ces derniers mots avec une morgue révoltante. De toute évidence, il n'avait pas la moindre intention de cesser son vacarme.

L'exaspération de la jeune fille était à son comble.

— Vous vous croyez drôle, peut-être ? Eh bien, permettez-moi de vous dire que vous ne l'êtes pas ! Tous les Écossais seraient-ils comme vous ? Ou êtes-vous égoïste au point de ne jamais vous soucier d'autrui ?

Elle avait réussi à le mettre en colère. L'homme s'était dangereusement rembruni. Il fit un pas vers elle, la faisant sursauter, puis reculer. À présent elle avait peur. Elle regrettait brusquement d'être venue se plaindre auprès de ce rustre.

— Vous me jugez grossier ? siffla-t-il entre ses dents d'un air menaçant. Vous voulez voir si je le suis vraiment ? Il vous suffit de continuer à m'abreuver de vos reproches...

Sans lui laisser le temps de rétorquer, il la saisit par le bras et, sans ménagement aucun, la poussa jusqu'à sa chambre. Il la planta là, avec une courbette guindée, avant de s'éloigner en sifflotant.

Kimberly ne bougeait plus, les yeux arrondis par la stupeur, tremblant de tout son être.

Des rires s'élevèrent de la chambre voisine. La jeune fille devint cramoisie ; elle savait de qui ces satanés Écossais se moquaient. Il s'en fallut de peu pour que, passant outre à sa peur, elle n'aille leur exprimer sa manière de penser.

Mais voilà, son cœur s'était remis à battre la chamade et le courage lui manqua.

Cet ignoble individu avait réussi à la faire sortir de ses gonds. Elle qui se targuait d'être en toutes circonstances d'un calme olympien !

Avec un haussement d'épaules, elle referma la porte de sa chambre, maudissant à la fois l'impolitesse de l'Écossais et sa propre lâcheté. Puis, se débarrassant de son déshabillé qui glissa sur le sol dans un bruissement soyeux, elle gagna l'immense lit à baldaquin et tira les lourds rideaux de brocart.

Elle avait décidé de prendre son mal en patience. Quand ses voisins se tairaient enfin, elle se mettrait à faire du bruit. Ils ne perdaient rien pour attendre, elle allait leur rendre la pareille. Et puis demain, ce mufle quitterait Sherring Cross. Elle avait entendu Ambrose St. James l'annoncer clairement.

L'Écossais ne resterait pas. Bon débarras !

8

— Elle a eu la peur de sa vie, Yan ! s'écria Gilleonan quand le chef revint dans leur chambre. Et pourtant, je ne l'ai même pas entendue crier à l'aide, que s'est-il passé ?

Yan foudroya son cousin du regard.

— Pourquoi aurait-elle crié ? Je l'ai à peine touchée.

— Tu me surprends, le taquina son compagnon. Moi qui te prenais pour un séducteur invétéré...

— Je ne m'intéresse qu'à celles qui savent reconnaître en moi un homme charmant.

Ranald qui, dans un fauteuil près de la fenêtre, semblait s'être assoupi ouvrit les yeux et s'esclaffa.

— Charmant, dis-tu ? Le chef des MacGregor est tout sauf charmant.

— Ne l'écoute pas, Yan, intervint Gilleonan. Il est ivre.

Ranald n'avait en effet pas cessé de boire depuis le début de la soirée. Sans doute pour oublier tous ces maudits Sassenach qui l'entouraient...

— Si je me souviens bien, reprit-il d'une voix embrumée par l'alcool, la furie qui vient de nous rendre visite et qui a bien failli, ce matin, me laisser sourd à l'auberge est dotée de la plus belle paire de nichons que j'aie jamais vue.

Dérouté par cette remarque grivoise, Yan ouvrit de grands yeux. Gilleonan, assis en tailleur devant la cheminée, un verre de bière à la main, éclata de rire.

MacGregor devait reconnaître qu'il avait lui aussi remarqué les courbes délicieusement féminines de leur voisine. Le décolleté de son déshabillé mettait en valeur une poitrine opulente qui n'avait pas attiré son attention quand ils s'étaient croisés plus tôt dans le vestibule. Et surtout, elle était incroyablement grande. Lui qui d'ordinaire dépassait ses compagnes d'une bonne tête... Ce n'était pas le cas de la jeune inconnue.

Quelle créature ! Ses immenses prunelles émeraude qui étincelaient de colère... sa délicate carnation... et sa lourde chevelure blonde comme les blés qui tombait en cascade sur sa taille étranglée. Oui, il émanait de cette jeune fille une sensualité difficile à ignorer...

Elle était différente des autres. Insignifiante au premier abord, elle gagnait toutefois à être observée de plus près. Sans compter qu'elle n'avait pas la langue dans sa poche... Signe de courage ou impulsivité d'une tête de linotte ?

S'il n'avait eu d'yeux que pour l'ensorcelante duchesse, il l'aurait peut-être même jugée digne d'intérêt. Mais c'est avec Megan qu'il désirait partager sa vie, même si ce rêve serait difficile à réaliser.

Quand, ce soir, il avait confié à ses compagnons qui était la duchesse de Wrothston et comment il comptait la conquérir, Gilleonan n'avait pas caché sa stupéfaction.

— Tu es fou de croire que tu peux impunément enlever la femme d'un duc ! Ils vont te jeter en prison !

Yan le savait parfaitement. Mais c'était un risque à courir.

— Elle a commis une erreur en acceptant d'épouser St. James. Il me suffit de l'en convaincre. Le divorce est une simple formalité.

— Dans ce milieu, il signifie la ruine d'une personne, avait rétorqué Gilleonan. Tu lui demanderais de renoncer à ses privilèges ? Je ne connais aucune femme qui consentirait à un tel sacrifice.

— Et l'amour, dans tout cela ? Tu y penses ?

— Quelle idiotie ! As-tu songé à l'argent ? Si cette Megan n'en possédait pas...

— Un duc épousant une femme démunie, tu veux rire ! Elle ne peut être que de lignée ducale elle aussi, ou encore marquise...

— Je crois plutôt que les ducs épousent qui bon leur semble. Ils sont riches, pourquoi auraient-ils besoin de la fortune de leur épouse ?

C'est à cet instant qu'un coup frappé à la porte avait interrompu leur discussion. Yan avait ouvert. Leur voisine de chambre se tenait sur le seuil, les poings plantés sur les hanches, prête à mordre. Si Yan n'avait pas été exaspéré par les mises en garde de ses compagnons, il aurait peut-être accepté d'accéder à la requête de la jeune fille. Mais voilà, tout à son irritation, il n'avait pas trouvé mieux que de monter sur ses grands chevaux. Enfin, il fallait dire pour sa défense que cette demoiselle dont il ignorait l'identité l'avait bel et bien provoqué. Son ton belliqueux aurait agressé n'importe qui. Elle n'avait à s'en prendre qu'à elle-même...

Quelques instants, Yan et ses cousins gardèrent le silence, mais bientôt cela fut plus fort qu'eux et ils reprirent leur discussion à bâtons rompus.

— Si tu ne te tais pas, Ranald, c'est la maisonnée tout entière qui risque de défiler ici pour se plaindre, gronda Yan.

— Je ne suis quand même pas seul responsable ! Et toi, tu ne hurlais pas tout à l'heure ?

— Peut-être, mais je voulais simplement me faire entendre. Et avec toi, admets que ce n'est pas évident.

— Si vous ne l'avez pas encore remarqué, déclara Gilleonan calmement, vous êtes tous les deux en train de crier.

Yan se passa une main dans les cheveux en soupirant.

— Si je comprends bien, dès demain matin, je vais devoir présenter mes excuses à notre voisine. Et cela ne m'enchante guère.

— Tu t'emportes facilement, commenta Gilleonan. C'est dans ton caractère. Et puis plus tard, tu le regrettes. C'est toujours ainsi.

— Non, pas toujours, protesta Yan. Seulement quand je sais que j'ai tort.

Il marqua une pause.

— Pourquoi n'êtes-vous pas simplement heureux pour moi ? reprit-il d'un ton soudain las. Après tout, j'ai retrouvé la femme de mes rêves.

— Ce serait trop difficile de gagner son cœur, étant donné les circonstances, fit Gilleonan gentiment. Le mieux serait que tu abandonnes cette idée.

— Vous ne me faites pas confiance, c'est cela ?

— Le problème n'est pas là et tu le sais bien, répondit Gilleonan, gêné. Aurait-elle épousé cet homme si elle ne l'aimait pas ?

— Je te rappelle que c'est un duc.

— Il possède bien plus qu'un titre et de l'argent. Tu oublies qu'il est séduisant et qu'il doit avoir fait tourner la tête de plus d'une femme. Megan est amoureuse de lui, cela ne fait pas l'ombre d'un doute. Comment peux-tu croire que tu la persuaderas de quitter l'homme qu'elle aime pour suivre un Écossais pauvre comme Job ? Fais marcher ta cervelle au lieu de te fier à ton cœur.

— Je suis en mesure de lui offrir bien plus que son gandin de mari.

— Quoi, par exemple ? demanda Gilleonan, ironique.

— Le bonheur.

Son cousin écarquilla les yeux, visiblement abasourdi.

— Mais Yan, elle a peut-être déjà tout ce dont elle rêve ici !

— J'essaierai quand même.

— Cela ne servira à rien.

— Je gagnerai son cœur, foi d'Écossais, décréta Yan d'un ton sans réplique. Le sujet est désormais clos, inutile de discuter davantage.

Son cousin secoua la tête.

— Non, je ne peux te laisser commettre une telle bêtise. Je ne serais pas ton ami si j'approuvais ton projet. Et puis, sache que ce n'est pas parce qu'elle est belle qu'elle ferait une bonne épouse. Des jolies femmes, ce n'est pas cela qui manque. Mais encore faudrait-il que tu t'y intéresses...

— Ce serait une pure perte de temps, à présent que j'ai retrouvé Megan.

— Bon sang, tu es plus têtu qu'une mule ! Tu as raison : inutile de discuter. Nous ferions mieux d'aller nous coucher.

Sur ces mots, Gilleonan se dirigea vers la porte, dépassant Ranald qui ronflait dans son fauteuil.

— Ne le réveillons pas, ajouta-t-il en lui jetant un coup d'œil. Il dormira là.

Avant de quitter la chambre, Gilleonan se tourna une dernière fois vers Yan.

— La nuit porte conseil, mon cousin. Demain, tu y verras plus clair et tu comprendras ton erreur.

Yan égrena un chapelet de jurons tandis que la porte se refermait sur son compagnon. Son erreur serait au contraire de renoncer à Megan, une erreur qu'il n'avait aucune intention de commettre.

9

Lorsque, le lendemain matin, Yan entra dans la salle à manger pour le petit déjeuner, ce fut avec l'assurance d'un invité désiré. Devlin, qui présidait la tablée, se rembrunit en l'apercevant mais ne pipa mot. Qu'aurait-il pu dire quand les femmes de cette demeure l'avaient courtoisement accueilli ?

Megan l'avait supplié de ne pas faire d'esclandre. Comment avait-elle réussi à le convaincre ? Une chose était certaine, elle y était parvenue. Elle avait un tel pouvoir sur lui. Néanmoins, Devlin refusait de cacher sa contrariété, et le regard noir qu'il décocha à Mac-Gregor ne laissa aucun doute sur ses sentiments.

Autour de la table, il ne restait plus qu'une chaise vacante... à droite de Kimberly. La jeune fille rougit tandis qu'en son for intérieur elle maudissait sa mauvaise fortune. Si seulement elle n'avait pas précédé l'Écossais dans la salle à manger... Elle aurait pu, plutôt que de s'installer près de lui, prétexter la première excuse qui lui serait venue à l'esprit pour prendre la poudre d'escampette.

Elle aurait toutefois suscité les commérages en quittant ses hôtes aussi précipitamment. En effet, on n'aurait pas manqué d'associer sa fuite avec l'arrivée de l'Écossais...

Yan, lui, ne semblait pas se soucier de l'hostilité ambiante. Non, le plus naturellement du monde, il traversa la pièce, gratifiant la duchesse d'un sourire enchanteur, puis embrassa sa tante sur le front avant de prendre place à table, au côté de Kimberly. Cet instant s'avéra d'autant plus difficile que Margaret, ignorant tout de leur altercation, s'empressa de les présenter.

La jeune fille réussit à sourire mais, dès la fin du protocole, elle ignora l'Écossais, se lançant dans une conversation avec son voisin de gauche, l'aimable Lord Wright qu'elle avait eu le plaisir de rencontrer la veille au dîner.

— Je vous dois des excuses pour vous avoir dérangée hier soir, chuchota MacGregor en se penchant vers elle.

La surprise de Kimberly fut si grande qu'elle se tourna vers lui. Après l'avoir rudement raccompagnée jusqu'à sa chambre, après sa flagrante discourtoisie, ce pardon était inespéré.

Pourtant, MacGregor semblait sincère. Qu'attendait-il en retour? Qu'elle lui pardonne? Certainement pas!

— Absolument! rétorqua-t-elle sèchement.

L'Écossais paraissait avoir rougi. Que ce fût de colère ou d'embarras, elle n'en avait cure! Les regrets de cet homme n'effaçaient pas la nuit cauchemardesque qu'elle avait passée. Elle n'avait pu fermer l'œil jusqu'aux premières lueurs de l'aube.

— Nous avons eu une discussion un peu animée avec mes amis, ajouta-t-il pour se justifier, au sujet d'une décision que j'ai prise sans leur assentiment... Et vous, comment expliquez-vous votre conduite?

Ce fut au tour de Kimberly de s'empourprer. Bien sûr, il faisait allusion au bruit qu'elle avait fait quand le silence avait enfin régné dans la chambre voisine. Et elle n'avait aucune réponse à lui fournir, sinon qu'elle souhaitait lui rendre la monnaie de sa pièce.

Cet Écossais et ses compagnons auraient pu comprendre qu'ils la dérangeaient en palabrant et en riant comme s'ils étaient seuls au monde. Mais non, ces malotrus égoïstes ne s'étaient pas tus, même après son intervention. Pourquoi devrait-elle se justifier quand elle n'était en rien fautive ? C'était elle qui avait souffert du raffut, elle que la migraine ne quittait pas depuis le matin. Lui, en revanche, semblait d'humeur charmante comme s'il avait passé la plus belle nuit possible.

— Que vous vous rendiez compte de votre impolitesse, monsieur MacGregor, ne change rien au fait que je n'ai pu dormir à cause de vous hier soir, tout comme la nuit précédente à l'auberge.

— Alors c'est ainsi que vous vous excusez ? gronda-t-il en la fusillant du regard.

— Je ne cherche pas à m'excuser, monsieur MacGregor. Je suis simplement en train de vous faire remarquer que votre attitude est bien plus grave que vous ne l'imaginez.

— Si vous aviez été un peu plus aimable hier soir en précisant que vous souhaitiez dormir, ma chérie, nous aurions baissé le ton. Mais ça n'a pas été le cas... Je me trompe ?

Elle faillit suffoquer. Quel aplomb ! Le voilà qui lui imputait la faute à présent !... Mais enfin, qu'aurait-elle pu espérer d'un...? Non ! Elle n'allait quand même pas imiter son père et ses préjugés. D'ailleurs avait-elle besoin de critiquer l'Écosse tout entière et ses habitants pour détester cet homme ? Il savait éveiller en elle des émotions auxquelles elle ne comprenait rien.

Il ne méritait même pas qu'elle lui réponde. C'eût été se rabaisser à son niveau. Et pourtant, elle ne put résister à l'envie de lui répliquer :

— Si vous n'aviez pas fait autant de bruit la nuit dernière, je n'aurais pas eu besoin de venir frapper à votre porte... Autre chose : je souhaiterais que vous m'appeliez Lady Kimberly. Je ne suis pas votre chérie.

— Et j'en suis fort aise.

La jeune fille faillit se lever et lui assener une gifle, mais alors elle se souvint de l'endroit où elle se trouvait et en quelle compagnie...

— Nous sommes donc bien d'accord, Mac-Gregor, murmura-t-elle en se dominant au prix d'un effort prodigieux. Je suis contente de ne plus avoir à supporter longtemps votre compagnie.

Elle eut un sourire mielleux.

— Car vous quittez Sherring Cross ce matin, n'est-ce pas ? poursuivit-elle.

— Je suis désolé de vous décevoir, mais je ne pars pas.

Elle fronça les sourcils.

— Vous mentez. J'ai entendu clairement le duc déclarer hier...

— Eh bien, le duc a changé d'avis, coupa-t-il en se renfrognant à son tour. Comment osez-vous me traiter de menteur ? J'exige des excuses sur-le-champ.

— Certainement pas. Vous ne m'avez peut-être pas menti cette fois-ci, mais étant donné votre profession, MacGregor, je ne doute pas que vous vous adonniez au mensonge comme au vol. Et puisque malheureusement vous restez là, je m'assurerai de mettre mes biens sous clé.

Peut-être allait-elle un peu loin, songea-t-elle, mais après tout il l'avait bien cherché. Tant pis pour ce rustre !

Yan serra les poings. C'était une chose d'être traité de voleur, mais de menteur...

— Vous êtes une langue de vipère !

Kimberly fronça les sourcils.

— Décidément, monsieur, vous avez la fâcheuse habitude d'offenser les femmes. Puis-je vous suggérer de ne plus m'adresser la parole ? Je vous promets qu'en retour je vous épargnerai mes sarcasmes.

— Voilà ce que je gagne à présenter mes excuses, maugréa-t-il pour lui-même.

Échanger des propos mordants avec une dame n'était pourtant pas dans ses habitudes, pensa-t-il, consterné. D'ordinaire, quand il s'agissait de la gent féminine, il préférait les flatteries aux hostilités. Alors pourquoi se comportait-il comme si une guerre était déclarée ?

Ce matin, dans cette robe austère trop grande pour elle, avec ses cheveux sévèrement tirés qui soulignaient la rougeur de son nez, Lady Kimberly ne montrait pas le meilleur d'elle-même... et pourtant Yan se sentait, malgré lui, attiré.

Jusqu'aux aurores, elle l'avait empêché de dormir. Ce matin, il s'était levé aussi fatigué que s'il n'avait pas fermé l'œil de la nuit. Non que cela lui déplût... au contraire. Il était intrigué par l'esprit étonnamment vindicatif de cette jeune Anglaise. De plus, il n'avait obtenu que ce qu'il méritait, et c'est le cœur guilleret qu'il était descendu pour le petit déjeuner, après qu'un domestique lui avait annoncé qu'il pouvait séjourner à Sherring Cross aussi longtemps qu'il le souhaiterait.

Il lui fallait dorénavant songer sérieusement à Megan. L'attitude glaciale qu'elle avait adoptée à son endroit n'était motivée que par la présence des autres. Quand ils se retrouveraient tous les deux, elle oublierait sa froideur... Il n'en doutait pas un instant. Comme il ne devait pas quitter Sherring Cross aujourd'hui, il aurait tout loisir de gagner le cœur de sa belle.

Toutefois, il n'ignorait pas que, durant son séjour, Lady Kimberly et lui-même auraient encore l'occasion de croiser le fer...

10

Kimberly dormit une grande partie de l'après-midi. Ce n'était guère poli, sachant qu'elle n'était à Sherring Cross que depuis la veille. Toutefois la duchesse elle-même lui avait conseillé de se reposer quand elle l'avait vue répondre à ses questions par des bâillements.

En effet, juste après le petit déjeuner — une véritable torture, soit dit en passant —, Megan avait invité Lucinda, la mère de Devlin, et Kimberly à la suivre au boudoir pour discuter du prochain mariage de la jeune fille. Dans cette perspective, la duchesse avait échafaudé un plan ou plutôt, selon ses propres mots, une « stratégie » destinée à mettre Kimberly en relation avec les célibataires les plus en vue du pays.

Durant les semaines à venir, plusieurs soirées mondaines auraient lieu à Sherring Cross. Et comme si cela ne suffisait pas, la duchesse avait accepté nombre d'invitations à l'extérieur, que ce fût pour des réceptions ou des spectacles.

Vaincue par une immense lassitude, Kimberly s'était assoupie dans son fauteuil juste après que Lucinda — que toute la famille se plaisait à surnommer affectueusement Duchy — avait annoncé que l'un des bals serait donné à Londres quatre jours plus tard. La jeune fille s'apprêtait à protester qu'elle n'avait pas même une robe digne de ce nom à se mettre, mais brusquement ses paupières alourdies s'étaient fermées d'elles-mêmes.

C'était Megan qui l'avait réveillée en lui secouant gentiment le bras. Elle lui avait alors conseillé d'aller se coucher après le déjeuner.

S'endormir en public constituait indéniablement le comble de l'inconvenance, et Kimberly avait aussitôt balbutié ses plus humbles excuses, imputant la faute à son rhume et au long voyage qu'elle venait d'effectuer depuis le Northumberland. Elle aurait pu mentionner ses voisins de chambre et leur tapage, mais elle n'en avait rien fait.

À présent, habillée pour le dîner, elle se demandait pourquoi elle n'avait pas réclamé une nouvelle chambre. Avec l'Écossais dans la pièce contiguë, cet homme qui avait le don de la mettre hors d'elle, les nuits s'annonçaient difficiles. Sans compter qu'elle risquait à tout instant de croiser MacGregor dans le couloir... À l'idée de se retrouver seule avec lui, elle en avait la chair de poule.

Après le déjeuner, la duchesse douairière lui avait fait porter une décoction, au goût détestable, destinée à soigner son rhume et qui, miraculeusement, l'avait revigorée. Son nez ne coulait plus à tout instant. Quelques touches de poudre et elle avait même réussi à en dissimuler la rougeur.

Un dernier coup d'œil à la psyché la rassura sur son apparence. La robe de soie lavande que Mary, sa femme de chambre, lui avait soigneusement repassée soulignait la finesse de sa taille. Toutefois elle devrait songer à regarnir sa garderobe au plus tôt. La duchesse saurait probablement lui conseiller une couturière. Elle n'accepterait de se rendre aux bals et aux réceptions que lorsqu'elle serait fin prête.

Peu avant le dîner apparurent au salon de nouveaux invités auxquels Kimberly fut présentée. Il y avait notamment Lady Hester Cowles et sa fille, Cynthia, une ravissante adolescente d'une quinzaine d'années, venues rendre visite à la duchesse douairière.

Tiffany Whately, la meilleure amie de Megan, assistait également à cette réunion. Elle était accompagnée de son époux, l'honorable Tyler Whately, et devait demeurer à Sherring Cross jusqu'à la fin du week-end. Kimberly, qui aurait aimé reparler de ses projets matrimoniaux avec son hôtesse, allait de toute évidence devoir prendre son mal en patience.

Toutefois elle apprit que Mme Canterby, une couturière hors pair selon les dires de Margaret MacGregor, vivait à Sherring Cross et que Megan avait d'ores et déjà organisé une entrevue avec cette femme le lendemain.

Kimberly n'avait donc plus à s'inquiéter pour sa garde-robe, d'autant que la duchesse avait renoncé au bal qui aurait lieu quelques jours plus tard, à Londres. Ce qui lui laissait quelque répit avant de plonger dans l'effrayant tourbillon du grand monde...

Comme l'heure du dîner approchait, et que Yan MacGregor tardait à apparaître, la jeune fille se prit à espérer qu'il ne les rejoindrait pas. Elle n'aurait pas ainsi à supporter sa présence indésirable... Mais une fois encore, la chance ne fut pas de son côté.

Elle était assise près de Cynthia Cowles, prêtant une oreille distraite aux jérémiades de l'adolescente quant à l'austérité de ses toilettes, lorsque l'Écossais fit son entrée, étonnamment élégant dans un sombre habit de soirée, sombre comme ses cheveux qui flottaient librement sur ses épaules... une tenue qui lui conférait un air d'aventurier sans toutefois entacher sa prestance et son charme naturels. Un jabot de dentelle blanche rehaussait son teint mat.

Cynthia resta bouche bée devant cette apparition. Quant à Kimberly, elle dut faire appel à tout son courage pour ne rien montrer de son émoi. Force lui était d'admettre que ce voyou l'attirait... Il était capable de faire vibrer tout son être, bien malgré elle.

Mais MacGregor ne la remarqua même pas. Il avait pénétré dans le salon, un sourire radieux sur les lèvres à envoûter toutes les femmes, mais qu'il adressa à la seule qu'il souhaitait charmer.

Il s'agissait bien entendu de la duchesse, mais comme celle-ci se tenait à l'autre bout de la pièce, il fut impossible à Kimberly d'entendre leur conversation. Pourtant, de là où elle se trouvait, le tableau était amusant. Megan essayait en vain de dégager la main que l'Écossais tenait entre ses doigts, la baisant plus longuement que ne le voulait la bienséance. Enfin la duchesse parvint à se libérer, et elle gratifia MacGregor d'un regard réprobateur.

Tout le monde, bien entendu, avait les yeux rivés sur eux. Duchy se cachait derrière son mouchoir de dentelle pour rire en douce. Devlin, quant à lui, s'était rembruni.

Dans le lourd silence qui suivit, la voix de Cynthia s'éleva :

— Quel homme gigantesque, n'est-ce pas ? commenta l'adolescente, visiblement troublée.

— Pas particulièrement, rétorqua Kimberly.

Fronçant les sourcils, Cynthia lui jeta un regard stupéfait. Kimberly se leva aussitôt pour lui fournir l'explication et l'adolescente la détailla de pied en cap.

— Je comprends mieux pourquoi vous dites cela, déclara cette dernière à voix haute. Vous êtes vous aussi une grande perche.

Pauvre Lady Cowles ! La mère de Cynthia avait en effet surpris ces paroles impertinentes et était devenue rouge comme une pivoine. Kimberly, quant à elle, trouva la chose amusante et s'esclaffa. Cela faisait si longtemps qu'elle n'avait pas ri... Mais alors qu'elle recouvrait son sérieux, elle rencontra le regard abasourdi de Yan. Loin d'elle la volonté d'attirer son attention... Gênée, elle s'empourpra.

Heureusement, le dîner fut annoncé à point nommé, et tout le monde prit le chemin de la salle à manger...

Megan avait de nouveau pris soin de limiter le nombre de chaises à table et de ne pas réserver les places, mais cette fois sa manigance échoua : Kimberly et Yan s'installèrent les premiers... à l'opposé l'un de l'autre !

Toutefois, elle gardait bon espoir. Elle avait vu Kimberly sourire quelques instants plus tôt, au salon. Et ce sourire avait l'espace d'un instant métamorphosé la jeune fille. Incroyable comme de simples fossettes pouvaient doter une personne d'un charme insoupçonné... Même si Kimberly ne correspondait pas aux canons classiques de la beauté, il y avait quelque chose en elle qui retenait l'attention. Et le plus important, c'est que la duchesse aurait juré que Yan l'avait lui aussi remarqué.

Une idée germa dans son esprit : tout au long du repas, Megan entreprit d'amuser ses invités à force de boutades et d'anecdotes. Même Kimberly se détendit et chaque fois qu'elle s'esclaffait, elle s'attirait le regard de l'Écossais.

Pourtant, il continuait entre-temps de couver la duchesse d'œillades incendiaires...

Megan soupira, se promettant d'avoir au plus vite une discussion sérieuse avec cet homme afin de remettre les choses à leur place... avant que Devlin ne s'en alarme. Elle qui avait réussi à convaincre son époux d'accepter la présence de l'Écossais à Sherring Cross en invoquant un éventuel mariage avec la fille du comte d'Amburough... S'il découvrait où se situaient véritablement les intérêts de Yan, il ne manquerait pas de le congédier sur-le-champ, après avoir réglé l'incident à l'épée.

Ce qui était malheureusement fort probable, étant donné l'antipathie que Devlin vouait au Highlander. Ce soir, assis l'un près de l'autre, avec seulement Duchy entre eux, ils s'ignoraient avec superbe. Trop de superbe, peut-être...

Même si elle souhaitait ardemment rapprocher Kimberly et MacGregor, Megan devait envisager la possibilité d'échouer dans son projet. La duchesse douairière l'avait d'ailleurs incitée à ne pas mettre tous ses œufs dans le même panier. Mieux valait multiplier le nombre de célibataires éligibles. Et le prochain bal des Wiggins à Londres en serait la meilleure occasion...

11

Une douce fatigue gagnait Kimberly tandis qu'elle franchissait le dédale de couloirs en direction de sa chambre. Désormais, elle n'aspirait plus qu'à se glisser entre ses draps et plonger dans les bras de Morphée.

La soirée s'était déroulée dans la liesse générale et Kimberly, qui d'ordinaire exécrait ces réunions mondaines, avait été agréablement surprise. Megan St. James était une hôtesse si charmante et si amusante que la jeune fille en avait presque oublié la raison de sa présence à Sherring Cross.

Sans compter que cette joyeuse ambiance l'avait divertie de la présence de l'Écossais qui la fascinait tant.

Parfois, il lui avait semblé pourtant sentir le regard de MacGregor posé sur elle. Non qu'elle eût jeté un coup d'œil dans sa direction pour s'en assurer... Mais pourquoi aurait-il prêté attention à elle quand l'adorable Megan était assise non loin de lui? Elle devait rêver...

Un bruit de pas retentit tout à coup derrière elle, dans le couloir. Son cœur se mit aussitôt à battre plus vite. Était-ce une servante? Non, le pas n'aurait pas été si lourd. Il devait s'agir de son voisin de chambre, ce maudit Écossais. Dire qu'elle avait tout calculé pour éviter une telle rencontre...

En effet, après le repas, ils avaient gagné le salon, où Cynthia avait joué de la harpe. Les hommes étaient là eux aussi, ayant préféré apporter leur cognac plutôt que de le finir entre eux dans la salle à manger.

Quand Kimberly les avait quittés, MacGregor avait encore un verre plein à la main, et semblait en grande discussion avec Lady Hester... Et pourtant, à cette minute, elle aurait juré que c'était lui qui la talonnait. Encore une fois, la malchance la poursuivait !

Redoutant une nouvelle confrontation, elle pressa le pas. Quand elle reprit enfin son souffle, elle était devant la porte de sa chambre. Une porte fermée à double tour, découvrit-elle avec effroi...

Pourquoi diable avait-elle fait une chose pareille ? Que craignait-elle donc ? Ce MacGregor n'avait pas l'intention de la voler. Qu'elle verrouille sa porte quand elle se trouvait dans sa chambre pour être certaine qu'on ne la dérangerait pas, soit... Mais voilà, avec ses bêtises, elle allait devoir rechercher la clé dans la poche secrète entre les plis de sa robe, et MacGregor allait la rattraper... Vite ! Elle se mit à fouiller avec frénésie, ce qui n'était pas chose facile.

Lorsque enfin elle eut trouvé la clé, ses doigts tremblaient tant qu'elle ne parvint pas à l'introduire dans le trou de la serrure.

Et brusquement, une large main se posa contre le battant de bois, tandis qu'un souffle chaud lui caressait la nuque.

— Vous ne me trouvez pas très grand ? murmura-t-il contre ses cheveux.

Elle aurait dû éprouver une certaine anxiété, mais elle se sentait soudain étrangement calme. Peut-être devait-elle en remercier les quelques verres de vin qu'elle avait bus durant le dîner.

Ainsi il avait entendu sa remarque quand elle parlait avec Cynthia ! Curieusement, elle n'en éprouva aucun embarras...

Kimberly pivota sur ses talons et croisa les yeux de l'Écossais.

— Non, rétorqua-t-elle sèchement.

Son ton agressif sembla amuser MacGregor.

— Si je ne m'abuse, la première fois que je vous ai rencontrée, vous sembliez pourtant impressionnée...

— Peut-être parce que vous êtes un homme exceptionnellement séduisant.

Il s'écarta, visiblement piqué au vif. Mais, alors qu'elle se croyait enfin débarrassée de lui, il s'approcha de nouveau.

— Vous le pensez vraiment, ma chérie ? fit-il avant de s'esclaffer. Aurais-je finalement une qualité ?

— Je vous ai déjà dit de ne pas m'appeler ainsi ! siffla-t-elle avec fiel.

— Il ne suffit pas de demander pour obtenir. Enfin, cela dépend de...

Elle aurait dû se douter qu'elle ne le rembarrerait pas aussi aisément. Il avait réponse à tout.

— Cela dépend de quoi, s'il vous plaît ?

— De vous.

Si elle ne saisit pas l'allusion, elle n'eut aucune peine à déchiffrer le regard dont il l'enveloppa. Un regard qui ne dissimulait pas sa convoitise.

— Ne prenez pas vos rêves pour des réalités, MacGregor ! Jamais je ne serai votre chérie.

Voilà qu'elle le défiait une fois de plus ! Que cherchait-elle enfin ?

Il fit un autre pas vers elle, la coinçant entre la porte et lui. En réalité, il était gigantesque...

— Qui sait ce que nous réserve l'avenir, ma chérie ?

— Et si vous me laissiez en paix ?

— Plus tard.

— Que voulez-vous dire ?

Le sourire de l'homme se fit dangereusement sensuel.

— Je vais d'abord vous embrasser.

— Non ! Ne me touchez...

Il s'était déjà emparé de ses lèvres, la réduisant au silence. Kimberly était comme le papillon aveuglé par une lumière trop vive : elle ne bougeait plus et n'avait d'autre choix que de se soumettre à ces lèvres impérieuses.

Cette bouche fermement dessinée qui se pressait contre la sienne éveillait en elle une émotion inconnue. Son esprit refusait de raisonner et, peu à peu, elle s'abandonna au plaisir que lui procurait ce baiser. Et lorsqu'il franchit la barrière de ses lèvres de sa langue experte, un délicieux frisson chassa ses dernières réticences.

Quand il s'écarta, elle était sous le charme. Il aurait pu la planter là, sans plus d'explication, elle ne l'aurait pas remarqué. Mais il restait à la dévisager. Et sous ce regard intense, la jeune fille fut submergée par un tourbillon de sentiments contradictoires. Quelle ne fût pas sa confusion lorsqu'elle découvrit qu'elle n'aspirait qu'à se blottir contre ce torse puissant !

Que lui arrivait-il ? Jamais elle n'avait connu pareilles sensations... Si les baisers de Maurice à l'époque où ils n'étaient encore qu'adolescents l'avaient laissée de marbre, ceux de ce maudit Écossais l'enflammaient tout entière, lui faisant oublier toute raison.

— Pourquoi avez-vous fait cela ? demanda-t-elle d'une voix mal assurée.

— J'ai dû perdre l'esprit, admit-il, semblant tout aussi confus qu'elle.

Cette réponse fut comme une flèche qu'elle aurait reçue en plein cœur. Mais qu'aurait-elle voulu entendre ? En son for intérieur, elle se reprocha sa naïveté.

— Certainement, repartit-elle sans rien laisser paraître. Et il est inutile que vous vous excusiez une fois encore demain matin, MacGregor. Trop d'excuses vous écorcheraient la bouche.

Elle lui tourna le dos, décidée à le planter là, mais l'Écossais posa une main sur son épaule.

— Je ne regrette jamais d'avoir embrassé une femme. Et qu'il s'agisse de vous n'y change rien. N'espérez pas m'entendre vous dire que je suis désolé, vous seriez déçue.

Sur ces mots, il s'éloigna dans l'obscurité...

12

À quelques heures du bal, Kimberly ne parvenait toujours pas à croire qu'elle était invitée chez les Wiggins. Leurs soirées étaient célèbres dans toute l'Angleterre. En outre, elle pensait ne jamais pouvoir être prête à temps...

Tout le clan St. James l'accompagnerait. Le duc et la duchesse bien sûr, mais aussi Lady Hester et Yan MacGregor qui avaient, eux aussi, effectué le voyage le matin même pour Londres. Ils résideraient dans la demeure citadine du duc pour quelques jours, le temps d'accepter d'autres invitations, et pourquoi pas un autre bal ? Le lendemain, il était prévu que Duchy, Margaret et Cynthia — qui n'avait cessé de se lamenter parce qu'on la jugeait trop jeune pour être présentée au grand monde — les rejoignent.

A la grande surprise de Kimberly, Mme Canterby avait accepté de lui dessiner une robe. Une tenue somptueuse qu'elle avait reçue peu avant son départ pour la capitale. De son côté, elle avait durant ces derniers jours, avec l'aide d'une domestique et de sa femme de chambre, effectué quelques retouches sur certaines de ses anciennes toilettes qui, faute de mieux, conviendraient... en attendant que la couturière lui envoie d'autres tenues.

Étant donné l'ampleur des bagages et, bien sûr, la kyrielle de serviteurs qui suivaient leurs maîtres, deux diligences n'avaient pas été de trop pour conduire tout ce monde à Londres. Seul le duc avait choisi de chevaucher son meilleur cheval, un superbe alezan à la robe isabelle, peut-être parce qu'il désirait, pendant quelques heures au moins, se débarrasser de l'Écossais. Kimberly aurait aimé faire de même, mais la courtoisie l'avait empêchée d'en formuler la requête.

Ces deux derniers jours, la jeune fille avait réussi à éviter Yan, sauf aux moments des repas, auxquels elle ne pouvait malheureusement se dérober. Le matin qui avait suivi leur baiser, il était arrivé enrhumé au petit déjeuner, et elle avait dû se contenir pour ne pas éclater de rire. Un baiser avait donc suffi à le contaminer...

Ce matin, alors qu'ils voyageaient l'un à côté de l'autre dans la voiture, elle était parvenue à l'ignorer. Megan et Lady Hester étaient assises sur la banquette en face, et Kimberly n'avait eu aucune peine à imaginer les regards énamourés que l'Écossais lançait à la duchesse dès que Lady Hester ne regardait pas dans sa direction.

Il est vrai que Megan ne dissimulait plus l'antipathie qu'elle vouait à l'Écossais. Elle demeurait d'une froideur à peine cordiale afin de le tenir à distance. Ce qui réussissait plutôt bien. Mais il était clair que ce bandit n'avait pas renoncé à la séduire...

Rien n'était prévu pour ce premier après-midi à Londres. Megan avait suggéré que tous se reposent, le bal risquant de s'éterniser jusqu'au petit jour. Kimberly avait accueilli cette proposition avec soulagement : la seule présence de l'Écossais durant le voyage l'avait épuisée...

L'heure du départ pour le bal avait enfin sonné. Kimberly avait grand-peine à cacher son excitation, peut-être parce qu'elle ne s'était jamais sentie aussi élégante. Devait-elle en remercier la somptueuse robe d'organdi gris perle ourlée de dentelles qu'elle portait pour l'occasion et qui, elle devait bien l'admettre, flattait sa fine silhouette ? Le décolleté échancré rehaussait la soie marmoréenne de sa gorge et mettait en valeur le précieux camée qu'elle tenait de sa mère.

Encore mieux que cette tenue de rêve, sa coiffure la ravissait véritablement. Dire qu'elle avait failli s'enfuir à toutes jambes quand la camériste était arrivée, armée de longs ciseaux et d'un fer à friser pour s'attaquer à ses longs cheveux auxquels elle n'avait jamais osé toucher. Mais à présent qu'elle contemplait son reflet dans la vieille psyché, elle ne regrettait plus d'avoir cédé devant l'insistance de la domestique. Une touche de rouge sur les lèvres, un voile de poudre et la voilà parée pour affronter son destin !

Yan ne la reconnut pas, en tout cas pas immédiatement. Quand il pénétra dans le salon où tout le monde s'était réuni en vue du départ, il s'empressa de se présenter comme s'il la prenait pour une nouvelle convive. Mais alors qu'elle le dépassait sans un regard, il nota sa méprise et demeura pétrifié.

Décidément, cette Lady Kimberly n'avait de cesse de le surprendre ! Il fut tenté un instant de la rattraper et de lui demander les secrets de sa métamorphose, mais la peur du ridicule l'en dissuada.

L'autre soir, elle l'avait déjà étonné en souriant pour la première fois. Un sourire qui illuminait son visage, le nimbant d'un charme qu'il n'aurait jamais soupçonné...

Mais le plus stupéfiant chez cette jeune fille, c'était qu'elle réussissait à le troubler. Pourtant, il avait beaucoup mieux à faire qu'à s'intéresser à cette pimbêche !

Depuis la nuit où elle était venue frapper à sa porte pour le tancer vertement, il s'était efforcé de l'ignorer, se concentrant sur les moyens de gagner le cœur de Megan. Pourtant, bien malgré lui, ses pensées revenaient vers Kimberly. Il ne pouvait se voiler la face plus longtemps : cette jeune fille le hantait bel et bien. Et le baiser qu'ils avaient échangé n'avait pas arrangé les choses.

Il ne comprenait toujours pas ce qui l'avait poussé à l'embrasser. Si seulement il avait pu s'interdire de l'approcher...

Mais ses lèvres étaient comme une invite silencieuse à laquelle il n'avait pu résister. Et quand son corps s'était pressé contre le sien, sa raison avait cédé la place à un tourbillon d'émotions incontrôlables.

74

Yan secoua la tête, chassant avec dédain ces stupides pensées. Ce soir, c'était décidé, il se lancerait à la conquête de Megan. Il aurait tout loisir de l'inviter à danser. Comment pourrait-elle lui refuser cette faveur ? Dès l'instant où il la tiendrait dans ses bras, elle oublierait ses réticences. Alors... tout serait possible. Il espérait lui faire comprendre qu'elle serait bien plus heureuse à ses côtés qu'auprès de son obséquieux mari. Elle reviendrait à la raison et reconnaîtrait enfin qu'elle s'était fourvoyée en épousant ce bellâtre.

De bien grandes espérances qu'il caressait là et qui ne laissaient aucune place à Lady Kimberly, ce délicieux papillon qui sortait à peine de sa chrysalide...

13

— Que diable se passe-t-il ? grommela Yan MacGregor. J'aurais pourtant juré qu'elle dansait avec quelqu'un d'autre tout à l'heure.

— De qui parlez-vous ? s'étonna la duchesse en levant les yeux vers son partenaire.

— Lady Kimberly.

Megan fut surprise de cette remarque. Elle ne dansait avec Yan que parce qu'il n'avait cessé d'insister depuis le début du bal. De guerre lasse, elle avait fini par céder. Mais qu'il pût remarquer une autre femme, et de surcroît Kimberly Richards, alors qu'il venait de lui susurrer à l'oreille des mots flatteurs, des compliments fleuris... c'était un peu vexant.

La duchesse devait cependant admettre qu'elle était impressionnée par la métamorphose de la jeune fille, tout comme l'Écossais.

— Lady Kimberly dansait en effet avec un autre tout à l'heure, vous avez raison. Depuis le début de la soirée, tous les célibataires se disputent ses attentions. L'impatience n'est-elle pas l'apanage de la jeunesse ?

— Peut-être... marmonna Yan entre ses dents.

Megan riait sous cape. L'Écossais semblait jaloux. Tous les espoirs restaient permis.

— Elle fait l'unanimité, on dirait, s'empressa-t-elle d'ajouter en étudiant le visage de son compagnon pour guetter ses réactions. Kimberly ne glousse pas stupidement pour un oui ou pour un non, comme toutes les jeunes filles de son âge. Elle sait écouter, ce qui n'est pas donné à tout le monde. Sans compter qu'elle est adorable. Mais peut-être l'aviez-vous remarqué ?

— Vous êtes très belle, vous aussi, Megan, lança-t-il en se gardant bien de répondre. Mais je ne vois aucun homme dans l'assistance qui vous fasse les yeux doux ce soir.

Elle s'esclaffa de bon cœur.

— Fort heureusement ! Devlin s'est empressé de mettre les points sur les *i*, il y a bien longtemps déjà. Mais en ce qui concerne notre Kimberly, j'ai bon espoir de la voir rentrer à Sherring Cross avec de nombreuses propositions de mariage. Je devrais peut-être lui demander si elle a d'ores et déjà rencontré une personne à son goût. Seriez-vous assez aimable pour me conduire auprès d'elle dès que cette danse sera achevée ?

Yan opina sèchement du chef. Il avait totalement oublié son projet de la séduire. C'est à peine s'il lui accordait encore un regard et Megan dut se mordre la lèvre pour ne pas éclater de rire.

« L'union entre l'Écossais et la fille du comte n'est plus qu'une question de jours », se dit-elle. Yan et Kimberly étaient faits l'un pour l'autre, même si, pour l'instant, ils n'en avaient pas encore conscience.

Quand la musique se tut, il accompagna la duchesse jusqu'à Kimberly. Juste à temps ! Un gentilhomme s'était approché de la jeune fille, lui offrant de l'escorter sur la piste de danse. Megan dut écarter le prétendant en lui demandant d'aller leur chercher des rafraîchissements.

— Si vous voulez bien m'excuser, dit-elle à Yan en se penchant vers lui. Je souhaiterais prendre l'air quelques minutes sur le balcon, avec Kimberly...

L'Écossais secoua la tête.

— Que pensera votre mari si je ne vous offre pas ma protection dans une aventure aussi dangereuse ? plaisanta-t-il. Je vous accompagne.

Megan haussa les épaules avec négligence. Au plus profond d'elle-même, elle était enchantée qu'il désirât demeurer à ses côtés. Cela servirait ses plans.

— Comme vous voulez, déclara-t-elle d'un ton détaché, mais je vous en supplie, restez en retrait.

La duchesse n'eut pas à attendre de réponse, il avait déjà pris Kimberly par le bras et la guidait vers le balcon. Au-dehors, des paravents avaient été installés pour protéger l'endroit des rafales glaciales de l'hiver, permettant aux convives de prendre l'air sans attraper froid.

— Vous vous amusez bien, Kimberly?
commença Megan, sachant que MacGregor
écouterait leur conversation.

— Oui, Votre Grâce.

— Pas de cérémonie entre nous, la gourmanda gentiment la duchesse. J'aimerais croire
que vous et moi sommes amies, et mes amies
m'appellent Megan.

Kimberly esquissa un timide sourire tandis
qu'elle coulait un regard à la dérobée en direction de Yan.

— Alors dites-moi, continua la duchesse,
avez-vous rencontré quelqu'un que vous jugez
digne d'intérêt?

— John Kent.

Cette réponse était venue trop promptement.
Ceci ne manqua pas d'étonner Megan.

— Bien... c'est un gentil garçon! Très comme
il faut. Issu d'une excellente...

Elle laissa sa phrase en suspens, feignant de
réfléchir, pour reprendre l'instant d'après:

— Êtes-vous certaine de votre choix? Sans
vouloir vous froisser, il me paraît quelque peu
guindé, non?

Kimberly sourit, ne pouvant qu'abonder dans
le sens de son interlocutrice.

— Peut-être, concéda-t-elle, mais j'ai vécu
toutes ces années avec un... comment pourrais-je dire? un père trop impulsif. Alors vous
comprenez, une personne pondérée doit être
reposante.

— Ne dites pas cela! Vous n'imaginez pas
combien mon Devlin avec sa fâcheuse tendance
à se montrer compassé a le don de m'agacer.
Enfin, heureusement, ce n'est pas toujours le
cas. N'aimeriez-vous pas vivre aux côtés d'un
homme qui vous ferait rire?

Sans même se concerter, elles tournèrent la tête en direction de Yan qui sifflotait en gardant les yeux rivés au ciel, comme s'il n'avait pas entendu un mot. Le cœur de Kimberly se mit à battre la chamade comme chaque fois qu'elle se retrouvait près du séduisant Écossais. Et ce soir, peut-être plus encore qu'à l'ordinaire... car il était superbe dans son habit de soirée noir et son jabot de dentelle.

Malgré ses efforts pour ne plus songer qu'aux gentilshommes qu'elle avait rencontrés depuis le début de la soirée, il lui était impossible d'oublier le laird du clan MacGregor. Elle avait cru qu'il l'inviterait à danser. Mais, cette fois encore, il n'avait eu d'yeux que pour la ravissante Megan...

— Il y a également Howard Canston, lança-t-elle pour masquer son trouble. Il m'est fort sympathique.

La duchesse fronça les sourcils. Ce mirliflore ne lui plaisait guère, sans qu'elle pût s'expliquer pourquoi. Bel homme, Canston était très influent au sein de la Chambre des lords, où il avait hérité du siège de son père quand ce dernier, affaibli par la maladie, s'était retiré. La famille Canston était riche, extrêmement riche, et jamais, au fil des générations, un scandale n'avait entaché leur réputation. Et puis, Howard était destiné à recevoir le titre de marquis à la mort de son père — ce qui, selon les rumeurs, ne tarderait plus.

Le vicomte Canston était certainement l'un des meilleurs partis de la saison, l'époux idéal pour toutes les jeunes filles de l'assistance.

Megan aurait aimé pouvoir le critiquer, simplement parce qu'elle était convaincue que ce

Canston ne conviendrait pas à Kimberly. Mais aucun défaut ne lui venait à l'esprit... Devait-elle inviter le vicomte à Sherring Cross dans les semaines à venir ? Ce projet ne l'enchantait pas, mais avait-elle le choix ? Elle devrait aussi penser à convier John Kent ainsi que laisser à Margaret le soin d'offrir à plusieurs jeunes filles de séjourner sous son toit pour Yan.

Megan réprima un soupir. Parfois, les choses n'étaient pas aussi simples qu'on l'aurait souhaité.

— Howard ferait un excellent mari, répondit-elle enfin. Y en a-t-il d'autres ?

Elle n'aurait pas été étonnée d'entendre Kimberly lui proposer d'autres noms. Cette jeune fille était ici pour trouver un époux, et de toute évidence, elle n'avait pas perdu un instant pour s'y atteler.

Toutefois la duchesse ne parvenait pas à comprendre pourquoi Yan, un si bel échantillon de la gent masculine, n'avait pas séduit Kimberly. En tout cas, si la jeune fille éprouvait ne fût-ce qu'une légère attirance pour lui, elle n'en montrait rien.

Comment aurait-elle pu interroger Kimberly à ce sujet ? Avec Yan à portée d'oreille... Impossible !

Soudain les portes s'ouvrirent et Devlin apparut. Il semblait très inquiet.

— Megan, ma chérie, j'ai besoin que vous me sauviez des griffes d'Henrietta Marks. Elle est déterminée à m'exposer par le menu toutes les ambitions politiques de son époux, que je récuse d'ailleurs totalement. Dépêchez-vous, elle ne va pas tarder...

Sans même chercher à excuser son intrusion

auprès de Kimberly et de Yan, il tendit la main à sa femme et l'entraîna dans la salle de réception.

Megan nota aussitôt qu'il n'y avait pas le moindre signe du dragon que Devlin venait de dépeindre. Elle le dévisagea, les sourcils froncés.

— Je ne vois Henrietta nulle part, fit-elle, brusquement suspicieuse.

— Rien de plus normal à cela, répondit son époux en l'entraînant sur la piste de danse. Les Marks ne viennent jamais dans ce genre de soirée.

La surprise la cloua sur place, mais elle se ressaisit bien vite et esquissa un sourire.

— Bravo! Je n'aurais pas mieux fait moi-même. Laisser Kimberly et Yan seuls, vraiment... C'est une excellente idée!

— Je le sais.

— C'est donc que vous nous avez vus sortir sur le balcon?

— Ma chérie, à chaque instant je sais précisément où vous vous trouvez et ce que vous faites.

— J'ignore si je dois m'en sentir heureuse ou me demander si vous doutez de moi.

— Comme j'ai pleine confiance en vous, je suppose que vous pouvez en être ravie.

Elle le gratifia d'un nouveau sourire.

— Je le suppose, moi aussi.

14

Kimberly gardait les yeux rivés sur les portes de la salle de réception qui venaient de se refermer, encore stupéfiée par la rapidité avec laquelle Megan l'avait lâchement abandonnée, quand elle entendit Yan s'éclaircir la voix, comme pour attirer son attention.

Embarrassée, elle affecta de s'intéresser au jardin qui déroulait son long tapis verdoyant derrière la demeure des Wiggins. Le long des allées qui serpentaient à travers le parc, les arbres agitaient leurs branches dénudées, silhouettes décharnées qui se découpaient contre la brume, nimbées de la froide lumière des lampadaires. Quelques bancs désolés, la statue d'un héros de guerre depuis longtemps oublié, que le lierre assaillait de ses vertes tentacules, complétaient ce tableau...

— Ne cherchez pas à m'ignorer. Vous n'y parviendriez pas.

— Je n'en suis pas certaine, répondit Kimberly d'un ton détaché sans toutefois jeter un coup d'œil dans sa direction. Je suis tout à fait capable d'ignorer les choses qui ne m'intéressent pas.

— Vous me fendez le cœur, se moqua son compagnon.

— Je ne me fais pas de souci : vous survivrez.

— Je me meurs. Adieu...

Il marqua une pause, puis reprit avec une surprise feinte :

— Eh non, je suis encore là... Incroyable !

La jeune fille eut grand-peine à garder son sérieux. Elle aimait les plaisanteries, elle aimait s'amuser... sauf, bien entendu, avec cet homme.

— Vous allez devoir m'excuser, Mac...

— Ces satanés Anglais ne vous ont-ils pas dit combien vous étiez ravissante ce soir ? l'interrompit-il.

Le compliment lui alla droit au cœur. Elle qui s'apprêtait à le rembarrer... Il n'avait pas tort, de nombreux hommes avaient loué sa beauté. Néanmoins la remarque flatteuse n'avait pas le même poids dans la bouche de Yan.

Il posa une main sur son bras, comme si tout à coup il éprouvait le besoin de la sentir près de lui. Elle préféra n'y voir qu'un geste amical. En vain.

— Je vous embarrasse ? demanda-t-il doucement, lisant en elle comme dans un livre ouvert.

Kimberly était non seulement gênée, mais elle venait de perdre l'usage de la parole. Il est vrai qu'elle n'avait pas l'habitude de recevoir de tels compliments. Elle secoua la tête, gardant les yeux résolument baissés.

— J'aime ce côté timide en vous. C'est inattendu, mais plutôt agréable, je dois l'avouer.

— Je ne suis pas...

— Ne soyez pas sur la défensive, murmura-t-il.

Elle n'avait pas le cœur à se disputer avec lui ce soir. Toutefois elle ne voulait pas qu'il se méprît sur elle.

— Je ne suis vraiment pas...

— Vous damneriez un saint, Kimberly, et je dois vous faire une confidence : j'ai envie de vous embrasser.

Cet aveu lui coupa le souffle. Elle leva les yeux et croisa son regard émeraude. L'instant d'après, leurs lèvres se rencontrèrent. Yan l'étreignit contre lui. Étroitement... Et du bout de la langue, il força la barrière de ses lèvres pour explorer les secrets de sa bouche. Il goûtait à une intimité qu'elle ne croyait pouvoir offrir qu'à celui qui, un jour, l'épouserait. Un baiser digne d'exalter les passions, d'enflammer les sentiments...

Où cela la conduirait-il ? Une idée monstrueuse lui traversa l'esprit : et si un invité des Wiggins ouvrait la porte à cet instant et les découvrait enlacés...

Ce qui arriva !

Quand les battants s'ouvrirent à la volée, Yan bondit en arrière. Malheureusement, sans le soutien de ses bras puissants, Kimberly perdit l'équilibre, et si son compagnon ne l'avait pas retenue, elle serait tombée. Il ne leur restait plus pour se donner une contenance qu'à se diriger rapidement vers la piste de danse...

Lorsque enfin la jeune fille recouvra ses esprits, il était trop tard pour regretter son geste. Non qu'elle détestât tournoyer ainsi dans les bras de l'Écossais... Mais ne rien dire était reconnaître qu'elle avait apprécié son baiser. Ce qui était faux ! Elle lui parlerait... plus tard, quand cette impression d'ivresse délicieuse s'atténuerait. Quand cet homme cesserait de la regarder...

Yan ne prêtait aucune attention à l'endroit vers lequel il la guidait, ni à leurs pas d'ailleurs. Il avait les yeux rivés sur le visage de Kimberly et la flamme qui brûlait dans son regard l'irradiait tout entière.

— Laisse tomber, l'Anglais, gronda-t-il lorsqu'un gentleman voulut lui arracher Kimberly. Elle est prise.

La jeune fille fut à la fois confuse et séduite

par ce ton sans réplique. Elle se garda néanmoins d'émettre une remarque, se contentant de savourer ces instants hors du temps. Chaque fois que sa poitrine frôlait le torse de son partenaire, elle sentait son cœur s'emballer.

Avait-il conscience de la troubler ? Cherchait-il à la séduire ? En tout cas, elle devait bien l'admettre, il y réussissait...

Cette fois, elle avait vraiment perdu la tête.

15

Ce soir-là, Kimberly regagna la demeure citadine de St. James comme sur un nuage. Et ce n'est pas Yan, assis à son côté dans le cabriolet, qui aurait pu l'aider à revenir sur terre !

L'opinion qu'elle avait de cet homme avait changé du tout au tout au fil de cette réception. En réalité, elle se demandait déjà comment elle pourrait éviter le scandale le jour où elle l'épouserait.

Il lui était inutile de chercher plus longtemps un époux quand Yan MacGregor lui tendait les bras. Jusqu'ici, elle n'avait même pas jugé utile de l'inscrire sur la liste de ses prétendants, tant il semblait épris de Megan St. James. Mais, après cette soirée, il s'avérait qu'il n'en était rien. L'Écossais s'était tourné vers elle, il lui avait consacré toute son attention. Elle serait heureuse avec lui. Son originalité, son charme naturel étaient tout ce à quoi elle aspirait pour éclairer son existence.

Quand, après avoir rejoint sa chambre, la

jeune fille se prépara pour la nuit et se glissa entre ses draps, elle souriait encore, échafaudant mille projets d'avenir...

Elle se rappela avoir vu Yan pénétrer dans la pièce voisine... Étaient-ils une fois encore voisins ? Quelle coïncidence, quand on considérait l'immensité de cette maison ! Aujourd'hui, Kimberly se félicitait de le savoir tout près d'elle.

Elle aurait aimé poursuivre plus avant sa rêverie mais, très vite, elle s'endormit comme une masse, encore grisée par toutes ces bulles de champagne. Quelle ne fut sa stupéfaction quand, quelques heures plus tard, elle s'éveilla en sursaut, si désorientée qu'elle se croyait encore sur le balcon des Wiggins, dans les bras de l'Écossais...

Toutes les merveilleuses sensations qu'elle avait éprouvées au cours du bal ressurgirent alors. La passion guidait leurs caresses, et une chaleur bienfaisante s'infiltrait jusqu'au tréfonds de son être...

Et tout à coup, Yan ne se contenta plus d'un baiser fougueux, ses mains glissèrent le long de son corps, rencontrant sa peau frémissante. Elle était perdue. Les doigts de son compagnon couraient sur ses hanches, lui arrachant des plaintes langoureuses...

Un sentiment d'insatiabilité la gagna, comme si brusquement les caresses ne lui suffisaient plus, comme si elle aspirait à davantage encore. Et ce sentiment ne fit que grandir... son corps lui criait qu'il y avait une fin à ce plaisir, qu'elle n'avait qu'à tendre la main pour le cueillir.

La chaleur continuait son ascension, l'emportant vers la déraison. Sa robe l'épousait étroitement et pourtant... elle ne la sentait plus. C'était comme si soudain elle était revêtue d'une seconde peau. Qu'est-ce que cela signifiait ? Mais déjà Yan s'emparait de ses lèvres, l'empêchant de réfléchir, de se demander ce qui se passait, de s'interroger sur cette métamorphose. Le champagne avait dû lui monter à la tête...

C'est alors qu'elle ressentit une brûlure vive, une douleur qui, en un instant, disparut. Et la vérité éclata ! Elle n'était pas sur le balcon des Wiggins, elle se trouvait dans son lit et Yan Mac-Gregor était allongé sur elle...

Son esprit enfiévré chercha désespérément une explication rationnelle, qu'en toute innocence elle était incapable de trouver.

— Que faites-vous là ? demanda-t-elle.

Il se redressa, mais dans l'obscurité de la chambre, que les cendres rougeoyantes de la cheminée ne parvenaient pas à percer, elle n'entrevit qu'une sombre silhouette.

— N'est-ce pas évident ?

— Vous êtes le diable en personne ! s'indigna-t-elle. Comment avez-vous osé ?

— Je suis désolé de vous avoir fait mal, mais...

— Mal ? Pourquoi ?

— Je vous jure, ma douce, que cela ne se reproduira plus.

— Certainement, parce que vous allez quitter cette chambre sur-le-champ !

— Et pourquoi le ferais-je quand nous n'en avons envie ni l'un ni l'autre ?

— Comment pouvez-vous savoir ce dont j'ai envie ?

— Je le sais, c'est tout. Vous n'avez pas cessé cette nuit de me répéter que vous me désiriez, ma chérie. Comme je vous désire... en cet instant.

L'entendre murmurer ces mots l'emplit de frissons qu'elle ne savait interpréter. Il avait raison de dire qu'elle le désirait... Elle allait bientôt l'épouser, alors qu'importe après tout s'ils faisaient l'amour aujourd'hui. N'avait-elle pas apprécié ses caresses avant cette douleur fulgurante ?

Elle demanda dans un souffle :

— Pourquoi m'avez-vous fait si mal ?

Pour toute réponse, il grommela quelques mots inintelligibles avant de se pencher vers elle et de couvrir son visage de baisers enflammés.

— Je ne le voulais pas... confessa-t-il en relevant enfin la tête. Pardonnez-moi. Votre mère ne vous a-t-elle jamais expliqué ?

— Expliqué quoi ?

— Eh bien, que c'était ainsi la première fois qu'une femme et un homme s'aimaient ?

En effet, Kimberly se souvenait vaguement d'une conversation à ce sujet, mais elle était trop jeune à l'époque pour comprendre ce à quoi sa mère faisait allusion. Elle remercia l'obscurité de dissimuler le rouge qui lui monta aux joues.

— Vous voulez dire que... nous avons... vraiment fait... l'amour ? bredouilla-t-elle, au comble de l'embarras.

— Oui, ma chérie. Et nous allons recommencer. Cette fois, je vous le promets, vous ne souffrirez pas.

Avant qu'elle n'ait eu le temps de protester, Yan fut de nouveau en elle, distillant jusqu'au plus profond de son être des sensations exquises, faisant battre son cœur à un rythme endiablé.

Il s'empara de sa bouche et le plaisir l'enveloppa, plus fort que tout. Soudain elle chavira, sombrant dans l'univers délicieux de la passion. Elle s'arqua pour venir à la rencontre de cet homme qu'elle aimait, pour l'inviter à s'enfoncer plus loin... toujours plus loin jusqu'à ce que l'extase les surprît en pleine ascension, leur arrachant un même cri, et les rejetât comblés, heureux, sur les rivages de l'amour.

Comment pourrait-elle le remercier assez de l'avoir initiée à ce bonheur? De lui avoir révélé ce plaisir sans pareil? Elle y réfléchirait plus tard, demain peut-être... Pour l'instant, elle voulait seulement sentir sa peau contre la sienne, ses bras autour de sa taille, écouter son cœur battre sous le sien...

Ce fut à cet instant que le sommeil l'emporta.

16

Mary pénétra dans la chambre de Kimberly comme chaque matin pour y faire un brin de ménage.

Comme à l'accoutumée, la jeune fille s'éveilla peu à peu tandis que la domestique vaquait à ses tâches. Elle entendait des bruits familiers. Rien d'inhabituel. Rien pour lui rappeler que sa vie avait soudainement basculé...

Quand enfin elle se dressa sur son séant et ouvrit les paupières, la migraine l'assaillit, martelant ses tempes. Elle plaqua aussitôt les mains sur ses yeux, pour se protéger de la lumière aveuglante du soleil. Le bal! Elle s'était rendue au bal des Wiggins et avait bu trop de champagne. Quelle était cette douleur qui lui vrillait la tête ? Devait-elle l'imputer à un excès d'alcool ou à la peur qui lui nouait l'estomac ?

La peur ? Qu'avait-elle fait pour éprouver de la peur à présent ? Elle se rappela les baisers passionnés sur le balcon, les valses étourdissantes et ces œillades enflammées que Yan n'avait cessé de lui lancer... Yan...

Voilà qu'à présent tous les souvenirs se bousculaient dans un charivari incompréhensible...

Quand elle se rappela ce qui s'était finalement passé dans cette chambre, elle implora le Ciel en silence. Impossible. Elle n'aurait jamais permis une telle chose... Ce ne pouvait être qu'un rêve... un mauvais rêve.

Lorsqu'elle découvrit sa chemise de nuit gisant au pied du lit, elle comprit qu'elle était nue. Elle blêmit. Devait-elle voir une simple coïncidence dans le fait qu'elle dormait pour la première fois toute nue et qu'elle avait rêvé d'avoir fait l'amour ? Malheureusement, non...

Pourtant, Yan n'était plus dans son lit. C'était une chance, car Mary était entrée sans frapper, comme à l'ordinaire... Mais à tout bien réfléchir, quelle différence cela faisait-il ?

Une grande différence, en vérité ! Mary aimait les commérages et, n'étant à son service que depuis quelques semaines, elle n'aurait pas eu la loyauté de tenir sa langue. Cependant, même si l'embarras lui était épargné, elle n'en était pas moins déshonorée. Une jeune fille de bonne famille n'agissait pas comme elle avait agi...

Morte de honte, elle se cacha la tête sous les couvertures, espérant que Mary la laisserait rapidement seule avec sa détresse. Elle ne comprenait pas ce qui avait pu se passer. Elle qui, jusqu'à ce jour, n'était jamais sortie du droit chemin... La seule chose qu'on aurait pu lui incriminer était d'avoir défié son père et refusé de mettre un terme à son deuil. Si seulement Maurice n'avait pas réagi de manière aussi outrancière...

La panique l'envahissait comme une vague glacée. La veille au soir, elle avait décidé d'épouser Yan et, maintenant, cette idée lui paraissait absurde. Mais il était trop tard pour rebrousser chemin. Ils avaient fait l'amour. Ce qu'elle aurait dû partager avec son seul mari... ou du moins avec celui qui deviendrait son époux.

Pourquoi était-il venu dans sa chambre ? Pourquoi l'avoir réveillée avec des baisers, la condamnant à tout jamais à un destin qu'elle n'avait pas librement embrassé ? Selon Yan, elle l'avait invité à le faire. Mais c'était ridicule.

Oui, elle avait bu du champagne plus que de raison, et son esprit était embrumé quand elle avait pris la résolution d'être l'épouse de l'Écossais. Mais jamais elle n'aurait pu lui dire qu'elle le désirait...

Pourtant elle avait éprouvé un tel plaisir. Une soif qu'elle n'aurait jamais soupçonnée...

La jeune femme entendit la porte se refermer doucement et poussa un soupir de soulagement, heureuse que Mary se fût retirée sans s'être inquiétée d'elle. Si seulement elle avait pu replonger dans le sommeil pour échapper à la réalité...

Elle avait l'impression de porter sur son visage les stigmates de la culpabilité. Néanmoins, pouvait-elle sérieusement songer à se cloîtrer dans sa chambre toute la journée ?

Non ! Il lui fallait obtenir un entretien au plus tôt avec la duchesse pour lui expliquer qu'il était dorénavant inutile de chercher un fiancé. Megan en serait peut-être soulagée. Après tout, sa mission était achevée...

Deux heures lui furent nécessaires pour réunir tout son courage et quitter sa chambre. Le seul souvenir qui témoignait de la nuit passée était le sang qui tachait ses draps. Mais avant que Mary ne pût le découvrir, elle défit son lit, priant de tout cœur pour que la lingère ne remarquât rien.

Kimberly s'était vêtue d'une nouvelle robe de soie émeraude qui rehaussait l'éclat de ses yeux. Et sans l'aide de Mary, qui n'avait pas redonné signe de vie, elle se coiffa et constata avec plaisir dans la psyché qu'elle était tout aussi ravissante que la veille au soir.

Quand elle frappa à la porte de Yan, elle ne reçut malheureusement aucune réponse. Après plusieurs tentatives, elle capitula.

La jeune femme aurait pourtant préféré s'entretenir avec lui avant d'informer la duchesse de son prochain mariage. Il n'apprécierait certainement pas d'être mis devant le fait accompli, même si — elle n'en doutait pas un instant — il devait s'y attendre après l'intimité qu'ils venaient de partager.

Elle réfléchit un instant, puis décida de partir à sa recherche.

Après avoir questionné plusieurs domestiques, elle retrouva sa trace dans la bibliothèque.

Mais il n'était pas seul.

La duchesse cherchait apparemment un livre sur les étagères, juchée sur une échelle que l'Écossais lui tenait. Était-ce vraiment utile ou cherchait-il simplement un prétexte pour s'approcher d'elle?

Kimberly s'apprêtait à attirer leur attention quand elle entendit Yan demander à Megan, d'une voix où perçait la détresse :

— Vous n'avez pas cru sérieusement que je vous aimais, n'est-ce pas ?

— Vous êtes simplement épris de mon image, répondit Megan sans prendre la peine de le regarder. Songez-y, Yan. Ce que vous ressentez, ou plutôt ce que vous croyez ressentir, ne peut exister puisque vous ne me connaissez même pas.

— Vous n'avez pas quitté un seul instant mes pensées depuis l'année dernière.

— Peut-être par dépit de m'avoir vue vous échapper ? suggéra la duchesse.

— Vous vous surestimez, madame.

La voix de Yan s'était brusquement crispée, comme s'il s'était senti insulté.

Megan riposta par un soupir exaspéré en saisissant un ouvrage avant de toiser l'Écossais.

— Cette conversation ne rime à rien, Yan. Combien de fois devrai-je vous répéter que j'aime mon mari ? Aucun homme ne pourrait me rendre plus heureuse que lui. Alors si vous pouviez me laisser en paix... Vous êtes ici pour trouver une riche épouse qui vous permettra de vous renflouer. Votre belle-mère vous a plongé dans une situation désespérée en s'enfuyant avec votre héritage. Il est grand temps que vous y songiez sérieusement, n'est-ce pas ? Pourquoi ne trouveriez-vous pas une jeune femme qui vous rendrait heureux ?

Kimberly en avait entendu assez. Si par malheur ils l'avaient découverte, elle serait morte de honte sur-le-champ. Bouleversée, elle s'empressa de rebrousser chemin et courut vers l'escalier, s'efforçant de mettre le plus de distance possible entre Yan et elle.

Quand elle atteignit le palier du premier étage, elle dut s'arrêter pour recouvrer son souffle, appuyée contre le mur, tandis que les mots de l'Écossais prenaient toute leur signification. Elle ferma les yeux et un gémissement lui échappa.

Yan MacGregor n'avait pas l'intention de l'épouser, il aimait encore et toujours Megan St. James! Comment avait-elle pu être assez naïve pour croire qu'il avait renoncé à la duchesse? Parce qu'il l'avait embrassée plus d'une fois? Parce qu'il avait partagé son lit? Elle s'était comportée comme une idiote...

Il s'était amusé avec elle, peut-être pour oublier son ennui ou la détresse de ne pouvoir accéder au cœur de la duchesse.

Qui accepterait à présent de la prendre pour femme quand elle ne possédait plus sa vertu? À moins qu'elle ne taise ce lourd secret, en implorant le Ciel pour qu'il ne soit jamais découvert...

Et que dirait son père si d'aventure il l'apprenait? Elle serait déshéritée. Peut-être irait-il jusqu'à payer quelqu'un, n'importe quel homme, afin que celui-ci consente à épouser sa fille...

Le cœur brisé, elle reprit le chemin de sa chambre mais elle n'avait pas fait deux pas qu'une voix qu'elle ne connaissait que trop s'éleva dans son dos, la faisant frissonner:

— Que fabriquez-vous dans la pénombre? Vous rêviez?

17

Kimberly se retourna lentement et découvrit le visage de Yan à quelques centimètres du sien. Il l'enveloppait d'un regard empli de tendresse... ce qui ne fit qu'accroître sa colère. Elle lui aurait volontiers asséné une gifle, si elle n'avait eu peur de sa réaction. D'ailleurs une dame digne de ce nom ne recourait jamais à la violence...

Mais, tout à coup, ce fut plus fort qu'elle! Sa main partit et s'abattit sur la joue de l'Écossais dans un claquement retentissant. Et quelle ne fut sa stupéfaction en découvrant l'instant d'après l'empreinte rouge qu'elle venait de laisser!

Elle n'en revenait pas. Comment avait-elle pu faire une chose pareille?

— Vous êtes méprisable, MacGregor! cracha-t-elle avec fiel, dissimulant son trouble du mieux qu'elle put. Et encore, le mot est faible. Restez loin de moi ou je ne jure plus de ma...

Kimberly laissa sa phrase en suspens. Elle était au bord des larmes mais, par fierté, elle ne lui montrerait pas son chagrin. Alors elle se retira, gagnant le couloir en courant... fuyant une fois encore...

Quand, l'instant d'après, elle referma la porte de sa chambre derrière elle, la jeune femme martela rageusement le battant de ses poings fermés. Elle refusait de pleurer, elle n'allait tout de même pas s'apitoyer sur son sort! Pourtant, il y avait tant d'émotions contenues au plus profond de son être... Tout à coup, les digues cédèrent et une avalanche de larmes ruissela sur ses joues.

Mais alors qu'elle s'écartait de la porte pour donner libre cours à son chagrin, celle-ci s'ouvrit à la volée. Yan !

— C'est ma chambre ! hurla-t-elle en lui faisant face. Comment osez-vous une fois encore entrer ici sans ma permission ?

Les traits de l'Écossais n'avaient rien de rassurant. De toute évidence, sa première surprise passée, il était prêt à laisser exploser sa colère.

— Une fois encore ? rugit-il en claquant la porte derrière lui d'un coup de pied. Essayez-vous de me dire que la dernière fois, je n'étais pas le bienvenu ?

— Non ! certainement pas !

Il ne devait pas s'attendre à une telle réponse car il se rembrunit aussitôt.

— Vous avez une petite mémoire, si vous ne vous rappelez déjà plus ce qui s'est passé hier soir, gronda-t-il entre ses dents.

— Je n'ai rien fait.

— Détrompez-vous. Vous n'avez pas repoussé mes baisers, vous me les avez même rendus avec passion. Et vous n'avez pas cessé de me dévorer du regard toute la soirée. Me croyez-vous incapable de reconnaître une invitation, aussi silencieuse soit-elle ?

Elle le considéra un moment, abasourdie.

— Êtes-vous en train de me dire que vous êtes venu ici la nuit dernière parce que vous pensiez que je vous y avais invité ? Je n'ai rien dit, vous vous êtes contenté de présumer. À tort, bien sûr.

— Bon sang ! Vous niez, c'est cela ?

— Je vous dis simplement que si je vous ai regardé d'une manière que vous avez jugée provocante, je ne l'ai pas fait intentionnellement. Et si j'ai accepté vos baisers, c'est parce que j'ai cru naïvement que vous vous intéressiez à moi. Et puis, j'avais bu trop de champagne, Yan. Vous le savez fort bien.

— Vous n'en étiez que plus agréable, je dois bien l'avouer, fit-il toujours en colère. Et comme vous étiez tout sourires, j'ai dû me convaincre que vous vous y connaissiez en amour...

— Que je m'y connaissais ? Mais je n'ai jamais...

— Je m'en suis rendu compte ! la coupa-t-il avec impatience. J'avais moi-même bu plus que de raison... enfin, suffisamment pour penser que vous n'étiez pas insensible à mon charme. Vous êtes une femme ravissante, et vous m'avez laissé croire qu'il y avait une place pour moi dans votre cœur. Je n'ai pu résister.

Le compliment ne sut même pas la radoucir.

— Vous ne connaissez pas la fidélité, n'est-ce pas, MacGregor ? Vous clamez haut et fort l'amour que vous portez à une femme et, la minute d'après, vous n'hésitez pas à vous jeter dans les bras d'une autre !

Il se contenta de lui sourire et de hausser les épaules.

— Il vous reste beaucoup à apprendre, ma chérie. Un homme n'est fidèle que lorsqu'il a des raisons valables de l'être. N'en ayant aucune, je suis libre de séduire qui je veux et quand je le souhaite.

Yan avait réussi à la faire rougir.

— L'amour véritable n'est-il pas une raison valable ? demanda-t-elle d'une toute petite voix.

Il secoua la tête avant de soupirer, pensant qu'elle n'y comprenait rien.

— Voilà maintenant les grands principes sen-timentalistes ! Le corps est hanté de contradictions et de réactions incontrôlables et vous apprendrez vite qu'il n'est plus maître de lui-même dès que l'attirance physique entre en scène. Ne vous en êtes-vous pas rendu compte hier soir ? A moins que vous ne vouliez une autre démonstration ?

Kimberly tendit la main pour se protéger, de peur qu'il ne mît sa menace à exécution. Elle refusait d'admettre qu'il avait raison. Et pourtant son corps l'avait trahie, ses sens avaient pris le pas sur sa raison.

Mais elle n'était pas responsable : Yan s'était senti encouragé quand il n'avait aucune raison de l'être.

— J'ai déjà eu une démonstration, que je risque de regretter chèrement. Je vous répète, au cas où vous l'auriez oublié, que je suis à la recherche d'un mari. Pouvez-vous me dire qui m'acceptera désormais ?

— Est-ce le mariage que vous attendez de moi ?

Elle aurait dû dire oui. Elle aurait dû lui faire payer pour la honte qu'il lui avait infligée. Mais son amour-propre prit le dessus.

— Alors que vous êtes amoureux d'une autre femme ? Non, merci.

— Mes sentiments ont peut-être changé. Si vous le souhaitez vraiment, je vous conduirai à l'autel.

— Quel sacrifice ! Malheureusement inutile. Je refuse d'être votre femme. Ma mère a elle-même été contrainte au mariage, et je sais combien elle en a souffert.

— Est-ce là votre dernière parole ?

— Absolument. Et je vous saurais gré à présent de quitter ma chambre pour ne plus

98

jamais y remettre les pieds. Si d'aventure vous interprétiez à nouveau mes regards, laissez-moi vous affirmer que vous ne serez plus le bienvenu ici... Vous ne l'avez jamais été, d'ailleurs.

— Et si j'insistais ?

Elle manqua suffoquer. Quelle arrogance !

— Pour venir dans ma chambre ?

— Non, pour vous épouser.

Kimberly ouvrit de grands yeux.

— Pourquoi le feriez-vous ? Vous ne le désirez même pas.

Un instant, il garda le silence, se contentant de la regarder.

— Je ne sais plus ce dont j'ai envie, maugréa-t-il finalement en passant une main dans ses cheveux d'un geste exaspéré.

Ses prunelles vertes brillaient d'une étrange lueur, qu'elle ne sut déchiffrer.

— J'ai l'habitude de relever le gant qu'on me jette, reprit-il.

— Cessez... commença-t-elle avant de s'interrompre, incapable de trouver ses mots.

— Je vous verrai plus tard, chérie.

Ce ne fut que lorsqu'il referma la porte derrière lui qu'elle recouvra l'usage de la parole.

— Ne m'appelez plus jamais ainsi ! hurla-t-elle, mais il avait déjà filé.

Kimberly verrouilla la porte à double tour. Comme elle la verrouillerait désormais chaque fois qu'elle serait dans sa chambre, se jura-t-elle. Pour échapper à cet Écossais de malheur...

Maudit soit-il !

18

Les réceptions se succédèrent en une farandole endiablée, ponctuées de quelques autres grands événements tels qu'une soirée au théâtre. Une soirée survenant à point nommé en ce qui concernait Kimberly, qui trouva un dérivatif à ses soucis en se glissant dans la peau des acteurs qui évoluaient sur les planches.

La nuit précédente, un bal avait été donné dans l'une des plus fastueuses demeures de Londres. Elle avait appris à mieux connaître Lord Kent et Howard Canston, qui l'avaient tous deux informée de leur prochain séjour à Sherring Cross. La perspective de passer quelques jours dans le manoir ducal semblait littéralement les ravir. Probablement étaient-ils fiers d'être invités par le duc de Wrothston...

D'autres jeunes gens dignes d'intérêt avaient assisté à cette somptueuse réception. L'un d'eux avait supplié à cor et à cri Kimberly de le suivre sur la piste de danse en lui promettant le mariage. Bien entendu, elle ne l'avait pas pris au sérieux, mais elle n'en avait pas moins été flattée.

Sa première réelle proposition... En effet, les fiançailles avec Maurice avaient été décidées alors qu'elle n'était encore qu'une enfant et, à l'époque, elle n'avait pas eu voix au chapitre. Quant à l'offre de Yan, elle n'était motivée que par le sens du devoir... Jamais il n'avait stipulé qu'il souhaitait vivre auprès d'elle.

Kimberly le maudissait et pourtant, en dépit de tous ses efforts, elle aurait été bien en peine d'éviter cet homme. En effet, Yan n'avait manqué aucune réunion mondaine. Mais n'était-il pas ici, lui aussi, dans le but de se trouver une épouse ?

Dommage que la duchesse hantât à ce point ses pensées, dommage également que Kimberly connût toute l'histoire... Yan aurait fait à n'en pas douter un excellent parti.

Malheureusement, même s'il recouvrait ses esprits et abandonnait l'idée de gagner un jour l'amour de la belle Megan, même s'il trouvait en Kimberly l'épouse idéale, il ne s'agirait là que d'un second choix, motivé par des questions proprement financières. Et jamais la jeune femme n'accepterait cette triste alternative.

Sherring Cross connut tout un défilé de convives à la fin de la semaine qui suivit leur retour à la campagne. John Kent et Howard Canston s'étaient installés les premiers. Parmi les nouveaux arrivants, on comptait la présence de trois charmantes jeunes filles qui, comme Kimberly, entraient dans la course au mariage.

Dès le premier coup d'œil, cette dernière les détesta. Toutes trois étaient bien plus jeunes que Kimberly, et surtout beaucoup plus belles. Heureusement, certaines avaient emmené leurs frères, de séduisants jeunes hommes au cœur libre.

L'une d'elles, Lady Monica Elgar, était blonde comme les blés, avec de magnifiques yeux pers. Sa petitesse et sa fragilité lui donnaient l'allure d'une précieuse poupée de porcelaine, et son sens de l'humour aiguisé arrachait des sourires aux plus acariâtres. D'ailleurs, elle avait su gagner l'admiration de John Kent dès l'instant où il avait croisé son regard...

Lady Edith Winestone était, quant à elle, une adorable jeune femme au sourire enchanteur, à la chevelure d'or rouge qui couronnait un délicieux minois en forme de cœur. Ses yeux gris pâle ne reflétaient pourtant pas une grande intelligence, selon Kimberly. Mais était-ce la méchanceté qui lui faisait penser cela de sa rivale ? Les remarques de la jeune fille, le plus souvent fort ridicules, passaient cependant inaperçues tant sa beauté était éclatante.

Jane Carlyle, elle, personnifiait l'idéal féminin. Svelte, presque émaciée au goût de Kimberly, elle avait de longs cheveux blonds qu'elle portait en chignon lâche sur une nuque gracile. Ses prunelles d'ambre étincelaient de mille paillettes d'or et son regard était inoubliable... Pour ce qui était de l'élégance, elle n'avait personne à envier. Elle savait manger avec manière, s'exprimait de façon irréprochable et suivait l'étiquette sociale à la lettre. Selon les dires de sa mère, protectrice à l'extrême, elle personnifiait la douceur et la gentillesse. Mais qui de ces gentilshommes aurait accepté de devoir supporter une belle-mère aussi envahissante ?

A part Hector Carlyle et Christopher Elgar — les frères — qui venaient de rejoindre les rangs du comité masculin de Sherring Cross, il y avait également un marquis veuf qui était venu rendre visite au duc pour affaires et avait accepté l'invitation de Devlin de demeurer sous son toit et de participer aux nombreuses soirées organisées par Megan. Il s'appelait James Travers. Frisant la quarantaine, il était un peu trop âgé pour Kimberly. Mais personne n'aurait pu contester son charme fou...

Brun, doté d'yeux bleus aussi limpides que la

mer par une journée d'été, James avait aussi la chance d'être fortuné, selon les rumeurs qui circulaient à son propos. Et bien qu'il ne se fût pas encore mis en quête d'une nouvelle épouse, ayant d'ores et déjà deux fils d'un premier mariage pour assurer sa pérennité, il ne semblait pas opposé à de nouvelles rencontres. La duchesse avait expliqué à Kimberly qu'il n'avait toujours pas trouvé chaussure à son pied.

La jeune femme apprit à connaître et à apprécier cet homme dans les jours qui suivirent. Leurs conversations n'avaient jamais rien d'ennuyeux et si, avec la plupart des gentilshommes présents, les longs silences embarrassants se multipliaient, il n'en allait pas de même avec James. Depuis qu'il avait remarqué combien son sourire était ravissant, il ne manquait plus une occasion de la faire rire...

Toutefois Yan rôdait toujours près d'elle. L'éviter était une chose, mais l'ignorer complètement quand il se trouvait dans la même pièce relevait du pur miracle.

Peu avant leur retour de Londres, elle l'avait croisé dans un couloir. Il l'avait saluée d'un simple hochement de tête avant de déclarer sur un ton plutôt formel :

— Vous êtes charmante aujourd'hui, Lady Kimberly.

Après l'avoir détaillée de pied en cap, il avait ajouté :

— Ne seriez-vous pas enceinte, par hasard ?

La jeune femme avait manqué s'étrangler sous le choc. Comment osait-il ? Mais avant même qu'elle n'ait pu riposter, il s'était éloigné, la laissant à sa honte.

Quel goujat !

Et si seulement il s'était arrêté là... Mais non, ce n'était que les tristes prémices de ce qu'il allait lui infliger quelques jours plus tard.

Ils dînaient alors en compagnie d'une bonne trentaine de convives. Yan avait réussi par quelque ruse à écarter son voisin de gauche pour prendre sa place, auprès de Kimberly.

Entre deux commentaires, l'Écossais s'était penché vers elle pour lui souffler à l'oreille :

— Vous me direz si vous portez mon enfant, ma chérie. Je serais furieux que vous me le cachiez...

Quel bonheur fut celui de Kimberly quand, une semaine plus tard, elle put lui rétorquer :

— Je n'aurai pas de bébé, MacGregor, en tout cas pas avant mon mariage.

Curieusement, il ne parut même pas réconforté de l'apprendre, ce qui n'était pas le cas de Kimberly, bien entendu. Elle tenait plus que tout à trouver un époux et préférait ne pas envisager la réaction de son père en apprenant qu'elle était enceinte — et, de surcroît, d'un Écossais ! Il était grand temps pour elle de rencontrer celui qui accepterait de la conduire à l'autel, car Cecil devait commencer à s'impatienter. Par ailleurs, elle ne comptait pas imposer sa présence aux St. James éternellement.

Voir que Yan n'était pas aussi soulagé qu'elle l'avait emplie de confusion. Non qu'il eût émis un commentaire sur ce qu'il en pensait... Il n'en avait pas eu le temps car Howard Canston les avait interrompus à cet instant, invitant Kimberly à une promenade à cheval, pour profiter de cette belle journée ensoleillée d'hiver.

Kimberly était ravie qu'Howard montrât toujours de l'intérêt à son endroit en dépit de l'arrivée des trois jeunes beautés. En revanche, elle pouvait d'ores et déjà barrer le nom de John Kent sur sa liste de soupirants.

Yan, quant à lui, ne faisait aucun effort pour se trouver une épouse. Il remarqua à peine Edith qui pourtant ne cessait de le gratifier d'œillades énamourées...

Kimberly se demandait s'il n'avait pas été dévasté par les révélations qu'elle lui avait faites par inadvertance au cours du dernier bal à Londres. Ce soir-là, le hasard les avait réunis près du buffet de rafraîchissements.

Surprenant le regard ulcéré qu'il lançait à Megan dansant au bras de Devlin, Kimberly avait été gagnée par une bouffée de ressentiment. Il se souciait encore de la duchesse... et il s'en soucierait toujours.

— Vous croyez vraiment qu'elle quitterait l'époux qu'elle adore et son bébé pour vous ? avait-elle demandé méchamment en se plantant devant lui.

— Son bébé ?

Elle avait froncé les sourcils devant son expression ahurie.

— Vous ignoriez qu'elle avait un fils ?

— Comment aurais-je pu le savoir ? Je ne l'ai jamais vue avec un enfant.

— Alors je suis désolée... enfin, que vous l'appreniez de ma bouche...

Elle avait ajouté d'un ton radouci, regrettant d'avoir commis un tel impair :

— Personne ne l'ignore en Angleterre. Le Tout-Londres en a parlé. Je pensais que vous étiez au courant. Votre tante aurait pu y faire allusion. Enfin, cela n'aurait fait aucune différence...

— Peut-être pas pour eux, mais pour moi, si.

Il avait ponctué ses paroles d'un rire inopiné avant de s'éloigner. Elle ne l'avait pas revu de la soirée...

19

— Je vous dis que je n'en ai cure! Je veux l'Écossais, mère! Je suis fatiguée de faire vos quatre volontés!

Kimberly pénétrait dans la salle à manger lorsque Jane Carlyle s'était mise à crier. A s'époumoner, plus exactement! Et il y avait fort à parier qu'on l'eût entendue jusqu'aux écuries. Chacun, dans la salle à manger — au moins une quinzaine d'invités réunis autour du petit déjeuner dont l'Écossais lui-même —, s'était tu sous le choc. Cette explosion était d'autant plus inattendue qu'elle émanait d'une jeune fille qui se voulait toujours posée.

Un toussotement gêné s'éleva, puis un autre, et toute l'assemblée de baisser le nez...

Sauf Yan qui s'écria d'un ton vibrant de colère :

— Il me semble que l'Écossais doit avoir son mot à dire dans tout cela, non ?

Les propos les plus futiles fusèrent aussitôt, destinés à étouffer la scène... Jane, qui se tenait près de sa mère devant le buffet élégamment dressé, coula un regard surpris en direction des personnes attablées, comme si elle n'avait pas idée du scandale qu'elle venait de provoquer. Une chose était certaine : sa mère en avait pris conscience. Le visage cramoisi, cette dame replète agrippa sa fille par le bras et la traîna sans ménagement jusqu'à la sortie. Kimberly, demeurée sur le seuil, eut juste le temps de faire un pas de côté pour les éviter.

La conversation reprit son cours dès l'instant où les deux femmes disparurent. Et Edith, cette petite peste, de commenter non sans sarcasme :

— Moi qui la croyais douce comme un agneau... C'est en tout cas ce que prétendait sa mère. Nous aurait-elle menti ?

Kimberly croisa à cet instant le regard de Yan et faillit éclater de rire. Seule la peur de se faire remarquer l'en dissuada. Toutefois il lui fut impossible de refréner un sourire, auquel l'Écossais répondit par un clin d'œil audacieux.

En se dirigeant vers le buffet, la jeune femme dépassa le frère de Jane au bout de la table et l'entendit souffler à l'oreille de son voisin de droite :

— J'aurais pu vous apprendre moi-même qu'elle était une véritable langue de vipère. Mon père disait la même chose de sa mère. Je ne vous explique pas l'enfer qu'il a vécu auprès de ces deux femmes pendant toutes ces années.

Kimberly s'empressa de rayer mentalement le nom de Hector Carlyle de sa liste. Dénigrer sa propre famille... Quelle honte !

Elle ressentit brusquement une bouffée de compassion pour Jane. En effet, si un homme s'accommodait en général d'une épouse quelque peu idiote, il ne supportait pas une femme colérique capable de provoquer des esclandres en public.

Personne ne fut donc surpris lorsque la mère de Jane, quelques heures plus tard, boucla ses valises et quitta le domaine en compagnie de sa fille... Jane venait de réduire à néant toutes les ambitions de Lady Carlyle mère de voir sa fille épouser l'un des beaux partis de Sherring Cross. Dommage qu'elles n'aient pas emmené l'impudent Hector avec elles...

Durant l'après-midi qui suivit, deux activités furent proposées aux convives. La duchesse avait organisé une excursion jusqu'au lac gelé pour ceux que le patinage intéressait. Quelques jeux de société avaient été mis à la disposition des plus frileux, au salon, devant un bon feu de cheminée.

Kimberly choisit de s'aérer l'esprit, enchantée à l'idée de faire quelques pas sur la glace. Une ombre demeurait toutefois au tableau : avec Megan chaperonnant la promenade, il y avait fort à parier que Yan serait lui aussi de la partie.

La jeune femme ne se trompa pas, l'Écossais était là. Toutefois elle était bien résolue à ne pas laisser cet homme entacher son plaisir. Kimberly excellait dans le patinage, pour l'avoir bien souvent pratiqué avec sa mère par le passé.

Megan avait pensé à tout, prévoyant une large sélection de patins, de toutes tailles, ainsi que de petits poêles disposés autour du lac pour se réchauffer quand le froid se faisait trop mordant. Nombre de domestiques étaient venus également pour servir des collations aux promeneurs.

Kimberly eut la surprise de constater qu'Howard Canston était absent, lui qui se disait si sportif, et de découvrir que James Travers n'avait jamais chaussé de patins de sa vie. Elle passa un bon moment à essayer de lui enseigner les rudiments de l'équilibre, sans guère de résultats. Néanmoins elle ne pouvait qu'apprécier l'attitude de ce gentilhomme qui ne se laissa pas une seule fois rebuter par la difficulté de l'exercice. Il continua même de s'entraîner lorsqu'elle fit une halte pour boire un chocolat chaud.

Kimberly s'attarda quelques instants au bord du lac, ne s'arrachant à la chaleur bienfaisante du poêle que pour saluer James chaque fois qu'il passait devant elle.

Un peu plus loin, Megan patinait entre deux de ses plus anciens amis, bras dessus, bras dessous.

Kimberly achevait sa tasse de chocolat lorsque Yan vint la rejoindre.

— Vous êtes un véritable enchantement, commenta-t-il avec un sourire irrésistible en ôtant ses gants et en se frottant les mains au-dessus du poêle.

Le compliment lui alla droit au cœur, réussissant même à la faire rougir. Comme chaque fois d'ailleurs qu'elle se retrouvait avec cet homme...

— Merci, je patine depuis l'enfance.

Elle aurait dû lui retourner le compliment. Elle avait admiré l'agilité et l'assurance avec lesquelles il évoluait sur la glace. Mais la prudence la retint. Flatter ses qualités aurait été reconnaître qu'elle l'avait regardé... et cela, elle ne le voulait surtout pas.

— Je faisais allusion à vos cheveux, corrigea-t-il contre toute attente. Tombant en cascade sur vos épaules, cela me rappelle...

Il laissa sa phrase en suspens... délibérément. Il n'avait pas besoin de poursuivre, elle avait parfaitement compris l'allusion. Quel impudent ! Comment pouvait-il mentionner ainsi leurs ébats passionnés? Ces ébats qui la hantaient jour et nuit, même si elle souhaitait de tout cœur les oublier.

— Pourquoi lui donnez-vous des raisons d'espérer? demanda-t-il à brûle-pourpoint. Il pourrait être votre père.

Il parlait de James Travers, évidemment.

— En quoi cela vous concerne-t-il? riposta-t-elle avec froideur. James est loin d'être vieux, MacGregor. Il est au mieux de sa forme, et toutes les femmes ici le trouvent fort séduisant. Vous pensez que deux personnes d'âge différent ne peuvent pas s'entendre? Je ne suis pas de votre avis. James et moi avons beaucoup de points communs.

— Ses baisers vous font-ils perdre la tête, chérie? maugréa-t-il. Sait-il enflammer votre désir, lui aussi?

Il lui fallut rassembler tout son courage pour ne pas rougir une fois encore et répondre d'un ton songeur :

— Je ne sais pas, il ne m'a pas encore embrassée. Mais je ne désespère pas, je suis sûre que cela ne va pas tarder.

— Laissez-moi vous rafraîchir la mémoire, pour que vous puissiez faire la différence...

— Ici, devant tout le monde! Êtes-vous devenu fou?

— Il me sera difficile d'attendre que nous soyons seuls, chérie.

Elle manqua suffoquer.

— Ôtez-vous de l'esprit que je vous autoriserai à m'embrasser, Yan MacGregor. Jamais je ne le permettrai, vous m'entendez? Et d'ailleurs, pourquoi le feriez-vous?

— Pourquoi embrasserais-je une jolie femme? Mais c'est évident : j'adore cela.

Il se moquait d'elle. Elle aurait dû le deviner tout de suite au lieu de monter sur ses grands chevaux. Elle qui d'ordinaire se montrait d'un calme olympien... Mais voilà, Yan était le diable en personne.

— Ne vous gênez pas, MacGregor, répliqua-t-elle avec acrimonie. Il y a tant de jolies femmes ici qui n'attendent qu'un mot de votre part pour tomber dans vos bras. A ce propos, qu'avez-vous fait à Jane pour qu'elle explose ainsi ce matin ?

Il eut un rictus sardonique.

— A celle qui se voulait un parangon de vertu ? Dieu soit loué, rien. Je ne me fie jamais aux apparences et, dans le cas de cette jeune fille, il semblerait que je n'aie pas eu tort.

— J'étais moi aussi un parangon de vertu, lui rappela-t-elle, furieuse de se sentir soulagée parce qu'il ne s'intéressait pas le moins du monde à Jane. Mais cela ne vous a pas empêché de...

— Vous avez beaucoup d'esprit et de courage, chérie. Cela fait une grande différence à mes yeux...

Décidément, il ne tarissait plus d'éloges. Si seulement elle savait à quelle fin... Cherchait-il à faire amende honorable ? Quelques compliments ne remplaceraient pourtant pas une vertu à tout jamais perdue. Kimberly devrait affronter les conséquences de son acte irréfléchi, elle devrait révéler la vérité à celui qui demanderait sa main, au risque de le voir s'enfuir.

— Jane n'était pas la seule beauté ici, fit-elle remarquer. J'imagine que vous avez encore de quoi faire. Lady Edith...

— ... est si stupide qu'elle n'est même pas capable de mesurer sa bêtise. Avec sa détestable manie de parler tout le temps pour ne rien dire, elle pousserait un homme au désespoir.

Kimberly applaudit en silence cette description.

« Que peut-il trouver à redire de Monica Elgar? » songea-t-elle avec une pointe de jalousie pour sa rivale. Rien. Cette fois-ci, rien. Même elle était sous le charme de cette délicieuse jeune fille.

— Et Lady Monica?

Il soupira.

— Vous n'y avez peut-être pas prêté attention, mais cette jeune fille est toute petite. Minuscule. Dès qu'elle est près de moi, j'ai envie de l'installer sur mes genoux comme une enfant.

Au comble de l'exaspération, elle demanda:

— Alors, qui avez-vous embrassée, vous, le bourreau des cœurs?

— Personne, chérie. Peut-être ai-je attendu que vous soyez prête pour accepter mes baisers...

Son cœur manqua un battement. Et tout aussitôt, la colère l'enflamma. Il plaisantait mais, cette fois, elle n'appréciait guère son sens de l'humour. Il n'avait manifestement pas l'intention de lui révéler avec qui il s'amusait.

— N'y comptez pas, Yan! s'écria-t-elle en s'efforçant de contenir sa fureur. Cela me dégoûterait!

Si elle souhaitait le blesser, elle se trompait. Il s'esclaffa.

— Savez-vous, chérie, que vos yeux s'illuminent d'un éclat vert irrésistible sous l'effet de la colère?

— Irrésistible?

— Vous êtes encore bien innocente, ma

douce. Allez-vous-en si vous ne voulez pas que je vous embrasse au vu et au su de tout le monde.

Elle n'avait pas compris tout de suite ce qu'il entendait par « irrésistible ». Elle sentit sa rage redoubler. Pour se dérober à son regard narquois, elle s'élança sans plus tarder sur la glace.

Cependant le rire de l'Écossais la poursuivit de l'autre côté du lac. Puis il continua ses sarcasmes toute la journée... Pourquoi diable se moquait-il toujours d'elle ? Longtemps elle s'interrogea... sans pour autant trouver de réponse valable.

20

— Nous aurions dû voler ce superbe étalon l'année dernière quand nous en avons eu l'opportunité, pesta Gilleonan alors que Yan et lui s'arrêtaient pour contempler le magnifique alezan qu'on entraînait dans le manège. Nous en aurions tiré un bon prix, nom d'un chien !

— Chut, pas si fort ! le tança Yan.

Il jeta un coup d'œil inquiet par-dessus l'épaule de son cousin, en direction des quelques invités qui, appuyés contre la barrière, admiraient eux aussi le cheval évoluant sur la piste de sable. Ces derniers étaient trop loin pour avoir entendu Gilleonan, sans compter qu'ils ne prêtaient certainement pas attention à leur conversation, étant eux-mêmes en pleine discussion.

Yan s'approcha toutefois de la barrière, tirant son cousin derrière lui, avant d'ajouter :

— À quoi cela nous aurait servi de voler ce

cheval, Gill ? L'Anglais n'aurait pas manqué de le récupérer en même temps que Megan.

Ils parlaient du duc de Wrothston et de l'alezan que St. James montait le jour où Yan et ses cousins avaient arrêté son cab pour dépouiller les passagers. Yan était reparti sans l'argent, mais avec la fiancée du Sassenach... Si seulement ils étaient restés tranquillement à Kregora cette nuit-là...

— Holà ! C'était juste une idée en l'air, protesta Gilleonan, vexé. À propos, tu ne me donnes pas l'impression de chercher sérieusement une épouse.

Yan haussa les sourcils.

— Quel est le rapport entre le vol d'un cheval et le fait que je cherche une femme ?

— Mais voyons, l'argent ! Je te rappelle que nous sommes ici dans ce but, au cas où tu l'aurais oublié.

— Dis-moi franchement, Gill. Tu trouves que je ne prends pas assez à cœur mes responsabilités ? Ou as-tu simplement besoin de te lamenter un peu sur ton sort ? En fait, tu en as assez de vivre parmi ces Sassenach, je me trompe ?

Son compagnon ne cacha pas son embarras.

— Il faut dire que nous sommes là depuis bientôt un mois maintenant. Les Highlands me manquent terriblement. Qu'attends-tu pour te choisir une épouse, à présent que tu as renoncé à la duchesse ?

— J'ai bien une petite idée...

— Et pourquoi tu ne m'en as pas parlé ? Lui as-tu déjà demandé sa main ?

— Oui, répliqua Yan en souriant.

— Et alors ? S'il te plaît, arrête avec tes mystères. Réponds-moi.

— Elle a refusé.

Gilleonan renifla avec mépris.

— Je ne trouve pas cela drôle, Yan. Toutes les femmes aimeraient être...

— Excepté celle-là.

— Tu es sérieux? demanda son cousin d'un air brusquement soucieux.

— Malheureusement, oui.

— Est-elle... déjà promise à un autre?

— Non, elle ne m'aime pas, c'est tout.

Gilleonan ne put s'empêcher de rire.

— Encore une chance que les jeunes filles abondent par ici! Tu pourras d'ailleurs en remercier ta tante. Allez, ne t'inquiète pas, tu en trouveras une autre, Yan. Il est grand temps que tu songes à te marier, pour le bien-être du clan.

Yan maudit *in petto* sa mauvaise fortune. Si seulement Megan ne l'avait pas repoussé...

Avec le temps, il avait accepté son refus. S'était-il bercé d'illusions sur les sentiments qu'il lui portait, ne la désirant que parce qu'elle lui avait échappé quand il avait eu l'occasion de la charmer, comme Megan l'avait elle-même souligné? Ou est-ce d'apprendre qu'elle avait eu un enfant avec le duc, un fils, qui lui avait fait définitivement renoncer à elle?

Jamais Devlin St. James n'aurait abandonné son héritier et d'ailleurs Yan n'aurait pas eu le cœur d'arracher une mère à son fils.

Une chose était certaine : ses sentiments à l'égard de la duchesse n'étaient plus, comme s'ils n'avaient jamais vraiment existé.

Il ne pouvait en dire de même au sujet de Lady Kimberly. Chaque fois qu'il la voyait flirter outrageusement avec d'autres hommes, la fureur s'emparait de lui.

Impossible qu'il pût s'agir de jalousie! Certes, il se sentait agacé quand la jeune femme riait, dansait ou disputait une partie de cartes avec James Travers, mais de là à parler de jalousie...

Et pourtant, une rage sourde le consumait. La colère était là, et il se sentait incapable de s'en débarrasser. Était-ce parce que Kimberly avait eu l'audace de refuser son offre de mariage? Sa fierté s'en était trouvée blessée. Non seulement Megan ne l'avait pas pris au sérieux, mais voilà que Kimberly en faisait de même. Pourquoi diable avait-il si peu de chance avec les femmes?

Qu'éprouvait-il exactement pour la fille du comte? Était-ce parce qu'il avait senti que Megan lui échappait qu'il s'était intéressé à elle? Par dépit, en somme?

Non, il y avait autre chose. Kimberly hantait son esprit sans relâche... depuis la nuit passée dans ses bras. Une nuit inoubliable. Il n'y avait donc rien d'étonnant à ce qu'il eût songé à elle lorsqu'il avait dû se mettre sérieusement en quête d'une épouse. Mais il était trop tard! Il venait d'essuyer un cuisant camouflet. Kimberly avait été claire quant aux sentiments qu'il lui inspirait.

Yan refusait toutefois de baisser les bras. Il était d'autant plus déterminé à la conquérir qu'elle le repoussait. Il gardait précieusement dans sa mémoire le souvenir de son corps dénudé contre le sien. Sa peau était un enchantement, ses baisers un nectar.

Jamais il n'avait connu pareilles sensations.

21

— Tu les vois, mon cœur ? Tu vois les chevaux là-bas ?

Le bébé, le nez pressé contre la fenêtre, répondit par de joyeux babils.

— Ton père t'en offrira un dans deux ou trois ans, continua Megan. Enfin, pas aussi grand que ces deux-là, mais...

— Deux ou trois ans ? Un peu plus peut-être, intervint Devlin en rejoignant son épouse et son fils. Justin n'a pas encore un an, Megan.

— Chut ! Il ne le sait pas. Et puis ce n'est qu'un projet que je lui soumets.

Le duc s'esclaffa.

— Vous êtes adorable, ma douce ! Comme s'il était capable de vous comprendre !

— Sachez que mon fils est très intelligent. Il comprend tout.

— Si vous en êtes persuadée, mon amour... Loin de moi le désir de vous contredire quand vous me fusillez ainsi du regard.

Elle maugréa entre ses dents, ce qui le fit rire de nouveau.

— C'est l'heure de son bain, annonça le duc en recouvrant son sérieux. Vous devez rendre Justin à sa nourrice. Cette pauvre femme vous cherche depuis plus d'une heure et dans sa panique, elle est même venue m'appeler à l'aide dans mon bureau.

— Je... vous demande pardon... Votre Grâce, balbutia une petite voix fluette derrière eux. Mais ce n'est pas moi qui suis venue vous...

Devlin fit volte-face et s'éclaircit la voix, coupant court à la remarque de la domestique, postée sur le seuil. Megan réprima un sourire. En fait, c'était son époux qui avait dû réclamer l'aide de la nourrice, et non le contraire.

— Nous avons mis un temps fou pour vous retrouver, insista-t-il. Pourquoi faut-il que vous persistiez à emmener Justin dans ces pièces inhabitées ?

— Pour qu'il puisse profiter d'une vue toujours différente, répondit-elle calmement avant d'embrasser son fils sur la joue et de le tendre à la nourrice. Il fait trop froid pour le sortir en ce moment et je ne voudrais pas qu'il manque le magnifique spectacle que nous offre la nature cet hiver. Je n'avais jamais remarqué que, de la fenêtre de cette pièce, on surplombait les écuries.

— Je le savais, moi, mentit-il avec aplomb.

En réalité, si Devlin connaissait le manoir dans son intégralité et s'il était entré dans chacune de ses pièces, jamais il n'avait songé à jeter un coup d'œil par les fenêtres.

— Certains de nos invités sont bien matinaux, ma foi ! commenta-t-il avec ironie en se penchant au carreau. Étonnant !

Megan, qui avait aperçu elle aussi celui qui venait de monter à cheval près de l'écurie, le réprimanda gentiment :

— Allons, Dev ! Cesserez-vous un jour de vous énerver au sujet de MacGregor ?

— Bien sûr, mon cœur : quand je cesserai définitivement de le voir.

— Vous êtes plus têtu qu'une mule !

Il haussa les épaules avant d'attirer tendrement Megan contre lui.

— Pourriez-vous lui trouver au plus vite une épouse ? J'aimerais vraiment en être débarrassé.

— Ne vous faites plus de souci. Je m'en suis d'ores et déjà chargée. J'ai demandé à Margaret de multiplier les invitations et...

Le duc l'interrompit d'un long soupir agacé.

— Croyez-vous qu'un jour nous pourrons être tranquilles chez nous, sans ce perpétuel défilé de convives ?

— Bientôt, promit-elle d'un ton rasséranant, même si elle savait pertinemment que jamais ils ne seraient seuls. Je voulais vous dire tout à l'heure, quand vous m'avez interrompue, que je n'ai pas encore renoncé à notre projet de pousser Kimberly dans les bras de MacGregor.

Il secoua la tête.

— Vous voulez certainement parler de *votre* projet ! Dire que c'est vous qui me traitez d'obstiné...

— J'ai remarqué qu'il ne cessait de la regarder, poursuivit la duchesse sans se soucier des humeurs de son époux. C'est un bon début.

— Peut-être, mais moi j'ai aussi remarqué à quel point cette jeune fille l'ignore.

— C'est ce qu'elle veut faire croire.

— Eh bien, si je peux me permettre, elle y réussit parfaitement ! Pourquoi refusez-vous de regarder la réalité en face, Megan ? Il est clair que Lady Kimberly ne s'intéresse pas le moins du monde à MacGregor. Et puis... je ne crois pas trahir un secret en affirmant qu'elle est déjà pratiquement mariée et que, par conséquent, nos obligations touchent à leur fin !

— Que voulez-vous dire ?

— Eh bien... James Travers m'a fait part de son désir de l'épouser.

— Oh, non !

— Megan !

119

— Ne vous méprenez pas. James Travers est un homme bien sous tous rapports et il fera, je n'en doute pas, un excellent époux... mais...

— Avec vous, il y a toujours un « mais », grommela Devlin sans cacher son irritation.

Elle fronça les sourcils avant de poursuivre :

— Mais j'ai appris à connaître Kimberly durant ces dernières semaines. Et voilà, je suis persuadée qu'elle serait plus heureuse avec un autre que lui.

— Et pourquoi, s'il vous plaît, n'épouserait-elle pas James ? Ils s'entendent si bien.

— Trop bien. Savez-vous à quoi une vie commune les conduirait ? À l'ennui, mon cher mari. À l'ennui...

— Et pourquoi pas simplement au bonheur ?

— Impossible.

— Décidément, vous vous obstinez. Vous avez une idée fixe et vous ne la lâcherez pas. Vous savez parfaitement que... enfin...

Le duc oublia tout agacement dès l'instant où il se tourna vers la fenêtre. Megan suivit son regard et aperçut Kimberly rentrant d'une promenade à cheval avec quelques matrones. Escortée de ces vieilles dames, la jeune fille n'en paraissait que plus éclatante encore. Elle resplendissait dans sa tenue d'amazone flambant neuve de velours rubis, bien cintrée à la taille, qui flattait sa silhouette longiligne.

Megan esquissa un sourire satisfait. Elle ne regrettait pas d'avoir demandé à Mme Canterby de dessiner une nouvelle garde-robe pour Kimberly, des toilettes aux lignes près du corps pour mettre en valeur les formes avantageuses de la jeune fille...

Howard Canston apparut tout à coup dans

leur champ de vision. Il se précipita à la rencontre de Kimberly afin de l'aider à descendre de sa monture, repoussant le domestique qui s'apprêtait à s'en charger. « Quelle audace ! » songea Megan qui ne voyait que trop clair dans les intentions du gentilhomme. Sous prétexte de lui offrir son aide, ce grossier personnage la prit dans ses bras, la serrant plus étroitement que ne l'aurait voulu la décence.

Canston garda les mains autour de la taille de Kimberly tandis qu'elle le gratifiait d'un sourire poli. « Pourquoi diable ne s'écarte-t-il pas ? » pesta la duchesse *in petto*, ayant peine à dissimuler sa contrariété. Les compagnes de la jeune fille, Abagail et Hilary, réputées pour être d'incorrigibles commères, ne manqueraient pas de raconter l'incident à toute la maisonnée. D'ailleurs, Howard Canston semblait avoir agi avec la seule intention de faire courir des rumeurs sur les relations qu'il entretenait avec Kimberly...

Mais ce n'était pas ce qui, depuis quelques minutes, retenait l'attention de Devlin. En effet, il avait aperçu l'Écossais qui, en voyant la jeune fille arriver, avait interrompu sa discussion avec un autre convive. Quand Howard Canston s'était approché d'elle, il s'était raidi, puis assombri lorsque le vicomte avait offert ses bras à la jeune cavalière. Et comme ce dernier ne semblait pas désireux de la libérer, Yan les avait rejoints d'un pas qui ne cachait pas sa fureur.

— Mon Dieu, il ne va quand même pas... souffla-t-il d'une voix blanche. Non, il ne pourrait...

Il lui était inutile de poursuivre : l'instant d'après corrobora ses craintes. L'Écossais avait à peine rejoint les deux jeunes gens que sa main s'abattait, atteignant Howard Canston à la joue droite. La violence de la gifle fit trébucher le gentilhomme et l'envoya au tapis. Il gisait à présent sur le sol, écarquillant les yeux d'un air hébété, probablement trop choqué pour se remettre sur pied.

Devlin égrena un chapelet de jurons entre ses dents avant de pivoter et de se diriger vers la porte. Megan, qui avait deviné ses intentions, le rattrapa et l'agrippa par la manche.

— Lâchez-moi ! gronda-t-il en lui jetant un regard furibond.

La duchesse obtempéra, effrayée par l'air déterminé de son époux.

— Devlin, le supplia-t-elle en désespoir de cause, ne vous en mêlez pas, je vous en prie.

— Vous voudriez que je reste en dehors de cette querelle ? Je vous rappelle qu'Howard Canston est mon invité.

— Dites plutôt que vous venez de trouver le moyen de mettre l'Écossais à la porte ! Cette altercation est une affaire privée et ne vous concerne en rien. Je suis certaine qu'aucun de ces hommes n'aimerait vous voir intervenir. Le vicomte n'a pas souffert, seule sa fierté a pu être blessée. Ne vous en faites pas pour lui, les dames sauront l'aduler comme un véritable martyr. Lui qui adore qu'on s'occupe de lui, il va être servi.

— Le problème n'est pas là...

— Peut-être, mais ce que je vois, moi, c'est un homme qui s'est comporté à l'égard de Lady Kimberly avec une audace répréhensible, et un autre qui a réagi avec jalousie. Il n'y a pas de quoi en faire un drame.

Le duc la dévisagea un instant.

— Je comprends pourquoi vous ne voulez pas que j'intervienne... Soyez franche, vous êtes ravie de pouvoir croire que MacGregor est jaloux, n'est-ce pas?

Elle esquissa un sourire malicieux.

— Croire? Non, rétorqua-t-elle en secouant la tête. Nous venons d'avoir la preuve éclatante de la jalousie de MacGregor, et vous le savez pertinemment. Alors pourquoi ne pas rester en dehors de toute cette histoire? S'ils veulent s'entre-tuer, libre à eux.

— Et si c'était Kimberly qui cherchait à en tuer un, Megan?

— Quoi?

La duchesse se pencha à la fenêtre au moment où Kimberly abattait son ombrelle sur la tête de l'Écossais, la brisant en deux!

— Elle n'aurait jamais dû faire une telle chose, murmura-t-elle sans cacher sa déception.

— Je suis certain que MacGregor est de votre avis! repartit Devlin avant de rire de bon cœur.

— Cela n'a rien d'amusant. Elle aurait dû être impressionnée par son intervention. Et même flattée.

— Pourquoi, si elle ne l'aime pas?

— Décidément vous prenez un malin plaisir à me contredire!

— Cette jeune fille a eu le courage de lui infliger une correction. Je ne peux que l'en féliciter.

— J'espère que, de votre côté, vous saurez vous refréner...

Après un échange apparemment houleux sur la pelouse, en contrebas, Yan s'éloigna tandis que Kimberly s'agenouillait auprès d'Howard. Dommage que Megan fût trop loin pour entendre ce qu'ils se disaient... Elle brûlait d'en apprendre davantage, mais elle allait devoir contenir sa curiosité jusqu'à ce qu'Hilary et Abagail viennent lui rapporter toute l'histoire. Ce qui, les connaissant, ne saurait tarder...

22

— Casser une ombrelle sur la tête d'un homme! Quel gaspillage! s'exclama Hilary. Un si bel objet...

— Moi qui croyais Lady Kimberly et James Travers sur le point de se marier... nota sa compagne Abagail, visiblement déçue.

— De toute évidence, vous vous trompiez.

— Tout bien considéré, cette histoire est plutôt amusante.

— Cela ne m'étonne pas de vous, Abagail. Vous avez dû au moins en casser cinq ou six sur la tête du pauvre Elbert, n'est-ce pas?

— Seulement deux, ma chère.

— J'ai entendu dire que...

— Grands dieux, vous n'êtes pas obligée de crier, Hilary. Qu'avez-vous entendu dire au juste?

— Euh!... vous m'avez coupé la parole et j'ai oublié à présent, grommela la vieille dame.

Sa compagne pouffa.

— Voilà, cela me revient! reprit Hilary gaiement. J'ai entendu dire que Lady Kimberly avait repoussé les avances de MacGregor par trois fois.

— De qui? Du marquis?

— Décidément, vous ne comprenez rien à rien. Les avances de l'Écossais, bien sûr.

— Et qu'en est-il du vicomte ? Un sacré beau parti, ma foi, et d'après ce qu'on raconte, il est à ses pieds.

— Canston ? Il est toujours intéressé, celui-là, sauf quand il s'agit de mariage.

— Allez, allez, Hilary, ne soyez pas mauvaise langue. Ce n'est pas parce qu'il a tourné le dos à votre nièce il y a quelques mois...

— Vous rendez-vous compte qu'il l'a courtisée pendant toute la saison, sans même lui offrir de l'épouser ?

— Prenez l'exemple de son père. En son temps, le vieux Canston était lui aussi un flagorneur de la pire espèce...

— Ne dites pas n'importe quoi. Dans cette famille, ils tardent juste un peu à prendre leurs décisions...

Voilà le genre de messes basses que Kimberly supportait depuis le début de la journée. Au petit déjeuner, puis plus tard, lors du récital auquel elle avait assisté dans la matinée, au moment du thé dans l'après-midi et même au dîner... Ces cancans, ces chuchotements, ces exclamations outrées, elle ne les connaissait que trop. Discrètement, elle quitta le salon, permettant ainsi aux langues de se délier sans plus de pudeur... Si tant est que ces dames aient quelque pudeur...

Elle ne pouvait plus souffrir ces commérages. Elle s'était bernée en croyant que le petit drame dont Yan avait été l'instigateur ce matin ne ferait pas le tour de Sherring Cross.

Dès demain, la nouvelle se propagerait dans toute la région. Elle ne serait pas surprise si son père l'apprenait avant la fin de la semaine et faisait son apparition ici, fou de rage. Un Écossais battu par sa fille ! Il exigerait des explications.

Et si encore on se contentait de relater l'incident, mais chacun semblait prendre plaisir à le déformer. Jusqu'à ce qu'il prenne des allures franchement dramatiques...

En raison de ces ragots, ce pauvre Howard était bon pour une seconde humiliation, comme si celle qu'il avait reçue quand Yan lui avait asséné une gifle en public n'était pas suffisante. On racontait partout que Kimberly avait rejeté l'offre de mariage de Yan et que c'est la raison pour laquelle ce dernier avait vu rouge en la découvrant dans les bras d'Howard devant les écuries. On avait même été jusqu'à prétendre que James Travers était celui qui avait frappé le vicomte, alors que le marquis n'était pas même présent... Mais seulement voilà, on éprouvait une satisfaction mauvaise à le traîner lui aussi dans la boue ! Qui avait pu dire à ces langues de vipère que Kimberly avait écarté l'Écossais pas moins de trois fois, lui refusant sa main... ?

Le comportement de Yan dicté par la jalousie ? Il n'y avait rien de plus absurde... Pourquoi aurait-il été jaloux quand leur seule relation était cette nuit qu'ils avaient partagée après que tous deux avaient bu plus que de raison ? Et encore, ils n'en étaient pas devenus amis pour autant. Il l'avait demandée une fois en mariage, d'accord, mais il fallait y voir une manière maladroite de s'excuser, une manière de couper court à tout sentiment de culpabilité.

« Est-ce le mariage que vous attendez de moi ? » lui avait-il demandé d'un ton peu amène comme si ces mots lui coûtaient.

Alors pourquoi avait-il agressé Howard Canston ?

Kimberly avait beau tourner et retourner cette question dans son esprit, elle ne parvenait pas à trouver une réponse cohérente. Ces deux hommes avaient peut-être des différends qui ne la concernaient en rien. Une animosité latente qui aurait enfin explosé au grand jour, quand le destin les avait réunis sous le même toit. Et malheureusement, il avait fallu qu'elle fût là...

Tout s'était passé si vite. La jeune femme n'avait pas compris ce qui arrivait. Si au moins elle avait vu Yan approcher, mais il n'y avait pas eu d'avertissement, et dans son état de totale hébétude, elle avait riposté sans réfléchir, ne faisant qu'envenimer les choses.

Jamais elle n'aurait dû frapper Yan ! Aussitôt elle avait regretté son geste, mais il était trop tard. Pourquoi répondre à la violence par la violence ? Même si elle n'avait pas dû lui faire grand mal en lui assenant un coup d'ombrelle sur la tête...

Yan ne s'attendait certainement pas à cela.

— Qu'est-ce qui vous a pris ? lui avait-il hurlé aux oreilles l'instant d'après. Avez-vous perdu la tête ?

S'il n'avait pas crié, elle lui aurait présenté ses excuses. Vraisemblablement. Mais la réaction de l'Écossais n'avait fait qu'attiser sa colère.

— Et vous, MacGregor, avez-vous perdu la tête ? avait-elle rétorqué d'un ton cinglant. Nous sommes en Angleterre et pas dans votre pays de sauvages. Les gens civilisés n'ont pas recours à la violence pour régler leurs problèmes.

À sa réplique digne d'une enfant piquée au vif, il n'avait pas répondu, se contentant de regarder l'ombrelle brisée qu'elle tenait encore dans la main, avant de lui décocher un sourire sardonique. La jeune femme avait senti aussitôt le rouge lui monter aux joues. Et comme s'il craignait qu'elle n'eût pas saisi l'allusion, il avait ajouté avec ironie :

— Vous avez une manière plutôt originale de régler vos problèmes, chérie.

Puis, lui tournant le dos, il s'était éloigné d'un pas rageur. Depuis elle ne l'avait pas revu, ni Howard d'ailleurs. Le vicomte, sous le choc d'un tel affront, avait mis quelques minutes avant de recouvrer son aplomb. Howard était fou de rage, mais qui ne l'aurait pas été, à sa place ? Une lueur mauvaise brillait dans ses yeux bleus.

Mais lorsqu'on l'avait interrogé sur les raisons qui avaient poussé Yan à le gifler, il s'était contenté de hausser les épaules et de déclarer :

— Dieu seul sait quelle mouche l'a piqué !

Cette réponse avait laissé chacun sur sa faim. À défaut d'une explication, on avait conclu à la jalousie de Yan. Si Kimberly devait reparler un jour à l'Écossais, elle lui demanderait les véritables motifs de son acte. Mais il n'était guère probable qu'elle eût de nouveau l'occasion de lui adresser la parole.

Une fois encore, il l'avait contrainte à se comporter d'une manière inqualifiable et elle lui en voulait. Si seulement elle savait pourquoi cet homme lui faisait perdre son sang-froid, dédaigner l'étiquette et les convenances dès qu'il croisait son chemin...

En vérité, elle en avait vu de toutes les couleurs depuis le jour où ce Yan MacGregor était entré dans sa vie. Mais, cette fois-ci, tout était terminé. Jamais elle ne lui pardonnerait un tel scandale.

23

— Mon Dieu, vous m'avez fait peur! s'écria Megan qui, alors qu'elle pénétrait dans la serre, sursauta en découvrant Kimberly. Que diable faites-vous ici, dans le noir?

La jeune femme haussa les épaules, effleurant du bout des doigts les feuilles lustrées d'un rhododendron.

— Il ne fait pas si sombre, répondit-elle. Les lumières du manoir éclairent jusqu'ici.

— Vous avez raison, accorda la duchesse après un bref coup d'œil à l'immense baie vitrée, à travers laquelle on apercevait la silhouette illuminée de la demeure ducale. Je n'étais jamais venue ici la nuit, ce qui explique pourquoi j'ai apporté une lampe... Puis-je vous demander ce que vous fabriquez là?

Kimberly sourit bon gré mal gré tandis que Megan soufflait la flamme de sa lampe à pétrole. Elle qui désirait être seule... Elle ne se sentait pas d'humeur à discuter, mais comment aurait-elle pu rabrouer son hôtesse, qui s'était montrée si gentille avec elle?

Plutôt que de répondre à une question qui l'embarrassait, elle demanda:

— Et vous, Megan, qu'est-ce qui vous amène ici à cette heure de la nuit?

Megan eut un sourire espiègle.

— Je suis venue chercher une rose. Devlin n'a pas cessé de faire les yeux doux aux jolies femmes, aujourd'hui. Il a besoin que je lui rappelle ce qu'il gagnerait s'il continuait son manège. J'ai pensé qu'une fleur pleine d'épines l'aiderait à comprendre. Je la poserai sur son oreiller tout à l'heure...

Kimberly s'esclaffa. Cela faisait du bien de rire après une journée aussi éprouvante. Décidément, la duchesse brillait d'intelligence et de subtilité. Une rose hérissée d'épines sur l'oreiller de son époux... Il comprendrait à n'en pas douter l'allusion... et ne pourrait qu'en rire lui-même.

— Espérons seulement qu'il remarquera la rose avant de poser la tête sur l'oreiller ! fit Kimberly.

— Je m'en assurerai. Et maintenant, aidez-moi à trouver une fleur qui conviendrait.

Kimberly acquiesça et elles se dirigèrent vers le parterre de roses. Alors que Megan se penchait pour humer leurs parfums capiteux, elle déclara :

— Je suis heureuse que vous soyez là ce soir, Kimberly. Je voulais vous poser une question, mais je n'ai pas eu l'occasion aujourd'hui de vous parler seule à seule. Avez-vous pensé à l'Écossais ?

— À l'Écossais ?

— Oui, pour le mariage.

— Non ! Pas lui...

Elle avait répondu un peu trop abruptement, la duchesse cilla.

— Non ? Il est pourtant bel homme, que je sache. Il ferait, j'en suis sûre, un excellent mari. Et comme il est aussi à la recherche d'une épouse, pourquoi ne vous laisseriez-vous pas tenter ?

— Il est séduisant, je vous l'accorde...

« Mais il a beaucoup trop de défauts », ajouta-t-elle en son for intérieur.

— Mais il ne me convient pas, reprit-elle.

— Je ne suis pas de votre avis, protesta la duchesse. Vous devriez y réfléchir sérieusement.

Kimberly aurait pu rétorquer que MacGregor était amoureux de Megan, mais cela n'aurait fait que les embarrasser toutes les deux.

— Vous ai-je déjà dit que mon père n'apprécierait pas du tout que j'épouse un Écossais?

— Vous plaisantez?

— Non, malheureusement, répondit la jeune femme, regrettant soudain d'avoir évoqué ce sujet. Il les déteste.

Megan s'était renfrognée.

— J'imagine que c'est parce qu'il vit près de la frontière. Toutes ces vieilles querelles intestines y sont certainement pour quelque chose. Je connais plusieurs familles qui éprouvent ces mêmes sentiments à l'égard des Écossais. Même si les hostilités se sont aplanies avec le temps, l'animosité demeure...

— Pas dans le cas de mon père, protesta Kimberly. C'est un problème personnel qui a engendré sa haine.

— Personnel? Vous ne partagez donc pas ses opinions?

— Non, je n'ai pas grand-chose en commun avec lui, à vrai dire, et certainement pas sa vision étriquée du monde.

La duchesse poussa un soupir de soulagement.

— Tant mieux! Est-ce vraiment nécessaire qu'il donne son approbation pour votre mariage?

— Si je veux éviter un scandale, j'ai tout intérêt à ne pas le contrarier.

— Vous ne voulez quand même pas dire qu'il vous déshériterait?

— Je peux vous assurer qu'il le ferait sans la moindre hésitation.

131

— Si vous voulez mon avis, il n'a pas de cœur.

— Je suis d'accord avec vous. C'est un véritable tyran.

— Mais c'est affreux! Enfin... je ne vois pas ce qu'il y a de mal à s'éprendre d'un Écossais! Et surtout, ce qui importe, c'est votre bonheur. Ne le comprend-il pas?

— Si je devais tomber amoureuse, je ne me soucierais ni de mon père ni du scandale qu'il ne manquerait pas de provoquer.

— Merveilleux! s'écria Megan avant de se reprendre. Je veux dire... un tel scandale serait certes un drame, mais je ne peux croire qu'il ruinerait le bonheur auquel vous aspirez. Votre père ne manquerait pas d'être condamné pour sa sévérité et ses préjugés. Vous seriez... euh...

— À plaindre?

— Non, non...

Kimberly sourit et tapota d'un geste rassérénant le bras de sa compagne.

— Tout va bien. Cela n'a aucune espèce d'importance puisque je n'ai pas l'intention de m'amouracher d'un Écossais.

Megan soupira une fois encore.

— Vous êtes libre de votre choix, bien sûr... Mais vous savez, je n'arrive pas à comprendre votre père. Le mien ne ratait jamais une occasion de me gâter. Je ne me souviens pas qu'il m'ait interdit quoi que ce soit... sauf le jour où je lui ai demandé de congédier Devlin. Cette fois-là, il a refusé.

— Congédier? Comment cela?

Megan s'esclaffa.

— Cette histoire serait trop longue à vous raconter. Une prochaine fois, peut-être. Je dois rentrer avant que Devlin n'envoie toute une escorte de domestiques à ma recherche.

Elle se pencha pour cueillir une rose.

— Mais, au fait, vous ne m'avez pas expliqué ce que vous faisiez ici, Kimberly.

La jeune femme pesta en silence. Pourquoi mentirait-elle ? La duchesse ne pouvait pas ne pas être au courant des ragots qui couraient à son sujet.

— J'ai eu besoin de me retrouver un peu seule. J'aurais pu me retirer dans ma chambre, me direz-vous, mais j'avais envie de changer d'atmosphère.

Megan eut un sourire compréhensif et lui offrit son bras pour regagner la sortie.

— Cela m'arrive parfois, confia-t-elle, mais dans votre cas... vous devez savoir que les commérages qui circulent aujourd'hui ne peuvent vous toucher, ma chère. En fait, ils ne peuvent que vous être bénéfiques : ils prouveront à la plupart des gentilshommes combien vous êtes convoitée.

Kimberly ne se sentait pas d'humeur à discuter de l'altercation entre Howard Canston et MacGregor, mais comment éluder le sujet ? Heureusement la duchesse reprenait déjà :

— J'ai appris que MacGregor s'était réfugié dans une auberge à quelques kilomètres du domaine. Quant à Lord Canston, il a passé la journée avec son avocat. Il semble bien déterminé à porter cette affaire devant les tribunaux.

— Quoi ! ?

— Oh ! ne vous inquiétez pas ! Devlin réussira sans aucun doute à le dissuader d'envenimer les choses. Le vicomte boude comme un enfant, mais cela ne durera pas, j'en suis certaine.

Kimberly eut beau essayer d'imaginer l'élégant et viril Canston faisant la moue, elle n'y parvint pas.

— A-t-il l'intention d'écourter son séjour?

— Non, répondit Megan d'un ton qui trahissait sa déception. Je suis sûre qu'il sera de retour dès demain parmi nous, agissant comme si de rien n'était. Eh oui! Demain, Devlin organise une chasse au renard et Howard ne manquerait cela pour rien au monde. Vous venez?

— Plus tard.

Megan sourit à la jeune femme et se dirigea vers la porte. Parvenue sur le seuil, elle promena un dernier coup d'œil dans la serre.

— Il faudra que je songe un de ces jours à organiser un pique-nique ici. Oui, plus j'y pense, plus je crois que ce serait une excellente idée...

Kimberly esquissa une grimace tandis que la duchesse s'éloignait, une rose à la main. Jouer l'hôtesse pour d'innombrables convives, devoir sans cesse penser à la manière de les divertir était à n'en pas douter un véritable enfer.

Megan s'acquittait pourtant fort bien de sa tâche et ce pique-nique n'était pas une mauvaise idée. L'air était peut-être un peu trop humide, mais l'endroit embaumait les senteurs les plus étourdissantes. Pour un pique-nique au beau milieu de l'hiver, cette serre chauffée était le lieu idéal...

Yan s'imposa brusquement à son esprit, gâchant sa douce rêverie. Maudit soit-il! Si seulement il pouvait avoir la migraine demain en s'éveillant, pour avoir trop bu ce soir... Cet homme, qui lui inspirait les émotions les plus contradictoires, ne méritait pas mieux.

24

Kimberly s'éveilla en sursaut lorsque l'on assena un grand coup dans le mur, derrière son lit. Aussitôt une voix reconnaissable entre mille s'éleva de l'autre côté de la cloison :

— Kimberly, vous m'entendez ?

Bien sûr ! Comment osait-il faire un tel raffut au milieu de la nuit, au mépris des convenances et du respect d'autrui ? Dire qu'il s'était tenu à carreau durant ces derniers jours. Elle avait même imaginé qu'il avait changé de chambre.

Seigneur ! quelle heure était-il donc ? Les lourds rideaux damassés étaient tirés, ne lui offrant aucun indice. Toutefois, quand les douze coups de minuit avaient résonné plus tôt dans le silence de la maisonnée, elle ne dormait toujours pas...

— Kim ? insista-t-il.

Avec un grognement furibond, elle repoussa les couvertures et frappa à son tour contre le mur.

— Laissez-moi tranquille ! Avez-vous perdu l'esprit ? Avez-vous idée de l'heure...

— Je... meurs.

Son cœur manqua un battement. Une peur insidieuse monta en elle, une peur comme jamais elle n'en avait connu. Bondissant de son lit, elle courut jusqu'à la chambre voisine sans plus songer à rien, sinon voler au secours de l'Écossais. Elle aurait enfoncé sa porte si elle avait dû le faire... mais ce ne fut pas nécessaire. Le battant ne résista pas quand elle le poussa, et elle entra sans même reprendre son souffle.

Elle trouva Yan là où elle l'avait imaginé,

appuyé à la cloison. Il était à genoux et sa tête touchait presque le sol. Dans la faible lumière que diffusait la bougie posée sur le manteau de la cheminée, il ne semblait plus bouger...

— Yan? cria-t-elle en le rejoignant, totalement paniquée.

Elle lui saisit la tête et poussa un soupir de soulagement en l'entendant râler. Soulagement de courte durée car s'il respirait, il le faisait au prix d'un effort surhumain. Il n'était pas encore mort, mais ce n'était sans doute qu'une question de minutes.

L'angoisse la fit trembler de tous ses membres.

— Où avez-vous mal? Dites-le-moi! Vous saignez? On vous a tiré dessus?

— Vous... êtes... venue? parvint-il enfin à articuler.

— Bien sûr. Mais qu'avez-vous donc?

— Le... poison...

— Mon Dieu! Comment cela s'est-il passé? Je vais faire appeler le médecin tout de suite...

— Non, ne me quittez pas.

Il saisit sa cheville, l'obligeant à demeurer près de lui.

— Laissez-moi au moins une minute, Yan, le temps que je trouve un domestique qui puisse prévenir le médecin.

— Un médecin ne pourrait rien pour moi.

— Ne dites pas cela! protesta-t-elle d'une voix blanche. Vous n'allez pas mourir. Il doit bien exister un antidote. Le docteur saura quoi faire, lui.

— Un lit, voilà tout ce qu'il me faut, chérie, et une gentille main pour m'y conduire. Croyez-vous pouvoir m'aider? Ou est-ce au-dessus de vos forces?

— Taisez-vous! gronda-t-elle avant de se radoucir. Très bien, je vous aide d'abord à regagner votre lit. Asseyez-vous que nous puissions vous remettre debout.

Kimberly tenta de soulever son compagnon par les épaules, mais celles-ci refusèrent de bouger. Jamais elle ne réussirait à le relever s'il ne l'aidait pas un peu!

Alors qu'elle faisait une nouvelle tentative, brusquement Yan se redressa... d'une simple pression de la main sur le mur. Elle remarqua alors qu'il était encore habillé, comme s'il n'avait eu le temps que d'entrer dans sa chambre avant de la prévenir de son malaise. Il était d'ailleurs dans un piteux état avec ses cheveux ébouriffés, son manteau maculé de boue et hérissé de paille. C'est alors qu'elle sentit les effluves d'alcool, si forts qu'on aurait pu croire qu'il s'était immergé dans une cuve de whisky!

Les propos de Megan lui revinrent aussitôt en mémoire.

— Vous avez bu toute la journée? accusa-t-elle.

— Nooon, j'ai dormi... mais je ne me souviens pas où.

— Vous vous êtes relevé pour retourner boire, n'est-ce pas?

Il eut le sourire polisson d'un enfant.

— J'avais... tellement soif.

Kimberly se raidit. Yan n'avait pas l'air sur le point de rendre l'âme. Cet homme était complètement ivre, voilà tout. Sa voix embrumée, quelque peu rocailleuse, en témoignait.

— Comment vous êtes-vous empoisonné, Yan? Et d'ailleurs, comment pouvez-vous être certain qu'il s'agisse de poison?

— De poison?

Les pupilles de la jeune femme s'étrécirent sous le coup de la colère.

— Vous m'avez dit avoir été empoisonné, rappelez-vous!

— C'est l'alcool. Oh! là, là! je ne me suis jamais senti si mal...

— Misérable! Vous m'avez causé une peur bleue. Je vous croyais mourant, alors que vous étiez soûl!

Furieuse, elle recula, oubliant qu'il la tenait par la cheville. Elle perdit l'équilibre et tomba à la renverse. Heureusement, elle réussit à ne pas s'étaler de tout son long en s'appuyant sur les coudes...

— Voici une invitation que je ne saurais refuser, chérie, se moqua-t-il.

— Comment?

Encore sous le choc de sa chute, elle ne comprit pas tout de suite l'allusion... jusqu'à ce que, cessant de le regarder, elle jetât un coup d'œil à sa propre posture. Sa chemise de nuit — dans sa hâte, elle n'avait pas pris le temps d'enfiler une robe de chambre — était retroussée sur ses hanches, offrant la vision de ses cuisses nues. Que Dieu lui vienne en aide, elle avait les jambes écartées!

Voilà donc le sens de sa remarque...

Mortifiée, elle le vit s'approcher à quatre pattes. Apparemment, il avait l'intention d'accepter son invite, si invite il y avait.

Elle referma les jambes avant d'essayer de se lever.

— N'y pensez pas! hurla-t-elle avec toute la force dont elle se sentait capable.

— Non?

— Non !

— Vous êtes une femme sans cœur, Kim. Voilà ce que vous êtes.

— Avec vous, je n'ai pas d'autre choix, grommela-t-elle.

— Vraiment ? Et pourquoi cela, chérie ? La tentation serait-elle trop forte ?

Il avait visé juste. Désemparée, elle s'assit sur le lit et redressa la tête d'un air de défi.

— Auriez-vous perdu l'esprit ? Regardez-vous, vous empestez le whisky, vous êtes crotté de la tête aux pieds et vous avez un regard d'idiot ! Vous vous croyez vraiment irrésistible ? Quelle blague !

Elle avait craché tout son venin et n'en revenait pas encore, s'étonnant d'être capable d'un tel mépris. Le problème était que Yan, même dans cet état, n'avait rien perdu de son charme. Et ce n'étaient pas quelques verres de trop qui l'auraient rendu moins désirable à ses yeux...

— Moi, je vous trouve toujours aussi belle, rétorqua-t-il. Je vous trouve....

— Plus un mot ! coupa-t-elle, brusquement prise de panique, redoutant des paroles qui sauraient l'amadouer. Je voudrais retourner me coucher. Vous n'avez pas le droit de me réveiller en pleine nuit et je n'ai surtout rien à faire dans cette chambre.

— Allez-y, alors, retournez bien au chaud dans votre lit. Je passerai la nuit ici sur le sol, puisque vous ne voulez pas m'aider.

Elle se releva, furibonde.

— Vous croyez m'inspirer de la pitié ?

— Oui.

— Détrompez-vous !

— Pourquoi seriez-vous venue, sinon ? Vous

voyez bien que je suis mal en point, alors pourquoi refusez-vous de m'aider ?

— Ce que je vois, c'est que vous vous êtes mis dans cet état tout seul, et que vous ne méritez nullement qu'on vous plaigne. Qu'est-ce qui vous a pris de boire autant ?

— Je préfère ne pas en parler, chérie.

Elle serra les dents, exaspérée. À cet instant, comme à bien d'autres plus tôt, elle avait envie de rétorquer qu'elle ne voulait pas l'entendre l'appeler « chérie », ni même Kim. Mais c'eût été parfaitement inutile puisqu'il ne s'en souviendrait plus le lendemain en s'éveillant.

— Très bien, ne dites plus rien, déclara-t-elle le plus placidement possible. Je voulais juste être polie, mais sachez-le, je ne me soucie pas de votre état. Vos motifs ne me concernent...

Elle se tut quand soudain elle comprit qu'elle protestait un peu trop vivement pour quelqu'un qui disait s'en moquer.

— Eh bien, bonne nuit, Yan, reprit-elle d'un ton détaché. Essayez, je vous en prie, de ne plus faire de bruit.

Il garda le silence tandis qu'elle franchissait le seuil. Elle ne regarderait pas derrière elle, elle n'aurait aucune tristesse pour lui. Mais, alors qu'elle refermait le battant, elle l'entendit murmurer :

— J'ai besoin de vous.

Kimberly réprima un juron. Appuyant la tête contre la porte, elle ferma les yeux, luttant contre le tourbillon d'émotions qui déferlaient en elle, que seuls quelques mots avaient su attiser. Comment pouvait-elle ignorer cette prière ?

Elle devait remercier le Ciel que l'Écossais n'eût besoin d'elle que pour regagner son lit.

Aurait-elle su lui résister, si, en d'autres circonstances, il lui avait demandé de dormir dans ses bras ?

25

Kimberly souleva le lourd rideau damassé pour jeter un coup d'œil au-dehors. Incroyable ! Le parc était en proie à une activité enfiévrée, un brouhaha assourdi s'élevait en contrebas... les sifflements d'un domestique, une cloche tintinnabulant et une voix masculine qui offrait ses vœux de bienvenue...

Pourtant elle avait du mal à croire que l'aube était déjà là... et qu'elle se trouvait encore dans la chambre de Yan. Depuis combien de temps était-elle ici ? Trop longtemps.

Elle fit volte-face et considéra l'Écossais, endormi sur le lit. Si profondément endormi qu'il n'avait même pas remarqué qu'elle avait quitté son côté...

La jeune femme poussa un soupir. Qu'est-ce qui lui avait pris d'accepter de l'aider ? Elle avait commis une erreur, qu'elle ne manquerait pas de regretter plus tard.

Mais voilà, elle lui avait tendu la main, lui avait offert son soutien jusqu'au lit. Elle l'avait même débarrassé de son manteau avant de le coucher. Et dès l'instant où sa tête avait touché l'oreiller, Yan avait sombré dans les bras de Morphée... pour se réveiller quand elle avait voulu s'éloigner et regagner sa chambre. Il s'était aussitôt mis à râler comme s'il était sur le point de mourir. Il n'avait pas ouvert les yeux... il avait juste senti qu'elle s'en allait.

Comment Kimberly aurait-elle pu ignorer ses supplications ?

Yan ne jouait pas la comédie, comme elle l'avait d'abord cru. Il était réellement au plus mal. Elle avait essayé d'apaiser sa fièvre avec des compresses froides, caressant son front et lui murmurant des paroles de réconfort. Peu à peu, il s'était calmé et avait plongé dans un sommeil réparateur...

Pour n'avoir dormi que quelques minutes pendant la nuit, elle avait à présent grand-peine à garder les yeux ouverts. Il lui fallait regagner sa chambre et s'accorder une heure ou deux de repos. Et cela, avant que Mary ne fasse, comme tous les matins, son apparition, avant que la domestique ne s'empresse d'aller répandre des rumeurs à son sujet et de spéculer sur l'endroit où sa maîtresse avait passé la nuit.

Kimberly traversa la pièce, s'arrêtant un instant auprès du lit. Yan paraissait si innocent qu'elle ne put s'empêcher de sourire. La jeune femme brûlait de repousser la boucle rebelle qui barrait son front, comme elle l'avait fait plusieurs fois durant la nuit. Elle sortit avant de céder à cette dangereuse tentation...

Un peu plus tard dans la matinée, Kimberly fut réveillée en sursaut, non par la douce voix de Mary, mais par un coup assené sur le mur, derrière elle. Elle se dressa sur son séant, se frottant les yeux avant de les ouvrir complètement.

Un autre bruit s'éleva de la pièce voisine mais, cette fois, plus sourd... Comme si quelque chose ou quelqu'un était tombé. Elle se rappela aussitôt l'état de santé de l'Écossais.

La jeune femme voulut se lever, mais sa tête se mit à tourner et, vaincue, elle replongea dans la tiédeur du lit. Elle n'en voulait même pas à Yan de l'avoir réveillée une fois encore, elle était bien trop fatiguée pour cela. Durant quelques instants, elle lutta contre la douce torpeur qui s'emparait d'elle. Heureusement, la honte de céder à la paresse l'emporta bientôt. Elle se leva, enfila son déshabillé et jeta un coup d'œil dans le miroir.

Elle avait l'air exténuée. Des cernes mauves soulignaient ses yeux et elle avait les cheveux en bataille. Dire que Yan l'avait trouvée séduisante... Il devait vraiment être soûl !

Même après avoir procédé à ses ablutions, elle n'aspirait qu'à retourner se glisser entre ses draps. Mais alors le bruit se répéta dans la chambre voisine, suivi de plaintes et de gémissements.

Elle soupira, se demandant pourquoi diable elle avait accepté de lui servir d'infirmière. Mais qui, sinon elle, serait venu en aide à l'Écossais ?

À ce propos, où étaient donc les deux sbires de Yan ? Dormaient-ils ailleurs sans se soucier de leur chef ? C'était pourtant leur rôle de prendre soin de lui...

Kimberly quitta la chambre en tâchant de ne pas céder à la colère. Une colère dirigée contre sa propre inconscience...

Dans le couloir, à sa grande surprise, elle aperçut la porte de la chambre voisine ouverte et... la duchesse de Wrothston qui se tenait sur le seuil, se tordant nerveusement les doigts.

Aiguillonnée par la curiosité, la jeune femme la rejoignit, et ce qu'elle découvrit alors par-dessus l'épaule de Megan la glaça d'effroi. Le duc de Wrothston rouait de coups l'Écossais. Et cet idiot de Yan, recroquevillé sur le sol, ne ripostait pas, quoiqu'elle doutât que cela eût changé quelque chose. Le duc semblait enragé.

MacGregor saignait du nez. Il essayait péniblement de se relever quand le duc le renvoya au tapis d'un coup de pied dans les reins.

Kimberly frémit. Pourquoi Yan ne se défendait-il pas ? Était-il encore trop mal pour comprendre ce qui lui arrivait ?

Elle ne pouvait accepter qu'on frappât un homme incapable de réagir.

— Puis-je vous demander ce qui se passe ici ? murmura-t-elle en se penchant vers Megan.

La duchesse sursauta, n'ayant apparemment pas remarqué sa présence.

— Vous savez, je commençais sincèrement à apprécier MacGregor, déclara-t-elle, le visage déformé par l'inquiétude. Quelle honte qu'il ait pu s'adonner au vol ici !... Sa conduite me déçoit, vraiment.

Kimberly ouvrit de grands yeux.

— Au vol ? Vous voulez dire qu'il a volé quelque chose à Sherring Cross ?

Megan hocha la tête.

— Il a pris un de nos meilleurs étalons, ainsi que deux superbes juments. De toute évidence, il a l'intention de se lancer dans l'élevage afin de remédier à ses difficultés financières, alors qu'il lui suffisait de trouver une épouse pour régler ce problème.

Kimberly voulut répondre que ce forfait paraissait en effet bien inutile. Pourquoi Yan aurait-il encouru de tels risques ? Mais alors qu'elle ouvrait la bouche, un grand bruit lui fit lever les yeux. Yan venait d'être projeté contre un mur. Un peu plus, et il passait la tête la première par la fenêtre !

Une peur affreuse s'empara de la jeune femme.

— Cessez tout de suite ! hurla-t-elle au duc. Ne voyez-vous pas qu'il n'est pas dans son état normal ? Il est ivre mort, il lui faudra plusieurs jours avant de dessoûler.

Comme St. James ne répondait pas, Megan intervint à son tour :

— Devlin, Lady Kimberly a raison. Arrêtez, s'il vous plaît. Yan n'est même pas capable de se défendre.

La duchesse se tourna vers la jeune femme et ajouta :

— Comment saviez-vous qu'il était ivre ?

Kimberly s'empourpra.

— Il m'a réveillée plusieurs fois cette nuit avec ses plaintes. J'ai cru qu'il était en train de mourir, il paraissait tellement souffrir...

— Je vois, murmura Megan avec un sourire avant de s'adresser à son époux : Devlin, je vous en prie, calmez-vous. Vous allez le tuer.

— C'est bien mon intention, siffla le duc entre ses dents.

— Devlin veut savoir ce que MacGregor a fait des chevaux. Je crains qu'il ne s'arrête pas si l'Écossais...

Megan laissa sa phrase en suspens.

— Lui a-t-il au moins posé la question ? demanda Kimberly d'une voix tremblante. Il ne cesse de le battre.

— Le problème, c'est que MacGregor nie toute responsabilité dans ce vol.

— Mais vous avez des preuves contre lui ?

— Euh ! oui... je présume, fit Megan en fronçant les sourcils. Le domestique qui a découvert la disparition des bêtes prétend avoir entendu une voix d'homme avec un fort accent écossais juste avant d'être assommé. Avec les antécédents de Yan, il était facile de faire le rapprochement. J'ai bien peur que ce ne soit la seule preuve dont ait besoin mon mari.

Qu'aurait-elle pu répondre à cela ? Kimberly n'allait quand même pas prendre la défense de MacGregor, même si elle brûlait de le faire. Un accent n'était pas une preuve valable. N'y avait-il pas d'autres Écossais sur la propriété, dont certains domestiques ? Selon toute probabilité, l'auteur du larcin avait déjà dû prendre la fuite avec les chevaux. Le duc y avait-il songé ?

Certes, Yan en voulait à St. James d'avoir épousé la femme qu'il aimait et n'aurait probablement pas hésité une seconde à la lui enlever. Et puis il y avait la paille qu'elle avait retrouvée accrochée à son manteau quand elle l'avait déshabillé.

Toutefois, quelque chose clochait. Comment aurait-il pu détrousser un homme qui lui offrait l'hospitalité, quels que soient les sentiments que celui-ci lui inspirait ? Il pouvait se révéler méprisable parfois, mais elle aurait mis sa main au feu qu'il n'avait pas commis ce vol.

Elle se tourna vers son hôtesse.

— Quand a eu lieu le vol ? s'enquit-elle.

— Peu avant l'aube.

Kimberly étouffa un soupir de soulagement.

— Mais il était avec...

Elle s'arrêta brusquement, horrifiée par ce qu'elle avait failli révéler. Comment aurait-elle pu avouer qu'elle avait passé une bonne partie de la nuit dans la chambre de Yan ? Voulait-elle

146

risquer d'entacher sa réputation ? Il devait bien exister un autre moyen de prouver l'innocence de l'Écossais...

Elle toussota pour cacher son trouble avant de reprendre :

— Il était si mal cette nuit. Je suis certaine de l'avoir entendu se plaindre jusqu'au petit matin. Êtes-vous certaine de l'heure ?

Ce fut le duc qui lui répondit. Apparemment, il en avait fini avec Yan. Ce dernier gisait inerte sur le sol, à ses pieds.

— Mon domestique m'a assuré avoir vérifié l'heure avant de quitter sa chambre pour l'écurie quand il a entendu des bruits suspects. Cinq heures. Êtes-vous sûre, Lady Kimberly, que c'est bien MacGregor qui s'agitait dans cette chambre ? Ne pouvait-il s'agir de l'un de ses compagnons ?

Kimberly réprima un gémissement. Que pouvait-elle répondre ?

— Je suis sûre d'une chose, Votre Grâce. Mac-Gregor n'a pas cherché à se défendre contre vous, parce que l'alcool qu'il a ingurgité lui a ôté toutes ses forces. Dans ce cas, il n'aurait jamais été à même de commettre un tel crime.

— A moins qu'il ne fût suffisamment ivre pour s'en croire capable...

Selon toute apparence, Devlin St. James n'était pas disposé à entendre raison. Il s'était convaincu de la culpabilité de Yan, et n'en démordrait pas. Mais Kimberly n'avait pas l'intention d'abandonner la partie aussi facilement. Elle pourrait toujours en dernier recours dévoiler la vérité.

— Il faudrait peut-être pousser un peu plus loin les investigations, suggéra-t-elle. Pourquoi ne pas attendre que MacGregor ait recouvré ses esprits pour l'interroger ?

— Kimberly a raison, Dev, renchérit Megan. MacGregor ne semblait pas dans son état normal quand vous l'avez réveillé.

Le duc les regarda tour à tour.

— Très bien, j'attendrai pour en référer au juge. Toutefois je posterai des gardes devant la porte de sa chambre, au cas où il voudrait nous fausser compagnie. Il ne s'envolera pas avant d'avoir payé pour ses actes, je m'en porte garant.

Kimberly se détendit. À défaut d'un alibi, elle offrait à Yan un répit. Il fallait désormais espérer qu'il saurait se défendre sans l'impliquer. Quand il irait mieux... Ce qui n'était pas pour tout de suite, vu les nombreux coups qu'il venait de recevoir.

Elle allait devoir lui servir d'infirmière quelques jours encore...

26

La porte de la chambre s'ouvrit à la volée. Yan aurait voulu crier qu'on ne le dérange pas, mais il craignait, en élevant la voix, de réveiller la jeune femme qui dormait dans ses bras. Il se contenta de jurer entre ses dents tandis que son cousin Gilleonan pénétrait dans la pièce.

Yan voulut lui ordonner de se taire en plaquant un doigt sur sa bouche, mais il ne put qu'esquisser une grimace douloureuse — son visage était encore trop tuméfié. De toute façon, son cousin ne lui prêtait aucune attention.

C'était comme si Gilleonan ne pouvait détacher son regard de Kimberly.

— Que fait-elle ici et... ? commença-t-il avant de s'approcher du lit et de se pencher au-dessus de la jeune femme, blottie contre le torse de Yan. Elle dort ? Avais-tu remarqué qu'elle dormait sur toi ?

Yan aurait été bien en peine de ne pas s'en apercevoir : depuis déjà deux heures, il la contemplait sans bouger de crainte de l'arracher à son sommeil. Ils s'étaient assis au bord du lit pour qu'elle pût examiner les ecchymoses sur son visage, et elle s'était tout à coup endormie comme une masse.

Il l'avait rattrapée alors qu'elle piquait du nez et l'avait plaquée contre lui. Depuis, elle n'avait pas bronché.

Mais Yan n'avait nulle intention d'expliquer toute l'histoire à son cousin.

— Chut, tais-toi ! siffla-t-il entre ses dents.

— Quoi ?

— Chuuut !

Gilleonan cilla, l'air visiblement hébété.

— Oh, pardon ! murmura-t-il quand il comprit enfin que l'injonction lui était destinée. Mais que fiche-t-elle ici ? Et que font ces deux Sassenach devant la porte ?

— Peut-être me gardent-ils ?

Son cousin accueillit cette remarque par un reniflement dédaigneux.

— Seigneur ! s'écria-t-il brusquement en remarquant le visage tuméfié de son chef. Qui t'a mis dans cet état ?

Yan grimaça un pauvre sourire.

— Je suis si amoché que cela ?

— Tu n'es pas beau à voir, ça non. Est-elle responsable... ?

— Ne sois pas ridicule. Notre hôte s'est défoulé sur moi... enfin, je crois que c'est lui.

— Tu crois ? Comment peux-tu hésiter sur l'identité de celui qui t'a défiguré ainsi ? C'est à peine si on te reconnaît.

— Je n'étais pas bien réveillé quand tout a commencé, et puis j'avais bu. Je ne voyais pas grand-chose...

Les yeux de son cousin s'arrondirent de stupéfaction.

— Tu t'es laissé faire ? Toi qui étais si remonté, hier matin ! Tu as frappé le vicomte sans aucune raison. Je savais que tu regretterais...

— N'en parlons plus, si tu veux bien. J'ignore ce qui m'a pris. Je ne me souviens même pas de ce qui s'est passé cette nuit.

— Tu ne t'en souviens pas ?

Gilleonan se mit à rire, mais le regard noir que lui décocha Yan le réduisit aussitôt au silence.

— Pourquoi le duc t'a-t-il battu ? Ne me dis pas que tu as enfin profité de la duchesse et qu'il vous a surpris dans les bras l'un de l'autre ?

— Absolument pas !

— Alors, pourquoi ?

— Il pense que j'ai volé quelques-uns de ses plus beaux chevaux.

— Et c'est vrai ?

— Je vais te tuer, Gill, menaça-t-il avec une grimace furieuse.

— D'accord, ne te fâche pas. Je plaisantais.

— Moi aussi.

Gilleonan plaqua une main sur sa bouche pour étouffer un gloussement.

— Je le savais bien...

C'était l'une des remarques favorites de Ranald, et Yan aurait ri lui aussi si le moindre mouvement n'avait provoqué une douleur insupportable.

— Je n'en sais pas plus pour le moment, Gill, mais s'il y a vraiment deux gardes devant ma porte, je ne devrais pas tarder à en apprendre davantage.

— Et elle ?

Yan glissa un tendre regard en direction de la jeune femme, dont le visage était couronné de boucles d'or.

— Lady Kimberly a été un ange pour moi, elle a voulu me soigner. Mais voilà, je crois avoir dérangé quelque peu son sommeil la nuit dernière, et elle s'est effondrée de fatigue avant même d'en avoir terminé.

— Elle n'a pas été capable de t'expliquer ce qui s'était passé ?

— Je n'ai pas eu le temps de l'interroger. Elle dormait déjà.

Fieffé mensonge ! Il lui avait demandé à plusieurs reprises ce qu'elle savait à propos du vol et de la visite du duc, mais chaque fois, elle lui avait intimé le silence.

« Comment pourrai-je vous soigner si vous ne gardez pas la bouche fermée ? » lui avait-elle répété. Alors il s'était tu, prenant son mal en patience. Quand le temps des questions était venu, Kimberly avait rejoint les bras de Morphée. Et le plaisir de la tenir contre lui avait fini par occulter sa curiosité...

Comment aurait-il pu expliquer une telle chose à son cousin sans s'exposer à ses moqueries ?

— Puisque tu n'es pas accusé de ce vol,

déclara Yan, en tout cas pour l'instant, tu pourrais en profiter pour mener une petite enquête.

— Je vais demander à Ranald de m'accompagner dans les écuries et voir un peu ce qui s'y trame. Des invités se seront trompés de monture et ne s'en sont pas encore rendu compte...

— Tu dois avoir raison.

Mais Yan n'était pas aussi optimiste qu'il le prétendait. St. James avait d'ores et déjà dû se renseigner. Il avait dû découvrir des indices pour parvenir à la conclusion que lui, Yan Mac-Gregor, était le voleur. Mais lesquels, puisqu'il n'était pas coupable ?

Gilleonan se dirigea vers la sortie. Sur le seuil, il s'arrêta et lui jeta un regard par-dessus son épaule.

— Tu devrais porter cette jeune femme jusqu'à sa chambre pour te reposer un peu, toi aussi.

— Comment veux-tu que je fasse ? Je ne suis pas en état.

— Je pourrais...

— Non ! coupa Yan un peu trop abruptement. Tout va bien. Elle ne me gêne pas.

Son cousin écarquilla les yeux, mais comme il n'obtenait pas davantage d'explications, il haussa les épaules et sortit. Yan laissa échapper un soupir quand, enfin, la porte se referma.

Comment Kimberly aurait-elle pu l'ennuyer ? Tout au plus l'empêchait-elle de dormir, ainsi blottie contre lui. Si misérable se sentît-il, perclus de courbatures et de bleus, il la trouvait infiniment désirable en cet instant. L'heure n'était pourtant pas aux ébats passionnés...

Peut-être aurait-il dû accepter que son cousin la portât jusqu'à sa chambre. Mais, il devait bien l'admettre, l'idée de la laisser s'en aller lui était insupportable, même si la position qu'elle lui imposait était fort peu agréable. Après tout, qu'était-ce qu'un peu d'inconfort quand il avait déjà toutes les raisons d'être au plus mal?

Yan songea ensuite au duc de Wrothston et à la correction qu'il lui avait infligée. St. James n'avait pu s'abaisser à un tel châtiment sans raison.

Il devait prendre son mal en patience et écouter les explications de son hôte. Ce dernier avait-il réagi par jalousie, parce que Yan avait été attiré par son épouse? N'aurait-il pas eu raison d'ailleurs? Yan avait perdu la tête en croisant sur son chemin la ravissante Megan, il l'avait arrachée à son fiancé pour la ramener à Kregora...

Mais c'était du passé et St. James s'était déjà vengé en récupérant Megan et en lui assenant une bonne raclée. Aujourd'hui, le problème était tout autre, et Yan n'avait nulle intention de se faire accuser d'un crime qu'il n'avait pas commis. Voler de magnifiques alezans en Angleterre était une pure folie... et jamais il n'aurait songé à faire une chose aussi insensée.

Dès qu'il connaîtrait les circonstances du vol, il agirait. Pour l'instant, il ne lui restait qu'à ronger son frein en attendant la prochaine visite de St. James.

27

— Eh bien, si nous allions écouter ce que cette fripouille a à dire pour sa défense? lança Devlin.

Son épouse fronça les sourcils.

— Je ne crois pas que vous soyez suffisamment calme pour cela. Vous pourriez tout aussi bien attendre demain matin. Vous verrez, après une bonne nuit de sommeil, les choses vous apparaîtront plus simples.

Le duc secoua la tête.

— Cessez de me gourmander comme si j'étais un enfant! Cela ne vous a pas suffi de me suivre toute la journée et de m'obliger à supporter le regard inquisiteur de Lady Kimberly?

— Peut-être vous a-t-elle jugé injuste à l'égard de MacGregor. Il faut admettre qu'il n'était pas en état d'endurer votre colère ce matin.

Devlin se leva brusquement.

— Vous n'êtes pas obligée de m'accompagner. Pour ma part, je n'attendrai pas une minute de plus pour lui arracher des explications.

Sans même laisser à la duchesse le temps de protester, il quitta le salon et se dirigea vers la chambre de l'Écossais. Megan lui emboîta le pas, suivie de trois domestiques colossaux qui avaient pour mission de conduire MacGregor devant le juge dès que Devlin en aurait terminé avec lui.

La chambre de Yan était plongée dans l'obscurité et il y régnait un froid de canard. Le feu avait dû s'éteindre dans la cheminée, et les gardes postés devant la porte avaient probablement dissuadé les servantes de venir le rallumer.

Le rai de lumière qui filtrait du couloir éclairait le lit et son occupant profondément endormi.

De voir l'Écossais ainsi, le visage tuméfié, quasi méconnaissable, la duchesse sentit son cœur se serrer. Si seulement Devlin acceptait de reporter l'interrogatoire au lendemain... mais déjà ce dernier donnait l'ordre aux trois serviteurs de ranimer le feu et d'allumer toutes les lampes. D'un ton si cinglant qu'elle n'osa pas intervenir... Attiser sa colère ne ferait qu'aggraver les choses, et ce serait le pauvre MacGregor qui en pâtirait.

— Jetez-lui un broc d'eau sur la tête! vociféra Devlin. Je veux être certain qu'il sera bien réveillé quand...

— Pour l'amour du Ciel, Devlin, n'avez-vous donc aucune pitié? l'interrompit Megan, horrifiée, en se dirigeant vers le lit pour se pencher au-dessus de l'Écossais. Levez-vous, MacGregor, et aspergez-vous le visage avec un peu d'eau avant que ces brutes ne s'en chargent à votre place...

Sa phrase resta en suspens tandis qu'elle considérait, effarée, l'homme qui avait ouvert les yeux et s'aidait de ses coudes pour se redresser. On ne comptait plus les ecchymoses sur son visage, le sang coulait encore de son front blessé et ses lèvres bleuies par les coups lui donnaient une mine effroyable.

— Si la vue de cet homme vous bouleverse, ma chère, vous pouvez simplement quitter cette chambre, fit le duc dans son dos. Vous n'avez pas besoin de rester ici...

— Au contraire, rétorqua la jeune femme avant de murmurer à l'adresse de l'Écossais : Êtes-vous à même de répondre aux charges dont on vous accuse, MacGregor?

— Si vous voulez bien m'accorder une minute, j'aurais besoin d'un peu d'eau fraîche...

A cet instant, Kimberly fit irruption sur le seuil.

— Vous n'avez pas... pas encore commencé, n'est-ce pas ? demanda-t-elle d'une voix haletante.

Dès qu'elle avait noté la disparition du duc et de la duchesse au salon, elle s'était élancée sans plus tarder vers le premier étage, montant les marches quatre à quatre. Elle prit une profonde inspiration avant de poursuivre :

— Vous m'aviez promis de me prévenir lorsque vous le questionneriez, Votre Grâce. Je croyais pourtant vous avoir précisé que je souhaitais être présente...

Devlin soupira.

— Lady Kimberly, il n'y a aucune raison pour que vous soyez là...

— Permettez-moi d'insister, Votre Grâce. Après le traitement que vous lui avez infligé ce matin, je pense que quelqu'un d'impartial doit assister à cet interrogatoire.

— Votre défense pourrait difficilement être considérée comme impartiale, commenta le duc avec ironie.

— Je ne le défends pas ! Je faisais simplement remarquer...

— Cela suffit !

C'était Yan qui venait de lui couper la parole, et si violemment qu'elle tressaillit. Il se tenait assis au bord du lit et ne cachait pas sa fureur. Une fureur indéniablement tournée vers le duc de Wrothston...

— C'est la deuxième fois que vous me réveillez aujourd'hui, St. James, reprit-il d'une voix vibrante de colère. Ne vous gênez pas, frappez-moi une fois encore et enfermez-moi dans cette chambre sans manger jusqu'à nouvel ordre. Mais, je vous préviens, un jour vous devrez répondre de vos actes et m'expliquer ce dont vous m'accusez exactement.

— Cela a déjà été fait... commença Devlin, sur la défensive.

— Répétez-le quand même, je vous prie, l'interrompit Yan, une lueur meurtrière dans les yeux. Je ne vous le demanderais pas si je le savais déjà.

Le duc haussa les épaules avec mépris, puis raconta :

— Eh bien voilà, trois de mes meilleurs chevaux ont été volés, et le domestique qui a découvert leur disparition a reconnu votre voix avant d'être assommé.

— Ma voix ? Mais...

— Attendez une minute ! intervint Kimberly. La duchesse a parlé seulement d'un accent écossais, ce qui ne veut...

— Lady Kimberly, la coupa Yan, j'apprécie votre souci de l'exactitude. Mais je vous saurais gré de me laisser poser les questions.

Elle acquiesça, sans toutefois regarder dans sa direction. En réalité, elle était encore mortifiée de sa propre conduite le matin même. S'endormir contre lui... contre lui !

Yan ne fut pas sans remarquer ses joues cramoisies et devina aisément les raisons de son embarras. Lorsque, quelques heures plus tôt, elle s'était éveillée dans ses bras, elle avait bondi sur ses pieds et quitté la chambre en bredouillant quelques excuses inintelligibles. Il avait bien songé à la rattraper, mais les gardes qui campaient devant sa porte l'en avaient empêché. En désespoir de cause, il avait regagné son lit...

De nouveau, il se tourna vers le duc. Il devait obtenir des éclaircissements sur ce vol dont on l'accusait.

— Ce que vient de dire cette jeune femme est-il vrai ? demanda-t-il.

— Les preuves vous accablent, MacGregor, répliqua Devlin. Le garçon d'écurie a su mettre un nom sur la voix qu'il a entendue, et il est formel : il s'agit de la vôtre.

— Mais je ne connais pas cet homme ! Je ne me souviens même pas de l'avoir rencontré, et pourtant, il affirme avoir reconnu ma voix !... Est-ce cela que vous essayez de me dire ?

— Il ne prétend pas vous avoir rencontré, MacGregor, mais il vous connaît de vue. Admettez que vous êtes plutôt difficile à oublier. En tout cas, il vous avait déjà entendu parler.

— Intéressant, nota Yan non sans ironie, d'autant plus que je n'ai pas l'habitude de palabrer avec les domestiques anglais, pour la simple et bonne raison que je ne comprends rien à leur jargon.

Kimberly approuva fermement d'un hochement de tête, mais le regard noir que lui jeta le duc l'incita à se tenir tranquille.

Yan n'en avait pas encore fini.

— Laissez-moi récapituler, St. James. Vous m'accusez d'avoir frappé votre serviteur et d'avoir dérobé trois de vos plus précieuses montures ?

— Exact.

— J'ai dû par conséquent les cacher dans les environs, puisqu'elles ne sont pas dans cette chambre. À moins que je ne les aie déjà envoyées dans les Highlands sans que personne remarque rien.

— Je vous dispense de vos sarcasmes ! gronda Devlin. Vous auriez pu les transporter dans un chariot couvert.

— Nous parlons donc d'un méfait soigneusement préparé ! Mais, dites-moi, comment aurais-je pu fomenter cette rapine alors que j'étais trop ivre pour tenir sur mes jambes ?

— L'étiez-vous vraiment ? Vous auriez pu le feindre...

— Je suis certain que le propriétaire de la taverne pourrait répondre à cette question. Je me souviens qu'il m'a jeté à coups de pied hors de son établissement à la nuit tombée.

— Votre alibi sera bien sûr vérifié, bien qu'il m'importe peu. Rappelez-vous, on vous a entendu dans l'écurie peu avant que le domestique ne soit attaqué.

— Et avec qui étais-je supposé discuter ? Avec l'un de mes cousins ? Non, car je ne les ai pas vus de la journée, hier. Connaissant mes compagnons comme je les connais — que les chastes oreilles veuillent bien me pardonner —, ils ont dû se partager les faveurs d'une jolie fille de la région. Ce sera sans aucun doute facile à vérifier... Au fait, quand suis-je supposé avoir commis cet ignoble vol ? Dans la journée, au vu et au su de tous ? Ou tard dans la nuit ?

Devlin fulminait.

— Peu avant l'aube, comme si vous l'ignoriez ! Les prunelles de l'Écossais s'étrécirent.

— J'étais dans mon lit.

— C'est ce que vous prétendez. À moins que vous ne fussiez, comme vos cousins, en agréable compagnie...

Kimberly s'empourpra jusqu'à la racine des cheveux. Elle imaginait le regard de Yan posé sur elle... Il ne lui restait plus qu'à admettre qu'elle avait passé une bonne partie de la nuit auprès de MacGregor, au risque de ruiner à tout jamais sa réputation.

— Si ma mémoire ne me trahit pas, personne n'était près de moi cette nuit, déclara finalement Yan, faisant rougir la jeune femme de plus belle.

Ouf! Kimberly réprima un soupir de soulagement.

Discrètement, elle promena un regard autour d'elle. Selon toute apparence, personne n'avait remarqué ses joues cramoisies. Tous les yeux étaient rivés sur Yan.

— Comment alors pourriez-vous prouver que vous étiez bien dans votre lit? siffla le duc d'un ton triomphant. Impossible.

— Je n'ai pas beaucoup de souvenirs de la nuit passée, mais je me rappelle pourtant avoir regagné ma chambre un peu avant minuit.

— Et vous ne vous souvenez pas du vol?

— Il est vrai que j'avais trop bu. Toutefois, même ivre, St. James, je n'aurais jamais commis une chose aussi stupide que de voler vos chevaux.

— Si c'est tout ce que vous avez à arguer pour votre défense, MacGregor, je perds mon temps ici.

— Je ne suis pas responsable de la disparition de ces chevaux et j'espère que vous me donnerez l'opportunité de vous le prouver.

— Vous voulez dire, une chance de vous enfuir?

— De m'enfuir? Ce serait idiot. Vous sauriez où me retrouver. A moins que vous ne pensiez que j'abandonnerais Kregora pour quelques chevaux ?

Même Devlin se rendit compte que cette version ne tenait pas debout.

— Alors, comment croyez-vous pouvoir me prouver votre innocence ?

— En retrouvant vos bêtes, ainsi que le voleur.

— Je retrouverai les chevaux moi-même. Quant au voleur, ne cherchez pas plus loin, je l'ai sous les yeux.

— Craignez-vous de devoir vous excuser pour m'avoir accusé à tort ?

Il y eut un long moment de silence.

— Très bien, je vous accorde une semaine, maugréa finalement Devlin. Mais je vous promets alors la plus belle correction de votre vie.

Yan grimaça un rictus.

— À moins que cette fois, ce ne soit votre tour d'essuyer les coups.

Le duc lui tourna le dos sans répondre avant de quitter la pièce. Kimberly, qui avait rejoint le pas de la porte, s'effaça pour le laisser passer. Mais elle n'avait pas imaginé que Megan s'en irait aussi rapidement, entraînant les trois domestiques dans son sillage. Elle se retrouva bientôt seule avec Yan...

— Je vous remercie, se sentit-elle obligée de dire.

Il haussa un sourcil interrogateur.

— Pourquoi, chérie ?

— Pour ne pas m'avoir demandé de confirmer que vous disiez la vérité.

— L'auriez-vous fait ? s'enquit-il dans un souffle.

Si seulement sa voix n'était pas devenue si

douce... insufflant en elle une myriade d'émotions...

— Non, bien sûr! se récria-t-elle en se ressaisissant. C'était impossible. De plus, je vous ai déjà aidé bien plus que vous ne le méritiez. J'ai même été jusqu'à dire à la duchesse que vous m'aviez réveillée à plusieurs reprises durant la nuit, avec vos gémissements.

De toute évidence, sa réponse l'avait déçu.

— Et elle vous a crue? demanda-t-il néanmoins.

— Oui, probablement, mais le duc lui a fait remarquer qu'il pouvait fort bien s'agir de l'un de vos compagnons. Et non de vous...

— Comment aurait-il pu en être autrement? Il est persuadé que je suis coupable.

— Je n'ai pas l'intention d'avouer que j'ai passé la nuit dans votre chambre, même pour vous innocenter. Vous devrez trouver une autre solution.

— C'est bien mon intention. Je ne souhaiterais ternir votre réputation pour rien au monde, chérie.

Elle jugea inutile de protester.

— Vous croyez pouvoir retrouver les chevaux?

— Ce n'est pas un problème de pouvoir. Je les retrouverai, même si je dois écumer toute la campagne.

La jeune femme hocha la tête en signe d'assentiment. Elle s'apprêtait à partir quand il s'assit au bord du lit, laissant échapper un gémissement de douleur. Elle dut se retenir pour ne pas courir jusqu'à lui. Il était suffisamment grand pour se débrouiller seul...

Pourtant, sa souffrance faisait pitié à voir.

162

— J'aimerais vous aider... enfin, vous aider dans vos recherches. Je ne veux pas que vous soyez accusé à tort.

— Moi non plus, fit-il avec un sourire. Je ne peux laisser mon passé me poursuivre ainsi et St. James m'imputer un crime que je n'ai pas commis. Une chose est certaine, il regrettera d'avoir porté ces accusations, foi de MacGregor.

Dit sur ce ton, elle n'en doutait pas le moins du monde...

28

— Cet homme s'appelle Will Ables, poursuivit Gilleonan. J'ai la certitude qu'il nous cache quelque chose. Il nous ment et j'aimerais bien savoir pourquoi.

— Moi aussi, renchérit Yan.

Une nouvelle journée venait de commencer. Dès l'aube, Gilleonan s'était présenté dans la chambre de Yan pour lui rapporter ce que Ranald et lui avaient découvert sur l'étrange disparition des chevaux.

St. James avait accordé au chef des MacGregor une semaine pour apporter la preuve de son innocence, mais, consigné dans sa chambre, Yan ne pouvait que s'en remettre à ses cousins, en leur prodiguant des conseils et quelques suggestions quant aux pistes à explorer.

— Ce domestique me donne l'impression d'être sur le qui-vive, continuait Gilleonan. Si encore il ne soutenait pas mordicus que c'est ta voix qu'il a entendue... Pas celle de n'importe quel Écossais. Non, la tienne ! Je me demande où et quand il aurait pu entendre ta voix avant la nuit du vol.

— Je me posais la même question ! La seule fois que je me suis approché des écuries, c'était l'autre jour, quand Lady Kimberly a brisé son ombrelle sur ma tête.

— Ah ! ce fameux jour où tu as flanqué une volée au vicomte Canston ! À propos, qu'est-ce qui t'a pris de le frapper ainsi ?

Gilleonan marqua une pause.

— Je me fais bien indiscret, poursuivit-il l'instant d'après, mais peut-être as-tu de bonnes raisons de ne pas m'en parler.

Yan soupira. Comment aurait-il pu expliquer à Gilleonan un geste qu'il était bien en peine d'interpréter lui-même ? Fallait-il le mettre sur le compte de la jalousie ? Non ! Cela n'avait aucun sens...

— Ne parlons plus de ce regrettable incident, Gill. C'est du passé. D'ailleurs, je ne m'en souvenais même plus.

Ses paroles ne semblèrent pas convaincre son cousin. Yan se promit de lui en reparler plus tard. Pour l'instant, ils avaient un problème bien plus grave à résoudre.

— Pour ce qui est de Will Ables, reprit-il, je te demanderai de garder un œil sur lui. Discrètement, je n'ai pas besoin de te le dire. Vois avec qui il discute et, surtout, surveille bien ses allées et venues. Cherche également à savoir s'il a reçu des visites ces derniers jours.

— A quoi songes-tu ?

— Ce ne sont que des soupçons pour l'instant, aucune certitude. Imagine que ce palefrenier soit le voleur lui-même. Qu'il ait voulu arrondir ses fins de mois... Interroge ses compagnons, ils auront peut-être remarqué quelque chose de suspect dans son attitude.

Gilleonan se gratta le menton d'un air songeur.

— Will Ables n'a pas un brin de bon sens. Comment veux-tu qu'il ait manigancé ce vol seul ? Je pencherais plutôt pour la thèse d'un coup monté, commandé par quelqu'un d'important.

Yan réfléchit un instant.

— Tu veux dire que Will Ables aurait été chargé de brouiller les pistes pour permettre aux véritables voleurs de prendre la fuite sans être inquiétés ? Mais alors, pourquoi m'accuser ?

— Parce que tu es le coupable idéal ! Tout Sherring Cross devait être au courant de tes exploits passés. En tout cas, les rumeurs à ton sujet vont bon train parmi les domestiques. Ranald, qui depuis notre arrivée passe son temps à l'office pour faire les yeux doux à la cuisinière, te le confirmerait.

— Pourquoi ne pas commencer nos recherches par l'office ?

— Ce que je ne comprends toujours pas, enchaîna Gilleonan comme s'il ne l'avait pas écouté, c'est pourquoi le duc n'a pas hésité un instant à te flanquer le larcin sur le dos. Mais, foi d'Écossais, nous finirons bien par le découvrir, ne t'inquiète pas.

— J'ai toute confiance en vous deux, fit Yan d'un ton faussement optimiste.

— J'ai envoyé Ranald écumer la campagne et les villages alentour. Avec un peu de chance, nous retrouverons la trace des chevaux.

— Ce sera plus facile de les retrouver que de

mettre la main sur le voleur lui-même. Malheureusement, leur retour à Sherring Cross ne suffirait pas à m'innocenter, même si ces bêtes nous fournissaient une piste. Avec un peu de chance, Will Ables paniquera en les voyant revenir et nous conduira tout droit à ses chefs, si tant est qu'il y en ait plusieurs.

— J'y veillerai, tu peux en être certain.

— Je te remercie. Si seulement je pouvais quitter ma chambre... Mais avec les deux colosses plantés devant ma porte, il ne faut pas y compter. De toute manière, vu la tête que j'ai, je ferais peur à n'importe qui.

— Eh bien... (Gilleonan se tut, cherchant visiblement ses mots.) ...pour l'instant, on ne peut pas dire qu'il y ait une véritable amélioration, admit-il, mal à l'aise.

Yan partit d'un rire sarcastique.

— Je n'ai pas besoin de miroir pour imaginer combien je suis laid. Il me suffit de voir la tête des servantes quand elles m'apportent mes repas.

— N'exagère pas! Il te faudra seulement attendre un peu avant de pouvoir faire la cour à une femme.

— Vraiment?

Quelle importance? Il n'avait pas l'intention de jouer les chevaliers servants, tout obnubilé qu'il était par Kimberly. Comment pourrait-il songer à jeter son dévolu sur les jeunes ladies qui séjournaient à Sherring Cross, quand sa voisine le hantait jour et nuit? En vérité, il ne pensait plus qu'à la reconquérir...

Chose qu'il avait d'abord crue impossible, jusqu'à ce qu'elle vînt dans sa chambre l'autre soir. Sa froideur n'était qu'un masque derrière lequel elle cachait ses sentiments... des sentiments qui ne lui étaient pas tout à fait hostiles.

Yan esquissa un sourire. Malgré toutes les promesses qu'elle avait faites de se tenir à l'écart de lui, elle s'était empressée de lui offrir son aide quand elle l'avait su en mauvaise posture. Peut-être avait-elle changé d'avis et décidé finalement de l'épouser ? Cette union ne serait pas pour déplaire au jeune homme...

Pas pour lui déplaire, seulement ? Qui souhaitait-il tromper ? En réalité, il ne pouvait plus imaginer l'avenir sans elle à ses côtés...

29

Will Ables, ce jeune palefrenier efflanqué, aux yeux bleus toujours tristes, à l'épaisse chevelure aile-de-corbeau, si épaisse qu'elle soulignait la maigreur de son visage, éveillait la compassion. Mais il ne fallait pas s'y tromper : derrière cette façade se cachait une arrogance dangereuse... et un être sans pitié aucune.

La première fois qu'elle avait croisé son chemin, le lendemain du forfait, Kimberly se souvenait d'avoir ressenti une vive pitié pour cet adolescent émacié. Et pourtant Will Ables avait menti ! Yan n'avait pu commettre le vol puisqu'il avait passé la nuit à son côté... même si le palefrenier jurait le contraire, avec d'ailleurs un sidérant aplomb.

Mais comment aurait-elle pu confondre ce domestique, et l'accuser de mensonges quand elle n'avait d'autre preuve à offrir qu'une confes-

sion inavouable ? Alors elle s'était tue...
Aujourd'hui, pourtant, ce silence lui semblait
trop lourd à porter.

Une autre journée s'écoula sans qu'un élément
nouveau vînt innocenter Yan. Pour Kimberly,
c'en était trop ! Ne supportant plus de rester sur
des charbons ardents, elle résolut d'aller parler à
Will Ables. Elle devait agir, coûte que coûte.

Que le palefrenier eût incriminé Yan prouvait
qu'il n'était pas étranger à ce vol... Avait-il vraiment reçu un coup sur la tête comme il l'avait
affirmé ? Ou n'était-ce encore une fois qu'un
mensonge ?

Quelqu'un avait-il jugé bon de vérifier la blessure dont il se plaignait ? Il lui fallait s'en assurer. Elle ne devait négliger aucun indice pour le
confondre.

Bien sûr, elle ne pouvait écarter l'éventualité
que Will Ables eût été troublé au point d'avoir
cru entendre Yan. Mais l'accusation était trop
grave pour ne pas procéder à une vérification.

Kimberly dut interroger plusieurs domestiques en chemin pour trouver Will Ables. Finalement, elle le découvrit nonchalamment assis
sur une meule de foin. Il portait toute la tristesse du monde dans ses immenses prunelles
bleues. Mais elle avait appris qu'il ne fallait
jamais se fier aux apparences.

— Will Ables ?

D'un bond, le jeune homme fut debout et ôta
son chapeau, un peu trop rapidement peut-être
pour quelqu'un qui avait été blessé à la tête.

— C'est moi, m'dame.

— Il ne fallait pas vous lever. J'ai entendu
parler de ce qui vous était arrivé. En vérité, je

venais voir comment vous alliez après l'épreuve bouleversante que vous avez traversée l'autre nuit.

— Quelle épreuve, m'dame?

— Vos démêlés avec les voleurs de chevaux. Quel courage de votre part d'avoir essayé de les rattraper!

— Ce n'était rien, m'dame, répondit-il abruptement, rougissant sous le compliment. Ça fait partie de mon travail, vous savez.

— Quand même, vous avez montré une bravoure exemplaire. Le médecin vous a-t-il dit si vous vous en remettriez rapidement?

— Pas eu b'soin du médecin. J'ai une tête de bois.

— Mais le médecin est quand même venu vous voir, non?

Elle voulait à tout prix obtenir le nom de ce docteur, espérant par la suite pouvoir l'interroger.

— Pour une égratignure? fit-il en haussant les épaules. J'leur ai dit que ce n'était pas la peine.

Kimberly tressaillit. Pas de médecin, personne pour confirmer que ce jeune homme avait bien reçu un coup sur la tête... N'était-ce pas ce qu'elle avait d'ores et déjà soupçonné?

— Est-ce bien sage, monsieur Ables? Imaginez que vous ayez eu besoin de points de suture? Laissez-moi regarder, juste pour m'assurer que...

Elle s'approcha mais, au même instant, il s'écarta vivement. Si vivement qu'il faillit basculer dans le tas de foin derrière lui. Le regard qu'il lui décocha quand il recouvra son équilibre n'avait alors plus rien d'amène. De toute évidence, elle l'avait désarçonné. Mais soudain il retrouva tout son aplomb et lui offrit un sourire suffisant.

— Pas la peine de vous faire de bile, m'dame. Je vous dis que ce n'était rien.

Kimberly aurait mis sa main au feu qu'il n'était pas plus blessé qu'elle. Dommage que le duc n'eût pas appelé un médecin pour ausculter le jeune homme. Il aurait alors découvert que Will Ables n'était qu'un fieffé menteur. Elle en avait la certitude désormais.

Un instant, elle se demanda comment il réagirait si elle l'accusait de but en blanc de s'être parjuré. Il nierait, sans aucun doute.

— Les chevaux n'ont toujours pas été retrouvés, fit-elle remarquer d'un ton faussement détaché. Mais, au moins, nous savons que l'Écossais n'est pas parti avec eux, et nous devons vous en remercier. Comment a-t-il pu voler son hôte ? Quelle honte ! C'est comme si vous, vous abusiez votre maître...

Le palefrenier rougit jusqu'aux oreilles. Elle avait visé juste.

— Je n'connais pas l'Écossais personnellement, marmonna-t-il, mais je l'ai bien entendu parler une fois ou deux. L'autre soir, je n'pouvais pas me tromper... pour sa voix, j'veux dire.

— Je comprends bien. MacGregor a un accent fort prononcé, n'est-ce pas ? Il vous était facile de le reconnaître.

— Pour sûr !

Il mentait comme un arracheur de dents. N'avait-il pas compris qu'elle le menait en bateau ? Elle sentit la colère la gagner et seule la sagesse la dissuada de provoquer un esclandre sur-le-champ. Mieux valait qu'il se crût à l'abri de tout soupçon !

170

Will Ables n'avait probablement jamais entendu Yan s'exprimer. Et même si d'aventure il l'avait surpris discutant avec ses deux inséparables compagnons, il lui aurait été impossible de distinguer sa voix de celle de ses cousins.

Elle devait faire part de sa découverte au duc. Mais brusquement, elle se ravisa, songeant à l'animosité que Devlin St. James nourrissait à l'égard de l'Écossais. Non, surtout pas lui! Tant que le véritable voleur n'aurait pas été retrouvé, le duc refuserait d'admettre qu'il ait pu se tromper.

Mieux valait en parler à Megan car, même si la duchesse ne portait pas Yan dans son cœur, elle saurait faire preuve d'équité. Megan comprendrait, et ensemble elles parviendraient, Kimberly n'en doutait pas, à confondre cet ignoble Will Ables.

Cette idée lui mit du baume au cœur.

— Je suis heureuse de constater que vous vous êtes bien remis de cette agression, déclara-t-elle en s'arrachant à sa réflexion. De plus, j'ai la conviction que votre maître remuera ciel et terre pour retrouver ces chevaux et mettre le voleur derrière les barreaux pour plusieurs années.

— Vous voulez dire qu'il est encore là... l'Écossais? Il n'est pas en prison?

Will Ables n'était donc pas au courant. À tout bien réfléchir, cela n'avait rien d'étonnant. Il n'y avait nulle raison d'informer un simple domestique du déroulement de l'affaire.

Le palefrenier sembla tout à coup soucieux. Craignait-il des représailles de la part de Yan, devant lequel, bien entendu, il ne faisait pas le poids?

— Ce MacGregor clame son innocence, confia-t-elle, cherchant à pousser son interlocuteur dans ses derniers retranchements. Et le duc a eu la générosité de lui donner le temps de la prouver. Malheureusement il ne peut faire grand-chose pour l'instant, blessé comme il l'est.

— Blessé ?

— Oui, votre maître l'a roué de coups. Un châtiment bien mérité, d'ailleurs.

Will Ables se détendit. Il fallait espérer à présent que le jeune domestique ne prendrait pas la poudre d'escampette. Sans lui, on ne pourrait prouver l'innocence de Yan.

— Je vous laisse, monsieur Ables. Et encore merci pour toutes vos informations.

Elle le gratifia d'un sourire courtois avant de s'éloigner, impatiente maintenant de regagner le manoir. Mais, alors qu'elle s'engageait dans l'allée menant à la demeure ducale, Howard Canston apparut devant elle.

— Lady Kimberly ! s'exclama-t-il en sursautant. Que... quelle coïncidence ! Je vous cherchais. On m'a dit que vous vous promeniez dans le parc. Aimeriez-vous monter à cheval, pour une fois que le soleil est au rendez-vous ?

Une promenade ne lui disait rien qui vaille. Elle n'aspirait qu'à rapporter à la duchesse ce qu'elle venait d'apprendre. Toutefois, n'avait-elle pas eu l'intention de visiter les environs de Sherring Cross, dans l'espoir — ténu, certes — de retrouver elle-même la trace des chevaux disparus ?

Le duc avait déjà probablement envoyé quelques-uns de ses domestiques quadriller la région, mais il y avait tant de bois, tant de terres encore en friche autour du domaine, que son aide ne serait pas superflue. Et si, d'aventure, elle était la première à repérer ces chevaux, elle verrait alors sa conscience soulagée.

Kimberly accepta donc l'offre d'Howard Canston, d'autant plus enchantée par cette promenade qu'elle pourrait en profiter pour faire plus ample connaissance avec le vicomte. Ainsi d'une pierre ferait-elle deux coups... Cet Howard Canston demeurait sur la liste des candidats au mariage, et n'était-elle pas en quête d'un époux ?

Mais alors qu'ils quittaient la propriété du duc, une idée effrayante lui traversa l'esprit. Si le vicomte était réellement à sa recherche tout à l'heure, pourquoi s'était-il montré si surpris en la découvrant sur son chemin ?

30

Depuis l'incident du vol, Yan prenait ses repas dans l'intimité de sa chambre, s'épargnant ainsi les regards accusateurs des autres convives. Gilleonan, venu le rejoindre, s'affala sur une chaise et souleva le couvercle du plat qu'on venait d'apporter.

— Au moins ils te nourrissent bien ! commenta-t-il en humant le saumon grillé et les pommes de terre gratinées. Ça a l'air délicieux.

Yan qui, posté à la fenêtre depuis quelques minutes, fixait les ténèbres du dehors, se tourna vers son cousin.

— Tu croyais qu'ils iraient jusqu'à m'affamer ?

— Pourquoi pas ?

— Ne te fais plus de souci alors. Du matin au soir, j'assiste à un véritable défilé de servantes avec des plateaux chargés de gâteaux, de tartes et de plats mitonnés. Ils doivent penser que je meurs de faim. Sers-toi si tu en veux.

Gilleonan arbora un sourire gourmand.

— C'est vrai, je peux ? fit-il en tirant le plateau à lui.

Après quelques bouchées, il leva les yeux de son assiette.

— J'ai surpris Lady Kimberly en pleine conversation avec Ables aujourd'hui. Je me suis caché pour les observer et, d'après ce que j'ai entendu, il semblerait qu'elle ne te porte pas dans son cœur.

Yan se raidit imperceptiblement.

— Qu'est-ce qui te fait dire cela ?

— Elle n'a cessé d'applaudir le courage du domestique mais, surtout, elle a déclaré que tu méritais bien la correction que t'a infligée le duc.

S'il attendait une réaction de son chef, il en fut pour ses frais. Yan demeura silencieux.

— Elle a même été jusqu'à dire que tu avais un fort accent, ajouta-t-il, alors qu'elle sait pourtant qu'il n'en est rien.

Rassuré, Yan s'esclaffa.

— Elle essaie simplement de m'aider, Gill. Comprends bien, si ce satané Ables croit Kimberly dans son camp, il n'aura plus aucune raison de s'en méfier.

— Tu as peut-être raison. Elle a demandé à Will Ables si elle pouvait examiner sa blessure à la tête, mais quand elle s'est approchée, il a reculé si rapidement qu'il a bien failli tomber dans le foin.

— Il n'est pas blessé alors? Je m'en doutais!

— Pendant que j'y pense, il faut que je te dise autre chose, Yan. Sais-tu qui était là, caché derrière un bâtiment en train d'espionner Lady Kimberly?

— Je donne ma langue au chat.

— Howard Canston! Le vicomte Canston. Par chance, il ne m'a pas vu.

— Lord Canston? Tu es sûr?

— Sûr et certain. Je l'ai même entendu plus tard proposer à la jeune femme une promenade à cheval.

— Vraiment? fit Yan avec une grimace contrariée.

Gilleonan haussa les épaules.

— Je ne les ai pas suivis. J'ai préféré rester pour surveiller Ables. Bien inutilement, ma foi, car personne n'est venu le voir de tout l'après-midi.

S'efforçant de ne plus songer à Kimberly et à Canston chevauchant ensemble à travers la campagne, Yan demanda:

— Et Ranald? Où en est-il de ses recherches?

— Toujours au même point. Il n'a pas obtenu plus d'informations. Ah! si, j'oubliais... il paraîtrait que l'enquête officielle a été suspendue.

— Suspendue? Mais pourquoi?

— Selon Ranald, les chevaux auraient été retrouvés, mais la nouvelle n'a pas été confirmée.

— Moi qui espérais que nous prendrions le voleur sur le fait, mais... attends une minute. Imagine que St. James ait retrouvé les chevaux et choisi de les laisser où ils étaient, dans l'espoir de démasquer le coupable...

— Tu te fais des idées!

— Pourquoi pas? Il doit être persuadé que

Ranald et toi êtes aussi dans le coup. Préviens notre cousin de faire bien attention. Je n'aimerais pas qu'il aille fureter du côté où les chevaux ont été cachés. St. James serait capable de vous accuser à votre tour.

— Ce serait bien notre veine. Personne n'accepterait de croire à une simple coïncidence.

— Comme cela s'est passé pour moi.

— Tu exagères! se moqua Gilleonan. Si tout le monde ici te pensait coupable, tu ne mangerais sûrement pas aussi bien!

Kimberly aurait aimé retourner dans les bois, jusqu'à la clairière où tout à l'heure, en compagnie du vicomte, elle avait repéré une vieille cabane de bûcheron, de toute évidence laissée à l'abandon. Cette cahute était suffisamment grande pour abriter trois chevaux...

Mais dès qu'elle avait soumis son projet à Howard, ce dernier avait insisté pour rebrousser chemin, prétextant un rendez-vous qu'il avait totalement oublié. Bizarre. Le vicomte lui avait paru brusquement si agité... Il n'avait pas hésité à talonner son cheval comme s'il n'allait pas assez vite, et n'avait ralenti que lorsqu'ils avaient franchi la lisière des bois. La monture du vicomte avait alors commencé à montrer quelques signes de fatigue... sans qu'il s'en inquiète. La malmenait-il toujours ainsi?

En retrouvant le domaine ducal, Kimberly avait peine à cacher sa déception. Elle avait suggéré à Canston de retourner plus tard à la hutte de bûcheron, mais il avait refusé d'en entendre parler. L'attitude du vicomte était pour le moins étrange...

Si seulement elle avait pu se confier à Megan. Mais la duchesse restait introuvable...

Celle-ci ne réapparut qu'au dîner, sans son époux. Devlin ne les rejoindrait pas ce soir, expliqua-t-elle à ses invités en pénétrant dans la salle à manger. Kimberly n'en était pas mécontente car elle pourrait ainsi discuter avec Megan en aparté.

Elle dut néanmoins attendre la fin du repas pour ce faire. Quand, enfin, elle fut seule au salon avec la duchesse, Kimberly n'eut pas le temps d'ouvrir la bouche. Megan la devança :

— Les chevaux ont été retrouvés.

Kimberly ouvrit de grands yeux.

— Retrouvés ? Mais où ?

— Dans une vieille cahute au fond des bois.

— Étonnant ! s'écria la jeune femme, abasourdie par une telle coïncidence. Je suis passée près de cette cabane pas plus tard que cet après-midi. J'ai voulu m'y arrêter mais je n'étais pas seule et le vicomte Canston était pressé. Un rendez-vous important, a-t-il invoqué. Nous sommes donc rentrés. Mais j'avais la ferme intention d'y retourner dès demain.

— Non, surtout n'en faites rien ! Devlin est parti là-bas avec une douzaine d'hommes. Il va essayer de tendre un piège au voleur. Il était furieux en découvrant que les deux juments et l'étalon étaient restés ensemble. Le malfaiteur n'a même pas pris la peine de les séparer. Dieu seul sait ce qui a pu arriver !

Kimberly rougit jusqu'à la racine des cheveux. Quel sujet embarrassant pour ses chastes oreilles !

— Si votre époux est encore sur place,

déclara-t-elle en recouvrant son sang-froid, je présume qu'il n'a pas encore mis la main sur le coupable. A-t-il au moins trouvé des indices ?

— Ma chère, je sais que vous croyez Yan innocent... commença Megan d'un ton compatissant.

— Je ne le crois pas, j'en suis...

Sûre. Kimberly hésita un instant. Voici venue l'heure de la vérité ! Elle était certaine qu'avec Megan son aveu ne dépasserait pas ces murs... À moins que la duchesse ne se confie à son époux.

Et alors St. James, soucieux comme il l'était des convenances, se sentirait moralement obligé de prévenir le père de Kimberly. Il exigerait également des explications sur cette nuit qu'elle avait passée chez l'Écossais. Comment pourrait-elle lui mentir sans se trahir ?

Non, il était hors de question de révéler ce qu'elle ressentait pour Yan MacGregor !

— Laissez-moi vous poser une question, Megan, fit-elle après une seconde d'hésitation. Diriez-vous que l'accent de Yan est fort prononcé ?

— Non, c'est à peine si on le remarque. Je me souviens en revanche d'avoir eu un valet écossais à mon service. Je ne réussissais même pas à le comprendre, ce qui n'est pas le cas de Mac-Gregor.

— C'est bien ce que je pensais. Savez-vous que votre domestique, Will Ables, n'est pas de votre avis ?

— Vraiment ?

— Cela ne vous semble-t-il pas étrange ?

— Eh bien... Mais, au fait, comment le savez-vous ?

— Je suis allée le voir cet après-midi. Étiez-vous au courant que ce jeune homme a refusé d'être examiné par un médecin ? Cela ne lui aurait pourtant rien coûté. Alors, pourquoi refuser ?

— Vous n'avez pas tort, cette histoire n'est pas très claire, répondit la duchesse en fronçant les sourcils.

— M. Ables a menti au sujet de Yan, j'en mettrais ma main au feu. D'ailleurs, ce serait facile de le prouver.

— Comment ?

— D'abord, vous convoquez ce palefrenier au salon, puis vous invitez Yan et ses cousins à se réunir dans la pièce voisine et vous leur demandez de prononcer quelques mots chacun à leur tour. Will Ables, qui ne pourra bien entendu pas les voir, devra reconnaître la voix de Yan parmi les autres.

— Ce plan me paraît plutôt judicieux, mais imaginez que le domestique accuse l'un des compagnons de MacGregor ? Celui-ci serait alors impliqué.

Kimberly soupira. Elle n'avait pas songé à cela !

— Vous avez raison. N'y pensez plus.

— Au contraire, Kimberly. Je connais quelques gentilshommes écossais qui vivent non loin de Sherring Cross, et qui accepteraient volontiers de se prêter à cette petite mise en scène.

— Merveilleux !

— Il ne nous reste que peu de temps avant la fin du sursis de MacGregor. Pourquoi ne pas organiser cela dès demain ? Mais attention, Kimberly, ne vous réjouissez pas trop tôt : il est possible que Will Ables ne se soit pas trompé.

— Peut-être, mais cela m'étonnerait. Je ne

pense pas que le palefrenier ait été blessé. Il ne s'agit que d'une ruse destinée à faire porter le chapeau à MacGregor. J'espère que ce domestique, en se sentant acculé, commettra une erreur.

— Et finira par tout confesser, c'est bien cela ?

Kimberly grimaça un sourire.

— Ce serait inespéré. Megan, vous... n'en parlerez pas à votre époux, n'est-ce pas ? En tout cas, jusqu'à ce que nous ayons fait l'expérience avec Will Ables ?

La duchesse s'esclaffa.

— Devlin risque de passer les prochains jours dans les bois, il est si déterminé à mettre le grappin sur le voleur. Ne vous inquiétez pas, ma chère, il n'apprendra la bonne — ou la mauvaise — nouvelle qu'en rentrant.

31

En quittant la duchesse, Kimberly avait recouvré quelque peu son légendaire optimisme. Le plan qu'elles venaient d'échafauder ne pouvait que fonctionner. Une fois Will Ables démasqué, elle aurait alors les mains libres pour mener à bien la mission qui l'avait amenée ici : trouver un mari.

À ce propos, James Travers ne s'était-il pas penché vers elle tout à l'heure, à table, pour lui souffler quelques compliments à l'oreille ? Ne lui avait-il pas arraché la promesse d'une rencontre le lendemain ? Cet homme, à n'en pas douter, avait l'espoir de l'épouser... Mais durant le dîner, préoccupée par la conversation qu'elle avait eue avec Will Ables, Kimberly n'avait songé qu'à la manière dont elle pourrait persuader Megan de tendre un piège à ce domestique, et n'avait prêté qu'une oreille distraite aux paroles du marquis.

À présent que le problème du palefrenier était réglé, elle avait tout loisir d'envisager un avenir avec James... un avenir qui, malheureusement, ne l'enchantait guère. Certes il y avait fort à parier qu'ils formeraient un couple idéal, que cet homme saurait la rendre heureuse... Sans compter que son père ne manquerait pas d'approuver cette union. Mais...

Et pourquoi pas un avenir aux côtés de Howard Canston qui, depuis quelques jours, lui prêtait un grand intérêt ? Plus jeune que James, et bien plus séduisant, il deviendrait marquis quand son père disparaîtrait, et posséderait alors une fortune aussi grande, sinon plus, que celle de James.

Un détail capital à ses yeux car, de ces deux soupirants, elle n'avait pas à craindre qu'ils en veuillent à son argent. Elle n'avait même pas l'intention de révéler avant l'heure du mariage à combien s'élevait sa dot. Pour celui qui la mènerait à l'autel, la surprise serait complète.

Mais si James s'avérait incapable d'affoler les battements de son cœur, Howard Canston n'y parvenait pas davantage...

Décidément, elle était bien difficile à contenter !

Après son entretien avec Megan, Kimberly avait regagné sa chambre et se demandait ce qu'elle pourrait bien répondre à James le lendemain, lorsque en pénétrant dans la pièce...

— Vous souffrez d'insomnie, Kim ? lança une voix masculine dans la pénombre. Il est bien tard pour que vous vous promeniez encore dans la demeure...

Yan !

— Juste Ciel ! Vous m'avez fait peur !

Il s'esclaffa.

— Pardonnez-moi, chérie. Ce n'était pas mon intention.

— Puis-je vous demander ce que vous fabriquez ici ? gronda-t-elle en ramassant un tison dans la cheminée pour allumer le chandelier.

— Je vous attendais. En fait, je voulais être certain de vous voir avant que vous ne vous couchiez. Et à cause des hommes qui montent la garde dans le couloir, j'ai dû passer par les fenêtres et patienter ici.

— Vous vouliez me voir ? s'étonna-t-elle en lui faisant face.

Dans la faible lumière que diffusaient les bougies, elle l'aperçut, confortablement assis dans le fauteuil, près de la fenêtre.

— Eh bien voilà, c'est chose faite ! reprit-elle, agacée par sa nonchalance. Alors ?

— Alors... je dois reconnaître que c'est un réel plaisir de pouvoir vous regarder, comme toujours, admit-il en promenant ses yeux émeraude sur elle.

Ce compliment inopiné la fit rougir. Bon sang, que lui arrivait-il ? Elle était brusquement trop troublée pour lui tenir tête. Et puis, elle devait lui parler entre autres choses de sa petite entrevue avec Will Ables. N'avait-elle pas eu en effet l'intention de lui rendre visite le lendemain matin pour ce faire ? Toutefois, il avait une manière plutôt cavalière d'apparaître... toujours là quand on s'y attendait le moins...

— Ils ont trouvé les chevaux, annonça-t-elle tout de go, en allumant une seconde bougie.

— Je suis au courant.

Kimberly le dévisagea, surprise.

— Cela n'a pas l'air de vous enchanter, Mac-Gregor.

Yan haussa les épaules d'un air blasé.

— J'aurais préféré les retrouver moi-même... et attendre tranquillement que le ou les voleurs fassent leur apparition.

— Le duc s'en charge.

— Je n'ai aucune confiance en lui. Avec tous les hommes qu'il a sans aucun doute rassemblés à son côté et dans les bois alentour, il ne manquera pas d'être rapidement repéré. Les coupables disparaîtront pour de bon.

Vue ainsi, la situation n'avait effectivement rien de bien reluisant...

— Je suis parvenue à une autre conclusion, lança-t-elle.

Ce fut au tour de MacGregor de hausser un sourcil interrogateur. Kimberly nota alors que son visage n'était plus aussi tuméfié, et que la plupart des ecchymoses avaient disparu. Ses lèvres avaient retrouvé leur taille normale, même si quelques cicatrices demeuraient encore. À la lueur des bougies, il avait recouvré toute sa dangereuse séduction.

Quand elle se rendit compte qu'elle avait les yeux rivés sur la bouche de Yan, elle devint écarlate. C'était une habitude !

— La duchesse va mettre sur pied une petite expérience, demain ou après-demain, expliqua-t-elle en allumant une dernière bougie avant de jeter le bâton dans l'âtre.

Mais, comme elle se retournait vers l'Écossais, elle découvrit que cette autre lumière ne parvenait pas à repousser l'obscurité. Dans la pénombre, Yan était ensorcelant avec ses cheveux de jais qui bouclaient sur le blanc immaculé de sa chemise. Les flammes se reflétaient dans ses grands yeux verts, pailletés d'or...

— Quelle expérience ? demanda-t-il quelque peu abruptement.

Kimberly avait l'esprit ailleurs et elle dut réfléchir à deux fois pour se rappeler leur discussion. Ce qui ne manqua pas de la faire rougir de nouveau...

— J'ai rendu visite à Ables aujourd'hui, avoua-t-elle en se reprenant, j'ai découvert qu'il ne connaissait même pas votre voix ! Alors voilà, Megan et moi avons l'intention de lui demander de vous écouter, vous, ainsi que d'autres Écossais. Il devra identifier votre voix parmi les autres. Ce dont il sera incapable, évidemment ! conclut-elle d'un air triomphant.

Un instant, Yan demeura silencieux.

— Et s'il avait de la chance ? suggéra-t-il enfin. S'il me désignait par hasard ?

— Oui, c'est une possibilité, lâcha-t-elle avec un soupir résigné. Si cela ne marchait pas et si... enfin si le temps passait sans que le voleur soit arrêté, il ne me resterait plus qu'à avouer où je me trouvais cette nuit-là.

À sa grande surprise, il bondit brusquement sur ses pieds. La seconde d'après, il était près d'elle.

— Vous feriez cela pour moi ? demanda-t-il en prenant son visage entre ses mains.

Son regard se fit insistant, l'obligeant à baisser les yeux. Et le contact de ses doigts... Mon Dieu !

— Je le devrais, confessa-t-elle dans un souffle. Je n'aurais d'autre choix que de le faire... Je n'ai pas le droit de laisser le duc vous envoyer croupir en prison alors que j'étais en votre compagnie...

D'un baiser, il la réduisit au silence. Elle aurait pu protester, s'écarter... Mais au tréfonds de son être, elle ne le souhaitait pas vraiment, et puis il était déjà trop tard. Elle sentait une délicieuse chaleur courir dans ses veines. Elle s'abandonna contre cet homme, goûtant à la fermeté de ses bras autour de sa taille, à la douceur experte de sa langue, à son parfum musqué et viril...

Leurs lèvres tissaient les prémices d'une passion qui allait bientôt les dévorer. L'amour imposait sa loi.

Yan l'étreignit contre lui, comme si soudain il craignait de la voir s'envoler, disparaître... Mais Kimberly était bien loin de songer à s'en aller. Elle savait qu'elle commettait une erreur, mais le baiser qu'ils partageaient annihilait toute sa volonté.

Elle avait l'impression que tout à coup, entre les bras de cet homme, ses sens s'éveillaient à la vie. Un feu déferlait en elle comme une onde sensuelle qui faisait battre son cœur un peu plus vite, toujours plus vite. Et pourtant, Yan ne la caressait pas encore, il se contentait de l'embrasser férocement.

Avec un soupir, Kimberly s'arqua vers lui, oubliant toute retenue, oubliant la terre entière. Était-ce le signal que son compagnon attendait ? Yan la serra contre lui de toutes ses forces, lui coupant le souffle tandis que de ses mains impérieuses, il explorait ses courbes. Il s'écarta un instant pour lui laisser le temps de reprendre sa respiration, puis il s'empara une fois encore de ses lèvres. Sa langue se fit plus insistante, fouillant les profondeurs de sa bouche. Les doigts de Yan couraient sur elle, glissaient le long de son dos, s'aventuraient jusqu'à ses hanches... Il la souleva bientôt dans ses bras sans qu'elle cherchât à protester et l'emporta jusqu'à la couche... où il la déposa précautionneusement.

Elle savait qu'il agirait ainsi. Quelque part, dans les recoins les plus obscurs de son esprit, une voix lui ordonnait de tout arrêter, de fuir avant d'avoir à le regretter. Mais le plaisir était si grand, si grand... alors que ses doigts traçaient des sillons de feu sur sa peau à travers le fin tissu de la robe.

L'impatience atteignait son comble...

Mais Yan n'avait pas l'intention de céder tout de suite au désir. Il voulait savourer chaque instant de ce bonheur enchanteur. Il voulait connaître chaque facette de son corps.

Kimberly frissonna lorsque, du bout de la langue, il traça une ligne brûlante le long de sa nuque, jusqu'à son oreille. Elle gémit quand l'instant d'après, déboutonnant son corsage, Yan s'empara d'un sein et le prit dans sa bouche. Puis il dessina des arabesques magiques sur la douce vallée de son ventre jusqu'à... Seigneur! elle ne pouvait l'autoriser à... Mais le désir annihilait sa volonté. Le plaisir l'engloutissait dans une spirale sans fin qui montait, montait...

Un plaisir si intense qu'à la seconde où Yan pénétra en elle, plongeant au plus profond de son être, elle crut mourir en criant son nom...

Quelques minutes plus tard, elle sombra dans

un sommeil bienheureux. Elle dormait si profondément qu'elle ne sentit pas Yan se blottir contre elle en poussant un soupir de bonheur.

— Vous êtes à moi, ma chérie, chuchota-t-il avec un sourire victorieux. Que vous le vouliez ou non, bientôt, vous m'appartiendrez.

Une chance encore que Kimberly ne l'entendît pas, peut-être n'aurait-elle pu fermer l'œil de la nuit...

32

Yan ne souhaitait pas trouver le sommeil... Probablement parce qu'il avait envie de faire l'amour avec Kimberly, encore et encore... jusqu'au bout de la nuit. Demain, la jeune femme regretterait son geste, sans aucun doute, elle prétendrait qu'ils n'étaient pas faits l'un pour l'autre. Mais il n'accepterait plus ces dérobades. Elle ne pourrait plus rejeter la proposition de mariage qu'il lui ferait. Et il en était heureux.

Dire que, lorsqu'il était venu dans sa chambre, il n'avait pas eu l'intention de la séduire. Il voulait simplement comprendre pourquoi elle avait rendu visite à Will Ables.

Et il n'avait même pas eu besoin de poser la question, Kimberly s'était empressée de lui fournir la réponse. Comment aurait-il pu imaginer qu'elle tenterait de le disculper au risque de perdre sa réputation ?

Quelle n'avait été son émotion en découvrant qu'elle tenait sincèrement à lui, en dépit de toutes ses allégations. Elle s'était offerte, dissipant ses derniers doutes quant à l'affection qu'elle lui portait, pour répondre à ses caresses avec une passion sans égale.

Yan aurait voulu ne pas fermer les yeux. Il aurait préféré réveiller sa compagne et repartir avec elle sur les sentiers de l'amour, jusqu'aux premières lueurs de l'aube. Mais le sommeil fut plus fort que tout.

C'est un bruit qui l'éveilla en sursaut. La lumière filtrait entre les rideaux tirés tandis que dans l'âtre les bûches gémissaient en une douce mélopée.

D'ordinaire, les domestiques ne pénétraient jamais dans sa chambre avant la mi-journée, craignant probablement de le trouver encore au lit.

Pourtant, c'était bien un feu qui crépitait dans la cheminée, et Kimberly, lovée contre son torse, n'en était pas responsable. Elle l'avait enlacé de ses longues jambes fuselées. Ainsi abandonnée contre lui, elle ressemblait à un ange...

Tout à coup, il se souvint. Il n'était pas dans sa chambre, mais dans celle de Kimberly! Les pas qu'il entendait étaient ceux d'une servante. Yan ne put s'empêcher de sourire. Comment aurait-il pu passer inaperçu quand il occupait une bonne moitié du lit? À moins que la domestique ne fût aveugle...

Kimberly, inconsciente du scandale qui les menaçait, les paupières closes, s'arquait vers lui, sensuelle et gourmande, recherchant la chaleur de ses bras. Mais un bruit près du lit la fit tout à coup sursauter. Elle ouvrit les yeux et, se dressant sur son séant, poussa un cri. Mary, sa femme de chambre, était plantée au beau milieu de la pièce. Surprise par le cri de sa maîtresse, elle hurla à son tour de tous ses poumons.

Yan se carra tranquillement contre les oreillers, tandis que la domestique le fixait, les yeux agrandis par la stupeur, portant les mains à ses joues cramoisies. Soudain, recouvrant ses esprits, elle prit ses jambes à son cou et s'enfuit sans demander son reste, alors que Kimberly tentait de la rappeler :

— Mary ! Mary ! Reviens ici tout de suite !

Peine perdue. La porte se referma dans un claquement sinistre et ne se rouvrit plus. Kimberly laissa échapper un gémissement avant d'enfouir son visage sous l'oreiller.

Yan, qui s'amusait de la situation, croisa nonchalamment les mains derrière sa tête.

— Cela aurait pu être pire, chérie, commenta-t-il avec ironie. Elle aurait pu rester.

— Oooh ! geignit Kimberly en relevant la tête pour lui décocher un regard noir. Vous n'avez pas idée... Mary a la langue la plus pendue de tout le pays ! Comprenez-vous ce que cela signifie ?

— Oui, nous allons devoir nous marier.

Il ponctua ses paroles d'un large sourire. Non qu'il eût souhaité lui forcer la main, mais il devait bien reconnaître que cette idée le ravissait.

À l'évidence, il n'en allait pas de même pour Kimberly. Elle serrait les poings et il crut un instant qu'elle allait s'en servir contre lui.

— Ce n'est pas aussi simple que vous le croyez, Yan !

La jeune femme sauta au bas du lit, en quête de son déshabillé.

Elle était furieuse, plus contre elle-même que contre lui, d'ailleurs. Cette fois le champagne ne pouvait justifier sa conduite... Conduite qu'elle jugeait inqualifiable. Dire qu'elle s'était abandonnée en toute conscience !

Au risque de ruiner sa vie ! Et pourquoi ? Pour quelques minutes de bonheur. Quelques minutes qu'elle devrait payer cher...

Elle revint vers le lit, nouant d'un geste rageur la ceinture de son déshabillé de velours qui — Yan le remarqua aussitôt — ne cachait rien de ses formes.

Mais Kimberly était bien trop bouleversée pour s'en rendre compte.

— Pourquoi êtes-vous encore là ? demanda-t-elle d'un ton accusateur. Vous voulez que quelqu'un fasse irruption dans cette pièce pour vérifier les dires de Mary ? Il doit déjà y avoir au moins une demi-douzaine de domestiques dans le couloir, n'attendant que votre sortie pour propager la rumeur. Pourquoi les décevoir, me direz-vous ?

— Je veux d'abord que vous me promettiez de m'épouser, déclara-t-il sans se départir de son calme, malgré le ton sarcastique de la jeune femme.

— Comme si j'avais le choix, MacGregor ! Je vous rappelle que vous êtes dans mon lit, en dépit de toutes les convenances. Dès que le duc aura eu vent de la nouvelle, il m'obligera à vous épouser.

Yan quitta le lit. Il ne supportait pas de voir Kimberly bouleversée.

La jeune femme rougit aussitôt en découvrant qu'il était nu.

— Duc ou pas duc, reprit-il, nous n'avons pas

d'alternative. Mais vous ne m'avez pas encore dit que vous m'épouseriez. Et je ne partirai que lorsque vous l'aurez fait.

— Je vous épouserai, cela vous va? J'espère que vous êtes satisfait. Quand mon père appren-dra...

— N'ayez aucune crainte, ma chérie. Je m'en charge.

Mais Kimberly n'était pas rassurée. Il ne connaissait pas son père.

— Vous savez, Kim, continua-t-il tout en s'habillant, personne ne vous croirait si vous annonciez maintenant que vous étiez dans mon lit la nuit où les chevaux ont été volés. On pense-rait que vous voulez simplement me protéger. Nous n'avons donc d'autre choix que de trouver le véritable voleur.

La jeune femme ne répondit pas. Son regard trahissait le plus grand désarroi. Il devait la lais-ser, lui donner le temps de réfléchir à ces der-niers événements... Il lui faudrait du temps pour effacer son chagrin.

Quand il quitta la chambre, une dizaine de servantes rôdaient en effet dans le couloir...

33

Peu avant midi, la duchesse convoqua Kim-berly au salon. Décidément, il n'avait pas fallu longtemps pour que Megan eût vent du scan-dale.

Et pourtant Kimberly n'aurait pas dû en être

surprise. Quelques minutes après le départ de Yan, ce dernier, de retour dans sa chambre, avait frappé à la cloison et crié d'un ton moqueur :

— Vous vous trompiez, chérie ! J'ai compté huit servantes dans le couloir !

Pour toute réponse, elle avait lancé un livre contre le mur, regrettant de ne pouvoir le lui envoyer en pleine figure. Elle s'était promis alors de congédier sa femme de chambre dès l'instant où elle aurait rassemblé suffisamment de courage pour mettre le nez hors de ses appartements. Cela ne changerait rien au scandale, mais cela apprendrait au moins le sens de la loyauté à la domestique, même si elle doutait que la leçon servît à Mary.

Kimberly rejoignit les appartements ducaux sans attendre. Elle s'était préparée à vivre la rencontre la plus embarrassante de toute sa vie, se vêtant de couleurs sombres pour l'occasion. Elle n'aurait pas été plus gênée si son père avait assisté à l'entretien. En fait, elle s'attendait même à se retrouver confrontée à Devlin St. James, rappelé de sa traque dans les bois pour lui exprimer officiellement toute sa déception.

Après un coup discret frappé à la porte, Kimberly pénétra dans le salon.

— Enfin vous voilà ! s'exclama la duchesse, un large sourire aux lèvres. Will Ables ne devrait pas tarder à être escorté jusqu'ici, ainsi que quatre Écossais qui ont accepté de se prêter à cette mascarade. Je dois dire que la chance m'a souri car l'un de nos voisins, M. Kennedy, reçoit actuellement la visite de son oncle, un gentilhomme fort compréhensif qui a bien voulu nous aider...

Elle fronça les sourcils en dévisageant Kimberly.

— Vous semblez surprise, ma chère ? s'alarma-t-elle brusquement. Vous pensez que j'ai été trop vite en besogne ?

La jeune femme qui considérait son interlocutrice, stupéfaite, toussa pour masquer son embarras. Surprise ? Elle faillit éclater de rire tant son soulagement était grand. Megan la regardait sans accusation aucune. De toute évidence, elle n'était pas au courant du scandale.

Ce qui ne signifiait en rien qu'elle ne recevrait pas de convocation ultérieurement, mais, pour l'instant, elle se voyait attribuer un répit. Pour être stupéfaite, elle l'était. Toute à ruminer ses remords, elle avait complètement oublié la mise en scène prévue avec Will Ables.

— Je pensais qu'il faudrait plus de temps pour tout arranger, répondit-elle, saisissant au vol la première excuse qui lui venait à l'esprit.

— Non, non, je me suis occupée de tout dès ce matin. Par bonheur, M. Kennedy était chez lui. Je dois vous avouer, Kimberly, que j'attends cette expérience avec impatience. J'avais des doutes quant à la culpabilité de MacGregor, mais mon mari semblait si sûr... J'aurai plaisir à lui prouver qu'il n'est pas lui non plus à l'abri des erreurs. J'en profiterai pour le remettre gentiment à sa place. Pour une fois !

Kimberly ne l'écoutait plus. Elle se remémorait les propos de Yan, la veille.

Il avait certainement raison de penser que le voleur ne se montrerait plus à la cabane. Avec autant d'hommes montant la garde tout autour de la clairière, le coupable ne serait pas idiot au point de se jeter dans la gueule du loup. Yan paierait-il pour les méfaits d'un autre? Un frisson la parcourut. S'il n'était pas innocenté, la honte rejaillirait sur elle, à présent qu'elle avait accepté de l'épouser. Mais elle n'était plus à un scandale près... Il ne lui resterait qu'à quitter le pays pour ne plus jamais y remettre les pieds.

« Holà! ma grande, se gronda-t-elle, ne perdons pas espoir. Le plan de Megan va marcher! »

Et si Ables désignait Yan par hasard? Que se passerait-il?

Rapidement, elle rassembla mentalement tous les morceaux de ce puzzle inextricable. Aurait-elle oublié un détail d'importance? Elle tournait et retournait cette question depuis le premier jour sans trouver de réponse. Une blessure à la tête qui n'avait probablement jamais existé, l'heure du vol impossible, le fait que Yan fût trop ivre pour dérober quoi que ce soit et les mensonges éhontés d'Ables, au risque de faire pendre un gentilhomme...

Mais voilà! Comment avait-elle pu ne pas y penser plus tôt? Un domestique comme Ables ne pouvait accuser un seigneur, cela ne se faisait jamais par crainte des représailles... Il était donc probable qu'on l'eût contraint à donner cette version, et ce « on » n'éprouvait pas la moindre gêne à accuser le laird des MacGregor... Était-il possible que ce fût un autre seigneur?

— M'dame, qu'est-ce qu'y a? demanda Will Ables d'un ton visiblement contrarié, en pénétrant dans le salon, escorté par deux gardes du corps.

Apparemment ces derniers ne lui avaient pas expliqué pourquoi la duchesse requérait sa présence. Il aurait dû se sentir flatté d'être invité par Megan, ou bien étonné, mais certainement pas inquiet comme il l'était en franchissant le pas de la porte.

Megan, assise dans un fauteuil près de la cheminée, lui sourit gentiment pour le mettre à l'aise.

— Je vous remercie d'être venu, monsieur Ables. Cela ne sera pas long, rassurez-vous. J'ai juste quelques questions à vous poser. Vous pourrez ensuite retourner travailler.

— Des questions ?

Il se tenait sur la défensive.

— J'ai déjà répondu à toutes les questions de mon maître, reprit-il.

— Certainement, mais mon époux était encore sous le choc de la disparition des chevaux. Jamais jusqu'alors on ne l'avait volé, vous comprenez ? Il était bouleversé et n'avait plus toute sa tête. Puis-je vous demander par exemple ce que MacGregor a déclaré précisément, pour que vous soyez en mesure de reconnaître sa voix ?

— Je m'en souviens plus très bien, Vot' Grâce.

— Essayez, monsieur Ables. Parlait-il à quelqu'un, à lui-même ? Ou aux chevaux qu'il était en train de voler ? Marmonnait-il ou hurlait-il ?

— Il parlait tout à fait normalement. Mais c'était pas difficile de le reconnaître, répondit finalement le domestique.

— Très bien, et que racontait-il alors ? Prenez votre temps si c'est nécessaire, monsieur Ables. Nous voulons être sûrs de ne pas nous tromper.

— Quelle importance, ce qu'il a dit ? J'ai entendu du bruit. Je suis allé voir. J'ai entendu la voix de l'Écossais et puis, tout à coup, ce fut le noir complet.

— Je comprends. Mais s'il s'adressait à un complice, il a peut-être mentionné, je ne sais pas... un nom? À moins que ses paroles ne soient confuses dans votre esprit. Après tout, vous n'étiez pas encore bien réveillé. Il est possible que vous ayez mal distingué la voix.

— Vous reconnaîtriez cette voix si vous l'entendiez de nouveau? demanda Kimberly d'un ton neutre.

— Certainement.

— Très bien, fit la duchesse. Vous allez donc pouvoir nous dire tout de suite, parmi les voix que nous allons vous proposer, laquelle appartient à Yan MacGregor.

— Quelles voix? grommela Will en se renfrognant.

Megan fit signe à un serviteur posté sur son côté d'ouvrir la porte de la pièce voisine. Kimberly ne jeta même pas un coup d'œil en direction de la chambre, trop occupée à considérer Ables qui, au fil des minutes, se décomposait. Il ne comprenait pas encore très bien ce qu'on attendait de lui, mais quand, l'instant d'après, une voix masculine s'éleva dans l'autre pièce, ses yeux s'arrondirent de terreur.

— Je suis le premier, disait l'homme avec un fort accent écossais. Est-ce moi que vous avez entendu? Si oui, parlez.

— À moins que ce ne soit moi que vous ayez reconnu l'autre nuit? renchérit une seconde voix. N'hésitez plus. J'ai été accusé des pires vilenies, j'y suis habitué.

— Et moi? fit un autre. Est-ce par hasard moi que tu as surpris la nuit du vol? J'aime les chevaux comme j'aime frapper les gens sur la tête.

— Non, c'est moi que tu as entendu! protesta

un quatrième. Mon accent est inimitable, tu ne peux te tromper.

Ces voix étaient si différentes qu'il était facile de reconnaître la troisième, celle de Yan... à moins de ne l'avoir jamais entendue dans le passé.

Le domestique était pétrifié, il roulait des yeux affolés. Et son silence était suffisamment éloquent.

Megan s'en rendit compte et son sourire se fit triomphant quand elle reprit :

— Eh bien, monsieur Ables, quelle est la voix de MacGregor ? Quelle est cette voix que vous avez entendue dans l'écurie juste avant d'être attaqué ?

— MacGregor... était l'un d'ces... quatre hommes ? bafouilla le palefrenier, pris de panique.

La duchesse haussa les sourcils.

— Vous me posez la question ? demanda-t-elle en feignant la stupéfaction.

Il blêmit de plus belle.

— Je suis juste... juste un peu troublé. Avec ces chiffres, je m'y perds. Si je pouvais les voir...

— Allez, monsieur Ables, ne dites plus de bêtises, déclara froidement la duchesse. Mac-Gregor est connu pour être un homme immense, vous n'auriez aucune peine à le repérer. Comment auriez-vous pu l'autre soir l'identifier, sinon par sa voix dans l'obscurité de la nuit ?

— Vous venez de le dire : je l'ai identifié. Que voulez-vous de plus ?

Megan soupira.

— Avez-vous au moins conscience de la gravité de vos accusations, monsieur Ables ? Je vous rappelle que MacGregor est un parent de mon époux et...

— Un parent ?

— Oui, un parent de mon époux... vous n'étiez peut-être pas au courant ? Ils ont une tante commune par alliance.

La duchesse devait penser que ce fait pousserait le domestique à revenir sur ses déclarations.

— Cela ne vous concerne en rien, monsieur Ables, s'empressa-t-elle d'ajouter. Et puis, si MacGregor est coupable, il sera traité en conséquence. Je faisais allusion à cette parenté pour que les choses soient bien claires...

— Je comprends.

— Cependant, Lord MacGregor dénie les accusations qui sont portées contre lui, et n'ayant d'autre témoin que vous, monsieur Ables, c'est votre parole contre la sienne. Voilà pourquoi je tenais à éclaircir les choses au sujet de cette histoire. Identifiez-le maintenant, nous aurons ainsi la preuve qu'il est bien celui que nous recherchons.

Le silence tomba sur l'assemblée tandis que la panique du palefrenier devenait palpable. Ables avait essayé de se dérober, mais il avait échoué. Il avait dédaigné la perche que lui avait tendue Megan. Comment pourrait-il revenir sur ses déclarations à présent ? Il était acculé.

Comme le silence s'éternisait, la duchesse laissa échapper un nouveau soupir.

— Messieurs ! lança-t-elle à l'adresse des quatre hommes, dans la pièce voisine, sans cacher son exaspération. M. Ables aimerait réentendre vos voix. Mais cette fois je vous attribuerai les prénoms de Matthew, Mark, Luke et John pour éviter toute confusion dans l'esprit de ce monsieur... Commencez, Matthew...

Les Écossais s'exécutèrent tour à tour. Le domestique hésitait, hésitait encore... il était évident qu'il ne connaissait pas la voix de Yan.

La duchesse perdit finalement patience.

— Monsieur Ables, je ne vous demande pas de deviner. Vous savez ou vous ne savez pas?

— Luke! hurla le domestique à cet instant comme s'il avait vu le plafond s'écrouler brusquement sur sa tête.

Non! Le cœur de Kimberly se serra douloureusement.

— Alors, vous saviez? s'étonna la duchesse, désappointée.

Will Ables se détendit enfin. Il recouvra même son sourire.

Pour Kimberly, la coupe était pleine! Se tournant vers le domestique, elle planta son regard inquisiteur dans le sien et déclara avec aplomb:

— En réalité, cela n'a plus aucune espèce d'importance que vous le reconnaissiez ou non. Howard Canston m'a déjà tout confessé.

— Mon Dieu! souffla Megan, manifestement aussi abasourdie que Will Ables.

Le palefrenier était blanc comme un linge.

— Le gredin! rugit-il. Il m'a donné cinq cents livres. Je n'avais jamais vu autant d'argent. J'pouvais quand même pas refuser une telle somme!

— Au risque d'envoyer un innocent croupir en prison?

— Je vous jure, Votre Grâce, que je lui voulais pas de mal. Canston, il disait qu'il voulait juste lui donner une bonne leçon. Comment j'aurais pu savoir qu'il mentait? Il m'a dit qu'il l'innocenterait en racontant que c'étaient des bandits qui avaient fait le coup.

— Et vous ? Qui vous aurait innocenté, monsieur Ables, puisque vous étiez le seul, je vous le rappelle, à accuser MacGregor d'être un voleur ? Aux yeux de tous, vous seriez resté un menteur.

L'homme vira au pourpre.

— Le vicomte m'a rien dit de tout cela... Je pensais pas...

Laissant sa phrase en suspens, il prit ses jambes à son cou, suivi immédiatement par les deux domestiques. Kimberly s'effondra dans un fauteuil, si soulagée qu'elle en avait encore les jambes toutes flageolantes. Elle avait prêché le faux pour découvrir le vrai, le palefrenier était tombé dans le panneau...

Sur le seuil, Yan avait fait son apparition.

— J'ai bien cru un instant qu'il en était fait de moi ! s'écria-t-il avec humeur. J'exige que Canston soit arrêté sur-le-champ, ou alors je m'occuperai personnellement de lui.

— Je ne pourrais vous en blâmer, Yan, rétorqua Megan, quelque peu effrayée par l'air menaçant de l'Écossais. Mais je crois que vous devriez laisser mon époux s'en charger. Il va être bouleversé d'apprendre la vérité.

— Je n'en doute pas un instant !

Avisant Kimberly, Yan enchaîna :

— Pourquoi avez-vous tant tardé à faire cette révélation ?

La jeune femme se raidit, agacée par ce ton accusateur.

— Je n'avais que des doutes à l'égard du vicomte, j'ai tenté ma chance. Si vous n'êtes pas content, vous n'aviez qu'à intervenir !

Il cligna des yeux, éberlué, avant de partir d'un grand rire. En deux enjambées, il l'avait rejointe et, la soulevant dans ses bras, la gratifia d'un baiser sur les lèvres.

Derrière eux, Megan s'éclaircit la voix, gênée.

— Je vous laisse... annonça-t-elle en reculant vers la porte. Je vais demander à Duchy et à Margaret de régler au plus vite les détails du mariage...

34

Régler les détails du mariage... Comme si leur union était l'évidence même! À moins que la duchesse n'eût appris...

Kimberly avait encore les joues brûlantes quand, quelques minutes plus tard, elle s'échappa du salon, abandonnant Yan qui parut dérouté. Dire que la duchesse avait mené tout l'entretien avec Ables sans laisser supposer qu'elle connaissait toute la vérité...

— Et où croyez-vous pouvoir vous enfuir? s'exclama une voix masculine derrière elle.

Kimberly sursauta. Elle n'avait pas vu Yan la suivre.

— M'enfuir? rétorqua-t-elle par-dessus son épaule sans ralentir l'allure. Quelle idée! Non, je vais à la cuisine, car je meurs de faim, c'est tout.

— Cela ne m'explique toujours pas pourquoi vous courez.

— Je ne...

Le sourire moqueur que lui décocha l'Écossais la dissuada de poursuivre.

Le voilà qui riait d'elle, maintenant! De toute évidence, il ne semblait pas disposé à la laisser tranquille. Lui qui aurait dû se sentir tout aussi embarrassé qu'elle...

— Vous vouliez peut-être me parler ? demanda-t-elle d'un ton abrupt, en s'immobilisant.

— Oui, je voudrais savoir ce qui vous a permis de conclure à la culpabilité de Canston. Personne n'y avait songé.

Ainsi, c'était cela ! Il pensait encore au vol, tout à son soulagement d'avoir été disculpé. De son côté, elle n'avait pas eu une minute pour savourer sa joie de le savoir innocenté, troublée qu'elle était par les propos de Megan au sujet du mariage. Mais elle comprenait la réaction de Yan. Il est vrai qu'il avait échappé de peu à un séjour derrière les barreaux...

Elle haussa les épaules.

— Je ne sais même plus ce qui m'a fait penser à lui. Peut-être me suis-je simplement rappelé tout ce qui s'était passé le jour du vol. Y compris la gifle que vous aviez infligée à Canston le matin même.

— Pour une gifle, il m'aurait envoyé croupir en prison ?

— Il ne songeait qu'à prendre sa revanche, malgré les efforts du duc pour l'en dissuader.

— St. James s'interposant en ma faveur ! Vous voulez rire !

— Peut-être tenait-il simplement à éviter un scandale, avança-t-elle. Megan a déclaré l'autre jour qu'Howard était fou de rage. Cela m'était sorti de l'esprit jusqu'à aujourd'hui.

— C'est cela qui a éveillé vos soupçons ?

— Non, d'autres détails me dérangeaient. Comme hier par exemple... J'ai rencontré Howard près des écuries. Il a prétendu être à ma recherche. Pour m'inviter à une promenade à cheval, a-t-il dit, mais à bien y réfléchir, il semblait surtout surpris de me voir. A mon avis, il voulait parler à Will Ables.

— Vous pensez qu'il était là pour discuter avec Will Ables, mais que votre présence l'a obligé à changer ses plans?

— Probablement. Au cours de la promenade, j'ai pu remarquer que son cheval portait des marques de mauvais traitements. L'étalon était couvert d'estafilades, comme s'il avait reçu des coups de cravache.

Yan haussa les sourcils.

— Quel rapport avec le vol?

— Aucun, sinon que je me suis souvenue des paroles de Megan à propos des chevaux volés. Ils ont été laissés dans la hutte sans qu'on songe à séparer l'étalon des juments...

— C'est l'étalon qui a dû s'amuser.

Elle lui décocha un regard outré.

— Le duc était furieux de voir comment ses bêtes avaient été maltraitées, déclara-t-elle.

— Cet homme est toujours en colère, ne l'aviez-vous pas remarqué?

— Seulement quand vous êtes dans les parages... Enfin, pour en revenir à notre histoire, ce détail m'a fait songer à Howard et à la manière dont il se comportait avec sa propre monture. Et puis... quand nous nous sommes approchés de la cabane de bûcheron, hier, et que j'ai voulu y jeter un coup d'œil, il s'est soudain souvenu d'un rendez-vous important et il a exigé que nous rentrions au domaine sur-le-champ. Son attitude m'a paru étrange.

Yan secoua la tête.

— Incroyable!

Il ponctua son exclamation d'une grimace sardonique.

— Une chance que vous ayez été dans mon camp, poursuivit-il, et que vous ayez cherché à démêler cette affaire avant qu'il ne soit trop tard.

— Vous pouvez aussi remercier Will Ables. S'il ne s'était pas montré aussi crédule, jamais nous n'aurions levé le voile sur ce complot sordide. Et permettez-moi de vous corriger immédiatement : je n'étais pas dans votre camp. Je voulais juste que la vérité soit faite.

— Eh bien, je vous en remercie du fond du cœur, chérie.

Il lui avait saisi la main et la serrait gentiment.

— Peu importe le pourquoi et le comment, vous m'avez épargné des démêlés avec la justice et je vous en serai reconnaissant jusqu'à mon dernier jour.

Elle s'empourpra. Il y avait une telle chaleur dans ses yeux verts...

— Lady Kimberly, pourriez-vous m'accorder un instant ? demanda Lord Travers du bas de l'escalier, arrachant la jeune femme à sa rêverie.

— James ! souffla-t-elle avant de se rappeler...

Seigneur ! il allait probablement lui proposer de l'épouser... Et s'il le faisait, elle devrait alors lui raconter ce qui s'était passé entre Yan et elle.

Elle gémit en son for intérieur. Jamais elle n'aurait pensé affronter un jour une situation aussi embarrassante !

Rassemblant tout son courage, elle rejoignit James au bas des marches et lui offrit un sourire hésitant.

— Certainement... commença-t-elle.

— Non ! l'interrompit Yan en la rattrapant et en posant les mains sur ses épaules dans un geste possessif. Kim et moi devons discuter du mariage.

— Quel mariage ? s'enquit James en fronçant les sourcils.

— Le nôtre, rétorqua Yan tout sourires. Vous êtes le premier à apprendre la nouvelle, mon cher. Cette jeune femme a accepté de m'épouser. Si vous avez quelque chose à lui dire, cela peut désormais se faire en ma présence... Nous n'avons plus de secrets l'un pour l'autre. Mais je vous en prie, dépêchez-vous. Nous avons encore tant de détails à régler.

— Ce... n'était pas... très important, bredouilla James. Toutes mes félicitations, bien sûr. La nouvelle est plutôt... inattendue.

— Cela fait déjà un bon moment que je lui demande de m'épouser, affirma Yan. Il m'a été difficile de la convaincre, mais voilà, c'est chose faite. La chance m'a enfin souri.

Si Yan n'avait pas semblé si heureux, Kimberly l'aurait étranglé sur-le-champ. Elle était hors d'elle. Pauvre James Travers, il était visiblement secoué. Il fallait dire que Yan n'y était pas allé de main morte...

La jeune femme aurait aimé ménager le marquis, mais elle n'avait pas même eu le temps d'ouvrir la bouche. De quel droit Yan se mêlait-il de sa vie ?

Elle ravala tant bien que mal sa colère.

— Je suis désolée, James, fit-elle, au comble de l'embarras, mais Travers avait déjà tourné les talons et s'était éloigné.

— Désolée ? Vous êtes vraiment désolée ? se moqua Yan.

Elle fit volte-face, ses yeux dardant des éclairs.

— Exactement! Étiez-vous obligé de le boule-verser? Vous n'en aviez pas le droit. Si brutale-ment... vous rendez-vous compte?

— Il vaut mieux régler ces choses-là sans attendre.

— Qu'en savez-vous? Seigneur, cet homme voulait m'épouser. Il n'avait pas la moindre idée de ce qui s'était passé entre nous.

— J'en suis conscient, Kim, répondit-il en lui caressant la joue du bout des doigts. Mais vous m'appartenez à présent. Et je vais m'assurer que tout le monde soit au courant.

Un instant, elle demeura coite, trop abasour-die pour répliquer.

— Ne seriez-vous pas un peu jaloux?

— Vous rendez-vous compte que vous allez être mienne à jamais? rétorqua-t-il, esqui-vant adroitement sa question. Que vous devrez m'aimer pour le restant de vos jours? Que je...

— Ne dites rien que vous puissiez regretter, Yan, le coupa-t-elle froidement. Ce mariage nous a été imposé.

— Parlez pour vous, ma chère. Personnelle-ment, je suis plutôt heureux de vous épouser. Et maintenant, si vous vous préoccupiez de votre estomac qui crie famine?

Plaquant une main sur ses hanches, il la poussa dans le couloir. Kimberly était mortifiée par de telles privautés... Mais quand elle recou-vra ses esprits pour regarder derrière elle, Yan avait disparu.

35

— Par tous les diables ! hurla le duc de Wrothston.

— Je savais bien que vous diriez cela, commenta Megan, postée sur le pas de la porte, regardant calmement son mari arpenter le bureau comme un lion en cage.

Quelques heures s'étaient écoulées depuis qu'il avait appris la terrible confession de Will Ables. Dès son retour, il avait sommé le vicomte et le palefrenier de comparaître devant lui...

Howard, bien sûr, avait protesté de son innocence. Il avait même poussé l'audace jusqu'à demander :

— Vous n'allez quand même pas croire en la parole d'un domestique, n'est-ce pas, St. James ?

Au prix d'un effort surhumain, Devlin avait réussi à contenir sa fureur. Megan, elle, n'ignorait pas qu'il brûlait de sauter à la gorge de Canston pour l'étrangler, comme il l'avait fait avec l'Écossais.

Malheureusement, la haine que le duc portait à MacGregor l'avait aveuglé au point de lui faire commettre une erreur de jugement. Et voilà qu'il allait devoir présenter ses plus humbles excuses à un homme qu'il détestait...

Seul à présent dans son bureau, si ce n'était son épouse sur le seuil, il ne cachait plus sa rage. Il aurait dû pourtant se calmer, recouvrer quelque peu sa raison avant que MacGregor ne franchît le pas de cette porte pour entendre son pardon...

La duchesse s'éclaircit la voix.

— Étiez-vous sérieux tout à l'heure en annonçant que pour vous, désormais, l'affaire était entendue, et que le fait que Canston et Ables soient traduits devant le tribunal ne vous concernait plus?

Son mari hocha la tête en signe d'assentiment.

— J'ai récupéré mes chevaux. Je n'ai pas l'intention de perdre davantage de temps. Sans compter que Canston possède quelques amis influents. Je suis certain qu'il saura gagner leur appui et obtenir un non-lieu. Toutefois les Canston verront l'opprobre s'abattre sur eux et cela, ils ne le lui pardonneront jamais. Howard risque de s'en mordre les doigts.

— Je vous ai connu plus vindicatif!

— Dites plutôt que je me suis comporté comme un parfait idiot, Megan. J'ai honte.

— J'ai une nouvelle qui devrait vous réconforter.

— Oui, laquelle?

— MacGregor a réussi à séduire Kimberly.

Devlin s'immobilisa brusquement.

— Comment?

— Il a passé la nuit avec notre protégée. Une domestique l'a découvert dans le lit de la jeune fille ce matin.

— Par tous les diables!

— Pourquoi vous énervez-vous? Moi qui croyais que la nouvelle vous mettrait du baume au cœur.

— Auriez-vous perdu la tête? Qui va devoir expliquer au père de cette jeune fille comment nous avons pu permettre une telle chose? Vous?

— Ne dites pas de sottises. L'auriez-vous voulu, vous n'auriez pu empêcher ces deux êtres de s'aimer. La vie est ainsi faite.

Il était de son devoir de séparer les deux

amants et de mettre l'Écossais à la porte *manu militari*, ce qu'il aurait d'ailleurs dû faire dès le premier jour.

— Cette histoire vous enchante, je suppose? fit-il en se campant devant Megan, l'air contrarié.

— Eh bien... je ne peux pas dire que je sois déçue. A dire vrai, j'aurais préféré que tout se passe dans les règles, mais rappelez-vous, Dev : nous non plus, nous n'avons pas attendu d'être mariés...

Megan avait visé juste. Son époux rougit.

— Il va l'épouser alors? demanda-t-il en dissimulant tant bien que mal sa gêne.

— Bien sûr. Et il semble en être particulièrement ravi, si vous voulez tout savoir. Elle, malheureusement un peu moins. Pour l'instant, elle est bien trop embarrassée pour s'en réjouir.

— Il y a de quoi!

La duchesse lui jeta un regard noir.

— Ne pouvez-vous pas... commença-t-elle, mais elle s'interrompit en surprenant le sourire ironique de son mari. Misérable, vous vous moquez de moi!

Devlin retrouva soudain son sérieux.

— Le père de Kimberly risque fort de se mettre dans une rage folle en apprenant la nouvelle, et il aura du reste toutes les raisons valables.

— Des raisons qui, dans son cas, ne me semblent pas justifiées.

Il haussa un sourcil interrogateur.

— Comment cela? Que savez-vous encore que j'ignore?

— Le comte déteste les Écossais, tous les Écossais sans la moindre exception.

— Aurait-il des préjugés ?

Megan esquissa une grimace.

— Oui. Il déteste les Écossais au point de désavouer sa fille si elle en épousait un.

— Par tous les diables ! explosa Devlin une fois encore. Vous étiez au courant et vous avez pourtant essayé de jeter Lady Kimberly dans les bras de MacGregor ?

— Calmez-vous ! Je l'ai appris il y a seulement quelques jours.

Devlin se radoucit.

— Je vous demande pardon.

— Le problème n'est plus de savoir si le père de Kimberly réprouvera ou non cette union. Ils doivent se marier et, plutôt que de nous disputer, nous ferions mieux de trouver un moyen pour qu'ils y parviennent dans les meilleures conditions.

— Vous voulez dire : *je* ferais mieux de trouver un moyen ?

— Certainement. Vous ne voudriez tout de même pas que je me charge de tout, n'est-ce pas ? fit-elle, malicieuse, avant de tourner les talons.

Mais alors qu'elle quittait le bureau, elle faillit heurter Yan. Megan lui décocha un regard suspicieux.

— Depuis combien de temps êtes-vous là, MacGregor ?

— Je viens juste d'arriver, pourquoi ?

— Eh bien, entrez, je vous prie. Mais ne retenez pas mon époux trop longtemps, je ne voudrais pas qu'il soit en retard pour le dîner. Je...

— Megan, ça suffit, grommela Devlin.

Tournant la tête, elle gratifia son mari d'un sourire ironique.

— Certainement, mon chéri.

Yan pénétra dans le bureau et ferma la porte derrière lui.

— Si seulement ma Kimberly était aussi docile que votre épouse...

— Ne vous y trompez pas, MacGregor. Croyez-moi, ne vous y trompez pas...

Devlin se rappela alors ce qui motivait cet entretien. Yan avait croisé les bras sur sa poitrine et souriait. Un sourire sardonique...

Le duc s'adossa contre son bureau avec un soupir, son visage reflétant l'embarras.

— Lord Canston et mon garçon d'écurie ont été tous deux arrêtés et mis sous les verrous.

L'Écossais se renfrogna.

— Avant que je n'aie pu lui faire regretter son geste ? Croyez-vous que ce soit juste, si l'on considère...

— Si l'on considère que c'est vous qui avez commencé en l'agressant l'autre matin ? l'interrompit Devlin. Vous n'avez pas à le corriger une deuxième fois. D'ailleurs, vous n'êtes toujours pas en état de le faire.

Yan voulut protester, mais il devait admettre que le duc n'avait pas tort. Tout mouvement demeurait douloureux.

— Les chevaux ont été retrouvés, annonça Devlin en changeant abruptement de sujet.

— Oui, je l'ai appris hier.

— L'étalon a pris du bon temps dans la cabane, il porte suffisamment de marques de morsures pour en témoigner, poursuivit le duc sans cacher sa colère. Quant aux juments, elles ne pourront plus servir pour la saillie cette année.

— Et vous croyez me briser le cœur en me l'apprenant ?

— Non, mais cela peut vous intéresser puisque je vais vous les donner. L'étalon n'a jamais été une valeur sûre de mon écurie. J'ignore même ce que donnera sa progéniture. Mais il est réputé pour être un excellent coureur. Il a déjà gagné plusieurs championnats ici en Angleterre. Je peux garantir qu'il battra à plate couture n'importe quel pur-sang de vos Highlands.

— Alors vous pensez pouvoir m'acheter ainsi ?

— Je préfère considérer ceci comme un dédommagement. Même si vous ne voulez pas garder ces bêtes, cet étalon vous fera gagner beaucoup d'argent.

— Je ne veux pas de vos chevaux. Vous vous imaginez pouvoir vous en sortir comme cela ? Vous vous trompez, St. James.

Devlin se rembrunit.

— Je les donnerai à Lady Kimberly... insista-t-il. Comme... cadeau de mariage.

Yan accueillit les paroles de son hôte par un éclat de rire.

— Eh bien parlons-en, de ce mariage. D'abord ne croyez pas que je regrette la nuit que j'ai passée avec Lady Kimberly ou, tout du moins, que je m'en sente coupable. Ensuite, je souhaite épouser cette jeune femme, St. James. Et maintenant que j'ai obtenu son consentement, rien ne me fera renoncer.

— Son père aura peut-être quelque chose à y redire.

— Je m'en charge. D'ailleurs, cela ne vous regarde pas... Et si vous me présentiez vos excuses à présent ? À moins que vous ne pensiez pouvoir vous en dispenser ?

Devlin esquissa un sourire sans joie.

— Non, apparemment non... Voilà ! Je suis désolé de vous avoir frappé alors que vous ne me provoquiez même pas. Je n'ai pas voulu vous écouter et, sincèrement, j'en suis navré.

— Très bien dit, mais cela ne me suffit pas.

Devlin se redressa d'un bond.

— Par tous les diables, pourquoi cela ?

Yan fronça les sourcils.

— Vous devriez apprendre à vous contenir, St. James, ce qui vous épargnerait à l'avenir de nouvelles méprises... Enfin, cela ne change rien au fait que je ne peux accepter vos excuses. En tout cas, pas si vite.

En un éclair, Yan fondit sur son hôte et son poing fusa, atteignant le duc à la mâchoire. Déséquilibré, ce dernier heurta le bureau puis tomba à genoux. Quand, quelques secondes plus tard, il releva la tête, ce fut pour voir Yan lui sourire.

— Vous avez de la chance, St. James, que je sois de bonne humeur. Car, sinon, nous n'en aurions pas encore fini de cette discussion.

La porte se referma bientôt derrière lui, dans un claquement à faire trembler tous les murs. Le duc s'aida du bureau pour se remettre sur pied et porta les doigts à sa bouche. Le sang coulait sur ses lèvres. Pourtant, alors qu'il aurait dû ressentir une rage incommensurable, il se mit à rire.

Si ce satané Highlander n'y prenait pas garde, Devlin allait finir par l'apprécier !

36

— Venez, vous allez adorer ce pique-nique, décréta Megan en tirant sans vergogne Kimberly derrière elle, à travers la pelouse. Corrigez-moi si je me trompe, mais je crois vous avoir entendue dire que c'était une excellente idée.

— C'était avant que... eh bien, que Yan ne partage mon lit dans un accès de folie. Et que le scandale n'éclabousse mon nom...

Megan cilla, avant de s'esclaffer.

— Folie? Ma foi, c'est une manière délicate d'exprimer les choses. Je songerai à m'en souvenir la prochaine fois que Devlin aura un accès de... folie. Oh! non, ne rougissez pas, Kimberly!

— C'était une véritable folie et je ne peux pas croire que j'ai...

La duchesse l'interrompit brusquement en passant un bras autour de ses épaules.

— Cessez de vous morfondre. Ce n'était pas de la folie, mais bien de la passion, Kimberly. Nous y avons tous un jour succombé... Je me rappelle ce que Devlin m'avait dit avant notre mariage... attendez, quels avaient été ses mots exacts?

Un instant elle réfléchit, puis ajouta :

— Ah oui! « Un vrai désir se fiche éperdument du lieu, du temps et de l'individu! »

— Il vous a parlé des choses de l'amour avant que vous ne soyez mariés? souffla Kimberly, interloquée.

— Voyez-vous... nous avons eu... comment pourrais-je dire? Nous avons connu, nous aussi, des moments de folie avant de nous rendre à l'autel. Un jour, Devlin se plaignit que j'attisais son désir. « Quand cela vous arrive, me confia-t-il alors, et cela vous arrivera ma chérie, je n'en doute pas, vous n'y pourrez rien. Vous ferez l'amour ou vous souffrirez en silence. » Il avait raison. Et j'imagine que c'est ce que vous avez connu.

— C'est surtout quelque chose que je n'aurais pas dû connaître avant l'échange des vœux ! Vous, vous n'avez pas...

La duchesse leva la main pour l'interrompre.

— Ma chère, je vais devoir vous confier un petit secret qui, j'espère, vous soulagera d'un grand poids. J'ai connu l'amour bien avant de m'enfuir à Gretna Green.

— Vraiment ?

— Ne soyez pas surprise. J'étais inquiète comme vous. Mais maintenant... il ne vous reste plus qu'à espérer que votre mariage sera aussi heureux que le mien. Car la seule chose qui compte, c'est ce que vous vivez, et non ce que pensent les autres.

Kimberly parvint à esquisser un sourire. Elle se sentait déjà un peu mieux. Mais il lui répugnait encore de se rendre à ce pique-nique que son hôtesse avait organisé dans la serre. Trop de convives y seraient réunis et elle ne se sentait pas le courage de les affronter.

— Je ne suis pas prête. Ils doivent tous être au courant...

— Et alors ? Ils savent également que vous allez épouser MacGregor. Devlin l'a annoncé publiquement hier soir. Vous ne pouvez pas imaginer la facilité avec laquelle les gens oublient et pardonnent. Vous vous êtes rachetée en acceptant de devenir la femme de l'Écossais.

Par contre, si vous refusiez aujourd'hui de l'épouser, alors il ne vous resterait plus qu'à vous enfouir la tête sous un oreiller pour le restant de vos jours !

Kimberly ne put s'empêcher de sourire.

— Comment faites-vous pour que les choses paraissent toujours aussi simples ?

— Question d'entraînement, probablement. Allez, venez vite, ou il n'y aura plus rien à manger quand nous arriverons.

— James... James Travers sera là ?

— Non. Il est rentré chez lui hier après-midi.

Kimberly poussa un soupir de soulagement.

— Je m'en veux pour ce que je lui ai infligé. Je crois qu'il avait l'intention de demander ma main.

— Vous n'avez aucune raison de vous en vouloir. Ce genre de chose arrive souvent pendant la saison. Et James est un adulte, il s'en remettra. Il faut écouter votre cœur et accepter vos sentiments tels qu'ils sont.

— Mais mon cœur n'est pas...

— Chut ! ne dites plus rien. Je sais qu'il est plus simple de nier et d'ignorer ce que l'on ressent. Mais je sais également que l'Écossais a touché votre cœur. Et si vous voulez mon avis, vous avez fait le bon choix.

Le bon choix ? Kimberly avait l'impression de n'avoir rien choisi : son corps l'avait trahie, voilà tout. Mais ce n'était pas le moment de protester. Megan, de toute évidence, ne partageait pas ses vues sur l'amour.

Elles atteignirent finalement la serre. Il y régnait une chaleur agréable. Quelques tables et chaises avaient été apportées par ceux qui ne souhaitaient pas s'asseoir à même le sol, comme

Duchy et Margaret, mais la plupart des invités avaient pris place sur d'immenses couvertures dépliées au milieu du feuillage luxuriant.

Megan fut chaleureusement accueillie tandis qu'elle évoluait d'un groupe à un autre... tout comme Kimberly d'ailleurs. Pas de messes basses dans son dos, pas de regards inquisiteurs ou accusateurs... Comme s'il n'y avait jamais eu de scandale.

Et pourtant, il y en avait eu un. Pour Kimberly, qui avait craint d'être embarrassée, c'était un véritable soulagement de savoir Megan à son côté. La duchesse de Wrothston était respectée et personne n'aurait osé la contredire. Était-il possible que les gens aient déjà oublié — ou tout du moins pardonné — comme son hôtesse l'avait affirmé quelques instants plus tôt?

— Enfin, le voilà! s'écria la duchesse en désignant son époux. On dirait qu'il n'a pas encore touché au panier de victuailles.

— Peut-être devriez-vous en imputer la faute à cet adorable chérubin qu'il a sur les genoux, et qui retient toute son attention, commenta Kimberly avec un sourire.

— Probablement.

Kimberly avait eu le privilège de rencontrer l'héritier des Wrothston peu après son arrivée à Sherring Cross, et il ne lui avait fallu que quelques minutes pour tomber sous le charme de ce magnifique petit garçon.

Elle s'assit près de Megan sur la couverture, et tendit les bras vers Justin.

— Je peux?

— Dieu soit loué, oui! fit St. James avec un soupir de soulagement. C'est déjà suffisamment difficile pour moi d'être ici. Un pique-nique au beau milieu de l'hiver, quelle folie!

Il décocha un regard exaspéré en direction de son épouse.

— Mais je meurs de faim et je n'ai pas encore pu avaler quoi que ce soit avec ce polisson.

Megan partit d'un grand rire.

— Laissez-moi vous traduire, déclara-t-elle à l'adresse de Kimberly. Il a passé son temps à nourrir Justin et a pris un tel plaisir à le faire qu'il en a oublié de manger !

— Alors peut-être reste-t-il assez de nourriture pour nous tous ? fit une voix derrière eux.

Kimberly se raidit tandis que Yan prenait place près d'elle sur la couverture.

— Je vous en prie, joignez-vous à nous, Yan, fit Megan quelque peu sèchement car il s'était passé de son invitation.

— Quel bel après-midi pour un pique-nique ! s'exclama-t-il sans relever l'ironie de son hôtesse. Vous ne trouvez pas, Kim ?

Il l'enveloppa d'un tendre regard.

— Vous avez raison, répondit la jeune femme du bout des lèvres.

Comment aurait-elle pu se détendre avec cet homme à quelques centimètres d'elle ? Il ne cessait de la mettre mal à l'aise... comme il importunait d'ailleurs le duc. Ce dernier avait toutefois salué son arrivée par un bref hochement de tête... presque courtois. Kimberly n'en revenait pas. Selon toute apparence, leur animosité réciproque s'était quelque peu atténuée.

— Vous êtes belle avec un bébé dans vos bras, chuchota Yan en se penchant à son oreille. Mais vous le serez plus encore lorsque vous porterez le nôtre.

Kimberly s'empourpra violemment, gênée, même si Megan et le duc étaient trop occupés à vider le panier de victuailles pour leur prêter attention.

— Vous pourriez au moins tenir votre langue quand nous ne sommes pas seuls! murmura-t-elle, furibonde. Ou est-ce trop vous demander?

— Je crains que oui, rétorqua-t-il avec un soupir feint. Dès que je suis près de vous, je ne songe plus qu'à nos héritiers. C'est bizarre, non?

Elle manqua suffoquer. Ravalant les sarcasmes qui lui venaient aux lèvres, elle détourna le regard. Et pourtant, elle devina qu'il riait d'elle dans son dos.

— Attention de ne pas trop rougir, ma chérie, souffla-t-il contre sa nuque. Vous risquez de m'attendrir et je n'aurai alors d'autre choix que de vous embrasser.

Elle fit volte-face, ulcérée.

— Si vous faites cela, je...

— Vous répondrez à mon baiser, je le sais. Vous n'en rougirez que plus encore et je serai obligé de trouver un autre endroit pour vous embrasser...

La jeune femme était tiraillée entre la colère et la perspective grisante de se retrouver seule avec lui.

Elle perdait l'esprit! Comment réussissait-il à la faire sortir de ses gonds, à l'enflammer par sa seule présence?

— Pourrais-je avoir un fruit? demanda-t-elle en se tournant vers Megan.

Derrière elle, Yan murmura:

— Vous ne perdez rien pour attendre!

Des mots qu'il ponctua d'un petit rire moqueur. Kimberly se défendit de réagir. Mais si elle parvint à se taire, elle ne put empêcher le rouge de lui monter aux joues une fois de plus...

37

Durant les jours qui suivirent, le manoir se désemplit peu à peu de tous ses invités. Certains s'en retournèrent chez eux pour les fêtes de fin d'année, d'autres parce qu'ils craignaient de gêner en demeurant sous le toit du duc, à présent que la valse des réceptions s'achevait...

Kimberly et Yan ne suivirent pas l'exode. Ils devaient se marier dans la petite chapelle de Sherring Cross, dans la plus stricte intimité. Le duc ayant réussi à obtenir une licence spéciale, ils n'avaient pas à patienter après la publication des bans. En fait, ils n'attendaient plus que la venue du comte d'Amburough.

Devlin avait écrit à Cecil, mais Kimberly n'avait pas osé lui demander s'il avait raconté en détail sa conduite inqualifiable. De toute évidence, non, car ces choses ne s'écrivaient pas. Un simple « Votre fille se mariera dès votre arrivée » suffirait à faire accourir Cecil Richards. Et si le duc avait ajouté que l'heureux élu était le chef du clan MacGregor, cela ne ferait qu'accélérer les choses.

Le nom de Yan avait dû, selon toute vraisemblance, être mentionné, et il y avait fort à craindre que le père de Kimberly ne se précipitât à Sherring Cross pour faire un esclandre...

Il arriva un soir, très tard, alors que toute la maisonnée était encore réunie au salon. Yan et Margaret disputaient une partie d'échecs dans un coin de la pièce. Megan, elle, supervisait la décoration de l'arbre de Noël.

Kimberly aidait Duchy à sortir de leurs emballages les anges de bois sculptés pour orner le sapin. Devlin, posté près de la cheminée, surveillait les opérations, lançant parfois une suggestion.

Tout à coup, une voix vibrante de colère s'éleva sur le seuil :

— Que diable fabrique un Écossais à Sherring Cross ? Et qu'est-ce qu'il veut à ma fille ?

— Enchanté de vous revoir, Cecil, rétorqua Devlin sèchement. J'imagine que vous avez reçu ma lettre ?

— Quelle lettre ? Je n'ai rien reçu du tout ! Si je suis ici, c'est parce que des rumeurs circulent sur le compte de ma fille, des rumeurs qui sont parvenues jusqu'au Northumberland. On l'a dite entichée d'un maudit Écossais. Où est ce mécréant ?

— Ce maudit Écossais, comme vous dites, est un parent, répliqua le duc.

— Mon Dieu, un parent ? s'écria Cecil comme s'il ne pouvait envisager quelque chose de plus horrible. Comment se fait-il que je n'aie pas été prévenu plus tôt ?

— Peut-être parce que cela ne vous concerne en rien, Cecil. Je ne saurais trop vous suggérer de poursuivre cette discussion dans mon bureau, avant que ma femme, qui a du sang écossais dans les veines, ne vous chasse sans cérémonie.

Le comte eut la délicatesse de rougir comme si, brusquement, il prenait conscience de son impolitesse. Kimberly ne fut aucunement surprise : elle avait l'habitude de ses remarques acerbes. Elle regrettait seulement qu'il infligeât son humeur belliqueuse à ses hôtes.

— Euh !... je vous... demande pardon, Votre Grâce, bafouilla-t-il en se tournant vers celle qu'il imagina être, à juste titre, la duchesse. Je m'emporte et j'en oublie les bonnes manières. Mais je suis si bouleversé...

— C'est compréhensible, commenta gentiment Megan. Les mauvaises langues aiment à gloser... Mais ne vous inquiétez pas, le scandale sera vite oublié...

— Suivez-moi, Cecil, intervint Devlin en traversant la pièce, avant que le nouvel arrivant ne pût l'interroger sur ce scandale.

Le comte d'Amburough opina du chef mais, au moment où il quittait la pièce, il se tourna vers Kimberly :

— Accompagnez-nous, vous avez certainement des explications à me fournir.

Il n'attendit pas sa réponse, son ton était sans réplique et la jeune femme obtempéra. Elle n'aurait qu'à prendre son mal en patience et attendre qu'il eût fini de cracher son venin. Le sermon du comte serait à n'en pas douter l'un des pires qu'elle devrait supporter. Mais comment s'y dérober ? Son père était là. Et s'il avait entendu dire qu'elle avait l'intention d'épouser le Highlander, il ignorait encore les motifs de cette décision.

Elle emboîta le pas à Cecil, non sans avoir jeté un coup d'œil en direction de Yan, dont le visage demeurait indéchiffrable.

— Je vous avais prévenu qu'il serait fou furieux... lui souffla-t-elle.

Un instant, elle hésita à poursuivre, mais elle réalisa que ce n'était pas un sujet à aborder devant tout le monde et quitta le salon, espérant de tout cœur que Yan ne la suivrait pas. Il était en effet inutile qu'il attisât la fureur de Cecil.

Devlin était déjà assis derrière son bureau

quand elle entra dans la pièce. Choisissant une chaise près de la fenêtre, elle y prit place. Son père, quant à lui, ne semblait pas disposé à s'asseoir. Il préférait certainement toiser le duc de toute sa hauteur pour ce qu'il avait à dire.

— Vous n'avez pas vu votre fille depuis plusieurs mois, fit remarquer Devlin. Peut-être voulez-vous que je vous laisse quelques minutes avec elle ?

— Pour quoi faire ?

Cecil n'aurait pas pu être plus éloquent. Les sentiments qu'il nourrissait pour sa fille étaient clairs. Kimberly ne put s'empêcher de sourire devant la surprise qu'afficha alors le duc. En effet, la dureté de Cecil n'étonnait pas le moins du monde la jeune femme. Elle ne se rappelait pas avoir entendu son père prononcer un jour un mot gentil à son endroit.

— Très bien, dit le duc. Comme vous n'avez pas reçu ma lettre, je vais vous en confier le contenu et nous pourrons ensuite discuter...

— C'est inutile, Votre Grâce. Comme je vous l'ai dit tout à l'heure, je suis au courant de toute l'histoire. Ce qui explique ma présence ici. Je souhaite régler cette malheureuse affaire au plus tôt.

— Je présume que vous faites allusion à l'altercation entre l'Écossais et le vicomte Canston au sujet de votre fille ?

— Exactement.

— Et c'est tout ce que vous avez entendu ?

— Oui, pourquoi ? demanda Cecil en fronçant les sourcils d'un air soupçonneux.

— Dans ce cas, il y a méprise. Nous parlons de deux choses bien différentes. Dans ma lettre, je ne mentionnais même pas cet incident. Il me paraissait en réalité trop insignifiant.

— Alors de quoi me parliez-vous dans votre lettre, Votre Grâce ?

— Je voulais juste vous avertir que Kimberly avait accepté une proposition de mariage...

— Du vicomte Canston ? s'exclama Cecil d'un air triomphant. Excellent ! Je connaissais bien son père et voyez-vous...

— Le vicomte s'est révélé un voleur et un menteur, coupa Devlin sur un ton glacial. J'aimerais que nous ne fassions plus désormais allusion à ce triste individu.

— Vous venez de porter une grave accusation, St. James. Les Canston sont une famille honorable...

— Peut-être, mais je ne dis que la vérité.

— Qui a bien voulu d'elle alors ?

Le ton était méprisant.

— Votre fille a été très populaire parmi nos invités, rétorqua le duc sans cacher son irritation. Et les offres ont été nombreuses. Mais voilà, Kimberly a accepté d'épouser le chef des MacGregor et, dans ma lettre, je vous faisais savoir que j'approuvais sa décision.

— Par tous les diables ! Un Écossais ? demanda Cecil, trop éberlué pour en dire plus.

Devlin haussa les sourcils d'un air sardonique.

— N'aurais-je pas été suffisamment clair ?

— Suffisamment clair ? Oh, si !

Le comte avait les traits déformés par la rage.

— Que trop ! continua-t-il. Vous plaisantez, j'espère ?

— On ne plaisante pas avec un sujet aussi sérieux, mon cher.

— Elle sait pertinemment qu'il n'y aura jamais d'Écossais dans ma famille. Alors ce ne peut être qu'une blague, et je ne l'apprécie pas du tout.

Devlin soupira avant de se tourner vers la jeune femme, demeurée silencieuse.

— Je suis désolé, Kimberly, j'avais espéré pouvoir épargner à votre père le pourquoi et le comment de cette décision, mais il ne se montre malheureusement pas très coopératif.

— Tout ira bien, Votre Grâce, répondit-elle en esquissant un pâle sourire. Je vous remercie d'avoir essayé. Je vais me charger de lui donner tous les détails sordides qui m'ont poussée à faire ce choix.

Cecil la considéra, incrédule.

— Des détails sordides? Qu'avez-vous fait?

— Rien d'extraordinaire, j'ai juste provoqué un scandale, déclara Kimberly sans se départir de son calme. Yan MacGregor a été découvert dans mon lit. Et j'étais malheureusement près de lui.

Cecil s'empourpra, il était au bord de l'apoplexie.

— Catin! glapit-il.

En deux enjambées, il fut près d'elle et leva la main. Kimberly ferma les yeux, s'apprêtant à recevoir une gifle magistrale.

Mais alors une voix masculine s'éleva derrière eux, redoutable :

— Posez un doigt sur elle, et je vous promets que vous le regretterez!

Kimberly rouvrit les yeux et aperçut Yan sur le pas de la porte, barrant le passage de son imposante stature. Une imposante stature qui déconcerta le comte. Le ton menaçant de l'Écossais n'était rien comparé à la colère qui se lisait sur ses traits.

Si Cecil avait été un instant sous le choc, il était bien trop furieux pour garder le silence plus de quelques secondes. Toutefois, il mit un bémol à sa rage. Avait-il été intimidé ? Kimberly n'en revenait pas.

— Alors c'est vous, le MacGregor ? cracha-t-il.

— Non seulement je le suis, mais je suis également l'homme que va épouser votre fille. J'ai donc le devoir de la protéger, même de vous.

— Elle est ma fille...

— Malheureusement, devrais-je dire.

— Et elle n'épousera pas un Écossais, chef de clan ou non, poursuivit Cecil comme s'il ne l'avait pas entendu.

— Peut-être devrions-nous éviter les insultes, intervint Devlin, mais plus personne ne prêtait attention à lui.

— Vous n'avez pas écouté ? demanda Yan au comte. Ce n'est plus un secret pour personne : j'ai partagé le lit de votre fille. Elle doit m'épouser, ou elle en supportera les conséquences...

— Exactement ! vociféra Cecil. Cette catin endurera les conséquences de son geste et cela jusqu'à son dernier jour. Elle pourra s'estimer heureuse si je lui trouve un mari sans le sou qui fermera les yeux sur sa réputation entachée et me débarrassera d'elle à jamais.

— Vous lui feriez subir un tel affront alors qu'en l'épousant je mettrais un terme au scandale ? questionna Yan, dégoûté.

Cecil renifla avec dédain.

— Elle n'a à s'en prendre qu'à elle-même. Elle savait que jamais je ne l'autoriserais à épouser un maudit Écossais.

— Qu'en dites-vous, Kim ? interrogea Yan en se tournant vers la jeune femme.

— Je... commença-t-elle.

Mais son père ne lui laissa pas le temps de répondre :

— Elle n'a rien à dire. Jamais elle ne défiera mon autorité. Elle sait que je la déshériterais si, d'aventure, elle s'avisait de me désobéir. Jamais elle ne se relèverait d'un tel scandale.

— Vous vous en assureriez, n'est-ce pas ? fit Yan sans cacher sa répugnance. Vous êtes idiot ou quoi ?

Cecil devint cramoisi sous l'insulte.

— Le seul idiot ici, c'est vous, l'Écossais. Et comme vous n'avez plus rien à faire ici, pourquoi ne nous laisseriez-vous pas en paix à présent ?

— Qui êtes-vous pour chasser quelqu'un de mon propre bureau, Cecil ? intervint Devlin en serrant les poings.

Mais Yan avait déjà pivoté sur ses talons et s'éloignait, égrenant un chapelet de jurons entre ses dents. Kimberly fixa l'entrée de la pièce avec une vive déception.

Jamais elle n'aurait cru qu'il capitulerait aussi aisément. Elle avait prévenu Yan qu'il ne serait pas facile de convaincre son père de le laisser l'épouser. Mais elle avait cru qu'il ne se soucierait pas de l'opinion de Cecil et la conduirait à l'autel, envers et contre tout.

Il n'avait certes pas caché le mépris que lui inspirait Cecil. Mais il était aussi clair que Yan ne pouvait se permettre de prendre une épouse déshéritée. Déshéritée signifiait sans dot, et il avait besoin de cet argent...

38

Kimberly était encore harassée lorsqu'elle descendit pour le petit déjeuner le lendemain matin. Durant la nuit, aucun bruit ne l'avait tenue éveillée, mais elle s'était couchée avec la gorge nouée, avec une angoisse qui avait refusé de la laisser en paix. Étrange qu'elle n'eût jamais connu de problèmes d'insomnie avant de rencontrer Yan MacGregor...

Elle pouvait mettre sa fierté de côté et dire à Yan qu'elle se moquait de l'argent de son père, qu'elle était aussi riche que lui, sinon plus. Alors il l'épouserait, pour son argent seulement, et non parce qu'il éprouvait quelque sentiment à son endroit. Bien sûr, elle le savait déjà. Mais voir ses doutes confirmés risquait de la blesser... encore plus qu'elle ne l'était déjà.

La perspective d'épouser un homme soudoyé par son père, un parfait inconnu, la dégoûtait. Mieux valait encore acheter l'Écossais en lui révélant sa fortune personnelle, elle saurait au moins à quoi s'en tenir. En outre, elle prenait plaisir à faire l'amour avec lui... mais avec un autre ? Cette seule pensée la fit frissonner.

Elle pourrait dire la vérité à Yan et lui laisser le choix de l'épouser ou non.

Oui, sa décision était prise. Elle lui révélerait tout.

L'opportunité de le faire se présenta très vite. Yan se trouvait dans le couloir, près de la salle à manger, quand elle approcha. En l'apercevant, il vint aussitôt vers elle et, lui prenant le bras, l'entraîna dans le salon, toujours désert à cette heure de la journée.

Elle attendit de savoir ce qu'il avait à l'esprit en la conduisant ici, à l'abri des oreilles indiscrètes.

— À mon avis, Kim, vous n'êtes plus en âge de demander une autorisation pour vous marier, déclara-t-il sans autre préambule.

— Vous avez raison. Mais mon père ne plaisantait pas hier soir. Il me déshériterait si je me mariais sans son consentement.

— Je n'en doute pas un instant. Et je trouve incroyable et méprisable qu'un père puisse être aussi cruel.

Elle haussa les épaules. Ce n'était pas la réaction de Cecil qui la blessait.

— Peut-être le comprendriez-vous mieux, si je vous expliquais pourquoi il déteste autant les Écossais ?

Et Kimberly de lui narrer brièvement le peu qu'elle connaissait sur ce qui s'était passé autrefois.

— Mais cela ne change pas grand-chose, conclut-elle enfin. Ses préjugés n'ont aucune raison d'être.

— Cela ne m'intéresse pas de comprendre cet homme... À moins d'avoir une chance de le voir revenir sur ses positions. Malheureusement, il semble en être incapable.

Elle soupira.

— J'en ai bien peur. Même s'il a rencontré une autre femme après la mort de ma mère, et s'il est impatient de l'épouser, il ne changera pas d'attitude. Il ne supporte pas qu'on le contredise et il préfère se fâcher plutôt que d'avouer ses torts.

— Voilà pourquoi je voulais vous parler, Kim.

Accepteriez-vous de passer outre à son interdiction et de m'épouser ? J'aurais dû vous poser la question hier soir, mais j'étais encore sous le choc et je ne pensais qu'à lui tordre le cou. Alors j'ai préféré m'éclipser.

La jeune femme n'osait en croire ses oreilles.

— Vous rendez-vous compte de ce que cela signifie ?

— Oui, vous serez séparée à jamais de votre père. Pourriez-vous le supporter, ma chérie ?

— Yan, je me moque de revoir un jour le comte d'Amburough. Il n'a jamais été un père pour moi, seulement un tyran. Il ne m'a jamais aimée. Mais avez-vous conscience de ce que cela engendrerait pour vous ? Hormis un scandale...

— Les MacGregor ont l'habitude des scandales.

Il ponctua ses paroles d'un sourire.

— Je n'aurai pas de dot.

— Je m'en doute.

Elle écarquilla les yeux.

— Et vous m'épouseriez sans dot ?

— Sans la moindre hésitation.

Il se montrait galant. Elle ne voyait pas d'autre explication.

— Mais si j'ai bien compris, vous avez besoin de cet argent. L'auriez-vous oublié ? À moins que votre situation n'ait changé ?

— Non, nous sommes pauvres comme Job, et criblés de dettes. Vous devez le savoir. Quand mon père est mort il y a de cela quelques années, ma belle-mère s'est enfuie avec tout l'argent des MacGregor. Il nous reste certes des terres, mais aucune liquidité sur laquelle compter.

Toutes les raisons pour lui de faire un mariage d'argent... Elle devait lui avouer qu'elle était riche, que l'épouser résoudrait tous ses problèmes. Ne serait-ce que par honnêteté...

Mais ce fut la curiosité qui l'emporta.

— Si vous avez besoin d'argent, comment ferez-vous ?

— Ne vous faites pas de souci, ma chérie. Je trouverai un moyen. Une épouse riche représentait certes une solution, mais ce n'est pas la seule.

Il paraissait si confiant... Elle choisit une fois encore de lui taire son secret. Elle voulait croire quelques instants qu'il ne l'épousait pas pour sa fortune.

— Très bien. Si votre proposition de mariage tient toujours, Yan, j'accepte.

Il esquissa un sourire triomphant. Elle retint son souffle tandis qu'en une enjambée il était devant elle et l'encerclait de ses bras puissants.

— Je parlerai à votre père dès aujourd'hui.

Avec lui si proche, son corps effleurant le sien, elle était incapable de se concentrer sur ce qu'il venait de dire et il lui fallut quelques secondes pour recouvrer ses esprits.

— Peut-être devriez-vous me laisser m'en charger, fit-elle enfin. Vous ne pourrez pas garder votre calme. Il a le don d'exaspérer tous les gens qui ne le connaissent pas.

— Peut-être avez-vous raison. Mais je serai près de vous quand vous lui annoncerez la nouvelle.

Ces mots réchauffaient le cœur de la jeune femme. Elle avait tellement besoin de sa présence.

Leurs lèvres se rencontrèrent et la chaleur qu'elle ressentait au plus profond d'elle-même

décupla. La sensation était si douce, si dangereusement douce...

Elle n'entendit pas la porte s'ouvrir, mais
reconnut soudain le timbre mielleux de la veuve
Winnifred Marston, la fiancée de son père.

— Cecil, êtes-vous là ?

Puis, en remarquant le couple enlacé, elle bredouilla quelques excuses :

— Je... suis... désolée, j'aurais dû frapper...

Kimberly sentit Yan se raidir brusquement
tandis qu'il considérait la veuve Marston. Elle le
crut furieux d'avoir été interrompu... Comment
aurait-elle pu deviner qu'il venait de reconnaître
la voix de cette femme ?

— Bonjour, belle-maman, lança-t-il d'un ton
menaçant.

Winnifred Marston ouvrit de grands yeux
emplis d'effroi et recula, portant une main à sa
gorge.

— Yan... mon garçon, je... peux... tout expliquer, bafouilla-t-elle d'une voix blanche.

— Vraiment ?

39

Incrédule, Kimberly fixait Winnifred qui, pâle
comme un linge, s'effondra sur le parquet dans
un bruissement de soie. La veuve Marston était-
elle réellement la belle-mère de Yan ? Quelle ironie du sort que celle-ci eût joué un rôle dans
leurs vies à tous deux !

À son côté, Yan jurait entre ses dents tout en
considérant la femme qui gisait inconsciente
sur le sol.

— Relevez-la, Yan, et allongez-la sur le canapé.

— Si je la touche, ce sera pour serrer mes mains autour de sa gorge.

Kimberly perdit patience.

— Allongez-la sur le canapé! ordonna-t-elle. Vous l'étranglerez quand elle aura repris conscience. Elle sera alors en mesure d'apprécier votre geste à sa juste valeur.

La jeune femme n'attendit pas sa réponse. Contournant Winnifred, elle quitta le salon, partant en quête d'un serviteur qui pourrait lui apporter un flacon de sels. Quand, quelques minutes plus tard, elle revint dans la pièce, Yan avait soulevé la veuve dans ses bras pour la jeter sans délicatesse aucune sur le canapé.

— Rappelez-moi de ne jamais m'évanouir en votre présence! déclara-t-elle sèchement.

Yan se frottait les mains comme s'il était satisfait de son geste.

— Avec vous, je ferais preuve d'une infinie douceur. Mais cette femme, elle, ne mérite pas qu'on la ménage.

Kimberly s'approcha de lui.

— Dois-je comprendre que c'est elle qui a volé votre héritage?

— Oui. J'ignore pourquoi elle est ici, mais une chose est sûre: cette fois, elle ne m'échappera pas.

Kimberly fronça les sourcils. Elle savait ce que Winnifred Marston faisait ici. Elle avait accompagné Cecil à Sherring Cross, et s'était retirée la veille au soir, sans même s'être présentée.

La coïncidence était à peine croyable!

— Elle est votre belle-mère? insista-t-elle, éberluée.

— Oui.

— La veuve Marston est vraiment votre belle-mère ?

Il la considéra d'un air surpris.

— Oui, ne m'obligez pas à le répéter ! Qu'importe le nom qu'elle a emprunté, cette femme est bien celle qui a épousé mon père voilà douze ans et qui s'est fait la malle le lendemain de sa mort, avec toute la fortune des Mac-Gregor.

— Vous êtes certain de ne pas vous tromper ? Peut-être ressemble-t-elle simplement à cette femme ?

— Expliquez-moi alors pourquoi elle s'est évanouie en me voyant !

C'était incroyable. Kimberly avait rencontré et discuté avec Winnifred Marston des dizaines de fois, même avant la mort de sa mère. Elle avait toujours montré une extrême gentillesse, même si on pouvait lui reprocher de ne penser qu'à elle.

La veuve approchait la quarantaine, et sa chevelure brune s'était striée de fils d'argent. Les années l'avaient arrondie sans toutefois la déparer de sa grâce naturelle et, à son âge, elle était restée ravissante.

Kimberly savait la veuve très fortunée. Cette femme avait fait l'acquisition d'une somptueuse demeure quand, quelques années plus tôt, elle s'était installée dans le Northumberland. À son service, travaillait une kyrielle de domestiques. Winnifred était réputée pour organiser des réceptions fastueuses avec d'innombrables invités. Et tout cela, avec de l'argent volé ?

Comment y croire ? Et son père, mon Dieu, comment réagirait-il ? Il refuserait d'ajouter foi à ces accusations, d'autant que le plaignant n'était autre que l'Écossais.

— J'ai grand-peine à imaginer Winnie dans le rôle d'une voleuse, souffla-t-elle.

Yan parut stupéfait.

— Winnie ? Vous connaissez cette femme ?

— En fait, vous découvrirez que...

— Qui s'est évanoui ? intervint Megan en faisant irruption dans la pièce, suivie d'un serviteur portant un flacon de sels à la main.

Puis, voyant Winnifred sur le canapé, elle ajouta :

— Notre nouvelle invitée, Lady... Marston, n'est-ce pas ? Elle a eu un malaise ? Dois-je appeler un médecin ?

— Je doute qu'un médecin soit nécessaire, répondit Kimberly avec un sourire. Elle s'est évanouie en voyant Yan.

Megan écarquilla les yeux.

— Décidément, elles tombent toutes à vos pieds, MacGregor ! commenta-t-elle. Peut-être devriez-vous songer à toujours porter des sels sur vous ?

Yan haussa les épaules d'un geste exaspéré.

— Elle s'est évanouie de peur.

La duchesse allait de surprise en surprise.

— Vous auriez donc un visage qui inspire la terreur ? Non, vraiment je n'y crois pas.

Il serra les dents pour contenir sa colère.

Megan avait pris place sur le canapé et passait le flacon de sels sous le nez de la veuve. Peu à peu, cette dernière recouvra ses esprits et ouvrit les yeux.

Elle eut un premier instant de surprise en découvrant Megan penchée au-dessus d'elle.

— Que... que s'est-il passé ? Pourquoi suis-je... ?

Et tout à coup, elle se tut, écarquillant les yeux d'effroi tandis que les souvenirs revenaient. Elle s'accrocha au bras de la duchesse.

— Est-il... encore là ?

— Qui ?

— MacGregor.

— Eh bien... oui.

D'un bond, la veuve se dressa sur son séant.

— Yan, geignit-elle, laissez-moi m'expliquer avant de faire quelque chose que nous regretterions tous les deux.

— Que nous regretterions tous les deux ? Je vous assure, madame, que quoi que je fasse j'en éprouverais un grand plaisir...

— Je vous en prie, pourrions-nous au moins discuter en privé ? implora Winnifred en jetant des coups d'œil embarrassés en direction de Kimberly et de la duchesse. Ce n'est pas la peine d'ennuyer ces dames avec un problème de famille.

— Un problème de famille, vraiment ? ironisa l'Écossais.

Yan était trop furieux pour accéder à la requête de la veuve. Il ne se souciait pas de savoir si elle était embarrassée ou non. Kimberly n'aurait pu l'en blâmer, néanmoins elle eut pitié de Winnifred.

S'éclaircissant la voix, elle s'adressa à Megan :

— Je n'ai pas encore pris mon petit déjeuner. Accepteriez-vous de m'accompagner à la salle à manger ?

La duchesse soupira avant de hocher la tête en signe d'assentiment. Une fois la porte refermée derrière elles, Megan confessa :

— Vous avez eu raison, ma chère, mais la curiosité m'empêchait de bouger. Vous savez ce qui se passe ?

— Oui, malheureusement. Et je ne crois pas que Yan ait l'intention de passer cette affaire sous silence. Au contraire. Voyez-vous, il aimerait la faire jeter en prison...

Dans le salon, Winnifred avait pris la parole, cherchant un moyen de se disculper :

— J'aimais votre père, Yan. Sa mort a été un choc pour moi, c'était si inattendu. J'étais bouleversée, je n'ai pas réfléchi...

— Nous étions tous bouleversés. Si c'est la seule excuse que vous ayez à me proposer...

— J'étais terrifiée.

— Pourquoi ?

— De me retrouver seule.

— Comment cela ? Seule avec tous les habitants du château autour de vous ?

— Les gens de MacGregor, lui rappela-t-elle.

— Oui, et alors ? Vous étiez vous aussi une MacGregor, l'auriez-vous oublié ?

— Je ne suis pas née MacGregor.

— Et alors ? Vous pensiez que nous vous mettrions à la porte ? Non, vous saviez pertinemment que jamais nous n'aurions fait une chose pareille. Vous étiez chez vous à Kregora et cela pour toujours.

— Sans votre père ? Je n'ai jamais eu d'amis là-bas.

— La faute à qui ?

— La mienne, probablement. Votre père était toute ma vie... Sans lui, je n'étais plus rien.

— Et vous pensez que cela vous donnait le droit de voler mon héritage ?

— Non, non. J'ai commis une erreur. Mais je n'ai pas réfléchi aux conséquences de mon acte. J'avais tellement peur de me retrouver sans le sou. Croyez-moi, j'ai souvent regretté mon geste.

— N'avez-vous pas eu tout le loisir de vous racheter durant ces dernières années ? Si, bien sûr ! Pourtant, aujourd'hui, j'attends encore de revoir les bijoux des MacGregor, ainsi que l'argent.

Elle blêmit.

— Je sais, mais j'étais convaincue que j'en avais plus besoin que vous. Vous étiez jeune, après tout. Et vous étiez un homme, à même de gagner votre vie, ce dont j'étais incapable.

— Vous oubliez que je n'étais pas seul. À la mort de mon père, il allait de ma responsabilité de veiller sur mon clan, d'entretenir Kregora. Et comment vouliez-vous que j'y parvienne sans argent ?

La femme se mordit les lèvres.

— Yan, il faut que vous compreniez ! Je suis née pauvre. Mon père était un alcoolique doublé d'un joueur invétéré. Ma mère est morte alors que je n'étais encore qu'un bébé. Je ne pourrais compter toutes les fois où nous n'avions même pas de quoi manger. Je ne voulais plus vivre un tel enfer. Votre père a été ma planche de salut. Lui parti, j'étais désespérée.

— Peu importe vos raisons, Winnifred. Vous ne vous êtes pas contentée de me voler, vous avez ruiné le clan tout entier. Je veux que vous me rendiez tout, jusqu'au dernier penny, jusqu'au dernier bijou...

— Je n'ai plus l'argent.

Yan tenta tant bien que mal de conserver son calme. Quand il songeait à tout l'argent dérobé, à ces années passées... Personne ne pouvait dépenser une telle fortune en trois ans... à moins de vivre dans un luxe tapageur.

— Vous ne l'avez plus ? gronda-t-il, ses yeux lançant des éclairs.

— Je ne comptais pas tout dépenser. Je me suis même enfermée dans un petit cottage à Bath pendant plus d'un an, sans sortir, sans rien faire. Mais je m'ennuyais. J'avais besoin de revoir des gens. Alors j'ai décidé de jouer la veuve fortunée, sous un nom d'emprunt, et je me suis rendue dans le Northumberland où j'ai acheté une maison pour pouvoir recevoir décemment. Et j'ai joué un peu, pas beaucoup, mais... je ne suis pas très douée pour les paris, pas plus que ne l'était mon père...

— Cela suffit! Sacredieu! vous parlez de plusieurs milliers de livres! Vous ne pouvez quand même pas avoir tout dilapidé...

— J'ai toujours les bijoux, l'interrompit-elle, visiblement terrifiée. Enfin... quelques-uns. Récemment, il a fallu que je me sépare de certaines pièces. Et puis j'ai acheté une maison. Je serais heureuse de vous l'offrir dès que je serai mariée.

— Heureuse de me donner une maison que vous avez payée avec mon argent?

Il n'en croyait pas ses oreilles. Cette femme ne réalisait même pas l'absurdité de ses propos. Frivole, égocentrique, stupide, elle était tout à la fois...

— Je suis certaine, continuait-elle, que mon fiancé ne m'en tiendra pas rigueur si je me sépare de cette maison. Je pourrais même lui demander de vous rembourser ma dette. Il est si bon... et il est surtout très riche. Il ne sera pas à quelques livres près...

— Nous parlons de cent mille livres!

— Eh bien, il n'est pas à cent mille livres près.

La porte s'ouvrit à cet instant et Kimberly passa la tête dans l'entrebâillement.

— Vous rendez-vous compte que tout le monde peut vous entendre ?

— Qu'ils m'entendent, cela m'est complètement égal ! riposta Yan, ivre de rage. Cette femme a dilapidé la quasi-totalité de mon héritage. Et elle a l'audace de suggérer que son fiancé me rembourse sa dette.

— À votre place, je n'y compterais pas, déclara Kimberly. Cette femme va épouser mon père...

40

— Je trouve cela plutôt amusant, fit remarquer Megan en glissant à bas de sa monture, avant de tendre les rênes au jeune palefrenier qui s'était approché.

Son époux et elle revenaient d'une longue promenade, durant laquelle elle lui avait exposé les derniers démêlés concernant l'affaire MacGregor-Richards.

D'ordinaire, la duchesse profitait des premières heures de la matinée pour une promenade dans la campagne encore endormie, mais cette fois elle avait attendu que son époux en eût fini avec ses dossiers, impatiente de lui dévoiler le nouveau scandale.

— Et que trouvez-vous amusant ? demanda-t-il en lui prenant le bras pour la reconduire au manoir. Que je doive une nouvelle fois m'excuser auprès de l'Écossais ?

— Non, non, pas cela...

Elle s'arrêta et dévisagea son mari, surprise.

— Mais pourquoi lui devriez-vous des excuses ?

— J'ai refusé de croire à son histoire d'héritage volé. J'ai pensé qu'il s'agissait d'une ruse pour s'attirer notre sympathie.

— Si vous ne lui en avez jamais rien dit, vous n'avez aucune raison de vous excuser.

— C'est là que vous vous trompez. Depuis le début, les préjugés que j'avais sur lui m'ont empêché de le traiter comme il se devait. Jamais je ne lui aurais sauté à la gorge en apprenant le vol des chevaux, jamais...

— Vous vous sentez coupable, n'est-ce pas ?

Il opina sèchement du bonnet.

— Plus que vous ne le pensez.

— Qu'importe ce que vous pourriez dire à MacGregor aujourd'hui, il ne renoncera pas à punir la veuve Marston.

— Mais comment ?

— Je n'en ai malheureusement pas la moindre idée. Je ne suis même pas certaine que MacGregor le sache lui-même. La veuve Marston est une telle idiote, elle mérite d'être châtiée comme une enfant. Pour l'instant, il l'a enfermée dans sa chambre et a demandé à ses compagnons de jouer les sentinelles devant sa porte. Elle n'ira nulle part tant que cette affaire ne sera pas réglée.

— Et que dit le comte d'Amburough de tout cela ?

— Je ne crois pas qu'il soit au courant... Espérons que quelqu'un acceptera rapidement de lui en parler. Mais, admettez-le, c'est un sujet plutôt difficile à aborder avec Cecil Richards.

— Ne comptez pas sur moi, Megan. Hier soir, j'ai déjà dû essuyer sa colère, et je vous assure que cette tâche ne m'enchantait pas.

— Lord Richards est l'homme le plus détestable qu'il m'ait été donné de rencontrer. Le plus étonnant est que Kimberly n'ait perdu ni son innocence, ni sa générosité à son contact. Je suis heureuse qu'elle épouse l'Écossais. Il saura apporter la joie dans sa vie et Dieu sait qu'elle en a besoin.

Devlin haussa un sourcil interrogateur.

— Aurais-je manqué quelque chose, ma chérie ? J'aurais pourtant juré hier soir que le comte était définitivement opposé à ce mariage.

Megan eut un rire désinvolte.

— Oui, je sais, mais ils se marieront sans sa bénédiction.

— Vous croyez cela ?

— Absolument.

Kimberly attendait que Yan la rejoignît dans ses appartements, impatiente de savoir ce qu'il comptait faire au sujet de Winnifred. Tout à l'heure, il avait simplement escorté la veuve jusqu'à ses appartements, avant d'envoyer un serviteur appeler ses cousins pour qu'ils montent la garde devant sa porte. Puis il s'était éloigné, déclarant avoir besoin de réfléchir, et Kimberly avait regagné sa chambre pour songer à ce qu'elle dirait à son père.

La jeune femme n'irait pas par quatre chemins avec Cecil. Le comte pourrait tempêter tant qu'il le voudrait, elle n'avait pas l'intention de renoncer à son mariage.

Toutefois, les démêlés de la veuve Marston avec Yan devraient être abordés avec précaution. La jeune femme ne désirait pas blesser son père, aussi cruel fût-il avec elle.

Cecil aimait-il Winnifred ?

Kimberly en doutait fort. En fait, elle le croyait incapable de tout sentiment. Il avait simplement besoin d'une hôtesse pour recevoir ses amis, diriger sa maison, sachant que Kimberly ne remplirait jamais ce rôle pour lui. Qu'il eût choisi la veuve n'avait rien d'étonnant... Elle était socialement acceptable et très populaire parmi ses voisins.

Serait-il bouleversé en apprenant que Winnifred avait été arrêtée et inculpée de vol ? Ou n'y verrait-il qu'un contretemps, l'obligeant à lui trouver une remplaçante ? Kimberly avait beau tourner et retourner ces questions dans son esprit, elles restaient sans réponse.

Le problème, c'est que Cecil avait passé beaucoup de temps à courtiser la veuve. Sans compter que tout le monde était au courant de leur liaison. S'ils ne se mariaient pas, le comte devrait fournir des explications. Et le connaissant comme elle le connaissait, il ne supporterait pas une situation aussi embarrassante.

Et si... si elle lui proposait la solution à tous ses problèmes ? Si elle lui offrait un marché, en quelque sorte ?

Kimberly vit l'occasion de soumettre sa proposition à son père bien plus tôt qu'elle ne le croyait car, à cet instant, la porte s'ouvrit à la volée et Cecil entra. Il était fou furieux.

— C'est la quatrième fois que je viens jusqu'ici pour vous voir, maugréa-t-il. Vous étiez tout le temps sortie. Vous ne pourriez pas rester tranquillement dans votre satanée chambre au lieu de traîner partout ?

— Que voulez-vous ? rétorqua-t-elle froidement.

— Je suis venu vous demander de faire vos valises. Nous partons aujourd'hui.

— Parlez pour vous.

— Je vous demande pardon?

— Vous pouvez partir si cela vous chante. Pour ma part, je reste. Tout du moins jusqu'au mariage.

— Auriez-vous déjà trouvé quelqu'un d'autre qui ait accepté de vous épouser? J'ai du mal à le croire. Qui est donc l'heureux élu?

— MacGregor. Je vais épouser l'Écossais comme prévu.

— Je vous l'interdis!

— Je le sais, mais cela ne change rien à ma décision, déclara-t-elle calmement.

— Comment osez-vous me défier ainsi? Vous n'êtes pas ma fille...

— Je suis pourtant votre seule fille.

— Vous ne l'êtes plus désormais, par tous les diables! Je vous renie. Vous m'entendez? Je vous renie!

— Oui, je le sais. Et puisque nous en parlons...

Kimberly se tut parce que son père lui tournait le dos à présent, serrant les poings de rage. De toute évidence, il pensait sérieusement ce qu'il venait de crier. Elle n'existait plus à ses yeux, elle n'avait même pas un adieu à attendre de sa part. Il s'éloignait déjà vers la sortie...

Elle perdit son calme.

— Arrêtez-vous tout de suite, Cecil! Je ne vois pas pourquoi je vous épargnerais... Que vous épousiez ou non Winnifred, après tout, cela m'est égal.

Il fit volte-face, le visage déformé par la fureur.

— Cela vous est égal? Eh bien, tant mieux! Je ne vous demande pas votre avis!

— C'est vrai et, d'ailleurs, je ne m'intéresse pas à votre vie. Mais là n'est pas le problème. Je voulais simplement vous prévenir que Winnifred est en fâcheuse posture et risque fort de finir...

— De quoi diable parlez-vous ?

— Si vous ne m'interrompiez pas, je pourrais peut-être vous expliquer... Voilà, il y a de cela quelques années, elle a volé une grosse somme d'argent à son fils adoptif — plus de cent mille livres — ainsi que de précieux bijoux avant de prendre la fuite. En amenant cette femme ici, vous avez permis à son fils adoptif de la retrouver. Il pourrait vous en remercier, mais j'en doute, puisqu'il s'agit en l'occurrence de Yan MacGregor.

Cecil se pétrifia, mais seulement l'espace d'une seconde, car déjà il recouvrait son aplomb et lançait d'un ton accusateur :

— Quel tour essayez-vous de me jouer ? Vous pensez vraiment que je vais avaler ces sornettes ?

— Je me moque que vous me croyiez ou non. J'ai pensé que vous aviez le droit de savoir qui était réellement votre fiancée. Et qu'elle risquait de croupir en prison durant plusieurs années pour ce méfait.

— Il n'y a pas de méfait ! Et je refuse d'écouter...

— Elle l'a avoué elle-même, père. Comme elle a admis qu'il ne restait plus rien de l'argent volé. Tout a été dilapidé. Elle rendra les bijoux à Yan, ainsi que sa demeure, mais je doute fort qu'il se contente de si peu. Il s'agit d'une somme trop importante. Pour l'instant, il n'a pas encore pris de décision, et peut-être serait-il bon que vous lui parliez...

Un instant, elle devina son hésitation. Le comte fixait le sol, l'air songeur.

— Comment a-t-elle pu faire une chose aussi stupide ? murmura-t-il.

C'étaient certainement les paroles les plus sensées qu'elle l'eût entendu prononcer. Des paroles qui l'émurent malgré elle.

— Elle avait certainement ses raisons, répondit-elle avec tact quand elle brûlait de lui répliquer qu'il ne pouvait attendre autre chose d'une femme aussi sotte que Winnifred. Je suis sûre qu'elle vous l'expliquera. Elle aura certainement besoin d'une épaule pour épancher son chagrin...

Il se renfrogna mais, sous ce masque haineux, elle perçut sa vulnérabilité.

— L'Écossais est-il déterminé à envoyer Winnifred en prison ? demanda-t-il enfin, s'éclaircissant la voix. Ou peut-on trouver un arrangement ?

Kimberly cilla. Elle faillit s'esclaffer. Jamais elle n'aurait imaginé un jour marchander avec son père. Aurait-il encore l'intention d'épouser la veuve ? Probablement...

41

Il fallut plus d'une heure à Kimberly pour retrouver Yan qui, comme à son habitude, déambulait sans but à travers le parc. Elle le découvrit remontant l'allée depuis le lac.

Yan n'avait pas dû y rester très longtemps. Un vent glacial, insoutenable, ébouriffait l'herbe autour de l'étendue d'eau. Les mains enfoncées dans les poches de son pantalon, il blottissait son visage dans son manteau, espérant ainsi se dérober à la froidure mordante. Quand il aperçut la jeune femme, il la gratifia d'un tendre sourire.

— Chérie, auriez-vous pitié de moi ? demanda-t-il sans autre préambule.

— Comment cela ?

— Je suis en quête d'un peu de chaleur.

Sans attendre une réponse, il glissa avec audace les mains à l'intérieur du manteau de la jeune femme et l'attira contre lui. Kimberly frissonna tandis que ses doigts glacés couraient dans son dos. Elle l'entendit s'esclaffer.

— Désagréable, n'est-ce pas ?

— Non, souffla-t-elle en rougissant. Mais j'ai bien peur de ne pouvoir vous réchauffer. Vous auriez besoin d'un bon feu et de...

— Vous seriez surprise, lui murmura-t-il à l'oreille, de savoir avec quelle rapidité vous pouvez me réchauffer.

Kimberly frissonna de nouveau, et le froid n'y était pour rien. Mais lorsque Yan frôla son visage de son nez glacé, elle poussa un petit cri et recula d'un bond.

— D'accord, concéda-t-il en feignant la déception. J'allumerai un feu.

— Vous auriez pu vous habiller plus chaudement, commenta-t-elle gentiment comme il glissait une main sous son bras pour la raccompagner vers le manoir.

— Il fait doux comparé au climat qui sévit en cette saison dans les Highlands.

— Peut-être, mais depuis combien de temps êtes-vous dehors à vous promener ?

— Depuis que je vous ai quittée tout à l'heure.

Elle secoua la tête.

— Vous aurez beaucoup de chance si ce soir vous n'êtes pas cloué au lit avec une fièvre de cheval.

— Eh bien, ce sera à mon tour de vous donner mon rhume.

Kimberly s'empourpra. Elle ne se rappelait que trop comment il avait contracté son mal en l'embrassant. Elle décida de changer de sujet.

— J'ai parlé à mon père, déclara-t-elle.

Yan passa un bras autour de ses épaules d'un geste protecteur.

— Je suis désolé, chérie. Cela a dû être difficile, n'est-ce pas ?

— Non, mais...

Il l'interrompit avec douceur :

— Vous n'avez pas besoin de me ménager, vous savez.

— Peu m'importe de le revoir un jour et je suis certaine qu'il en est de même pour lui. Mais il ne m'a pas complètement désavouée. Il en avait l'intention au départ mais, curieusement, il a changé d'avis.

— Il a compris qu'en vous déshéritant, il s'exposerait à un scandale, n'est-ce pas ? J'espérais bien qu'il y renoncerait.

La jeune femme grimaça un sourire.

— Il aurait pu mettre sa menace à exécution, car il ne réfléchit plus quand il est en colère. Et il se moque alors des conséquences.

Yan s'écarta pour la dévisager, visiblement intrigué.

— Vous avez réussi à lui faire entendre raison ?

— Je dirais plutôt que j'ai marchandé.

— Et qu'avez-vous dû négocier ?

— Vous.

Elle se mit à rire devant son expression stupéfaite, soudain décidée à le taquiner un peu. Glissant un bras sous celui de Yan, elle l'entraîna de nouveau vers la demeure ducale. Sur quelques mètres seulement, car il s'arrêta.

— Vous ne croyez quand même pas vous en sortir sans un mot d'explication, Kim ?

— Eh bien... c'est un peu délicat...

Il croisa les bras, attendant la suite. Comme elle gardait le silence, il la considéra, interloqué. Le sourire qu'elle esquissa alors lui fit comprendre qu'elle se moquait de lui. Il voulut l'attraper, mais elle se déroba et prit ses jambes à son cou.

Bien entendu, il était stupide de croire qu'elle pourrait le distancer sur plus de quelques mètres. Mais elle n'imaginait tout de même pas finir étalée sur le sol, clouée sous le poids de son compagnon d'une manière plutôt inconvenante.

— Vous êtes fou ! le gronda-t-elle en essayant de se relever, sans succès. Nous ne sommes plus des enfants, vous le savez bien.

— Quand je serai vieux, chérie, je m'aiderai d'une canne pour marcher et je passerai mes longues soirées d'hiver à compter les rares cheveux qu'il me restera sur le crâne. Mais, jusque-là, je n'ai pas la moindre envie de cesser de jouer avec vous !

La jeune femme lui décocha un regard outré, mais la mine enfantine de Yan lui fit bientôt oublier toute son irritation. Et puis, il y avait tant de chaleur dans ses prunelles vertes qui la retenaient prisonnière... Il était impossible d'y résister.

Se penchant, il l'embrassa, cédant à un désir qui la consumait elle aussi, tandis qu'il glissait une main glacée sous ses jupons, lui arrachant des frissons.

L'instant d'après, il quittait la douceur de ses lèvres et l'enveloppait d'un regard malicieux.

— On ne s'amuse pas à de tels jeux dehors, au beau milieu de l'hiver, souffla-t-il tendrement.

— Sans compter que quelqu'un aurait pu nous surprendre.

— Cela ne me dérange aucunement.

— Moi, si.

— Plus pour longtemps, chérie. Je vous propose d'y remédier dès que nous serons à la maison.

Elle rougit. Si elle devait vivre à ses côtés pour le restant de ses jours, il lui faudrait pourtant s'habituer à ses plaisanteries et perdre cette habitude de s'empourprer pour un oui ou pour un non.

Il retrouva soudain son sérieux.

— Alors avant que je vous rende votre liberté, vous allez me dire ce qui s'est passé avec votre père. À moins que vous n'ayez déjà oublié pourquoi vous êtes allongée ici, dans cette position pour le moins inconfortable.

Il avait vu juste : sa conversation avec Cecil lui était totalement sortie de l'esprit.

— Eh bien ?

— Eh bien, je lui ai parlé du petit problème de Winnifred.

— Du petit problème ? répéta Yan en se renfrognant.

Elle soupira.

— Très bien, du grand problème. De l'énorme problème. Et je lui ai suggéré, s'il voulait toujours épouser cette femme, de vous rembourser ce qu'elle vous doit. Vous pourriez peut-être alors accepter d'oublier toute cette histoire.

— Il a dû rire de cette proposition, je suppose ?

— Non, pas le moins du monde. Mon père va vous donner la moitié de l'argent. Je donnerai la différence.

— Il va vraiment me donner cet argent, en espérant me voir pardonner ces années de privations et de soucis ? (Un instant, Yan se tut.) Et comment vous chargerez-vous de la différence ? reprit-il bientôt, l'air stupéfait. Vous avez de l'argent ?

— Oui.

Brusquement, il sourit.

— Vraiment ?

Il semblait si surpris qu'elle ne put s'empêcher de rire.

— Oui, vraiment.

— Et quand comptiez-vous m'en parler ?

— Une fois que nous aurions été mariés, j'imagine. Je vous offrirai la moitié de la somme. Cecil est prêt à épouser Winnifred, même après ce qu'elle a fait. Alors si vous acceptez de tirer un trait sur cette histoire, il ne me désavouera pas... officiellement en tout cas. Mais il n'y aura pas de dot. Il refuse catégoriquement d'en faire cadeau à un Écossais.

Elle ponctua ses paroles d'un rire franc.

— Qu'y a-t-il encore ? s'impatienta son compagnon.

— Je ne lui ai rien dit, mais qu'il vous rembourse la dette de Winnifred ou qu'il me donne une dot, cela revient au même. Il risque d'avoir une attaque quand il le comprendra... Alors, que

pensez-vous de ce marché ? Il vous semble cor-
rect ?

Yan se frotta la joue d'un air pensif.

— Je n'en sais rien, chérie. Je vais devoir y
réfléchir... longuement.

Elle se renfrogna.

— Vous avez l'intention de le faire attendre,
n'est-ce pas ?

Il ouvrit de grands yeux, avec une innocence
affectée.

— Pourquoi le ferais-je ? Après tout, cet
homme ne m'a rien fait, si ce n'est qu'il me hait
et ne veut pas que j'épouse sa fille unique,
ironisa-t-il. Peut-être mériterait-il qu'on lui
rabatte le caquet ?

— Absolument, très cher.

Yan eut un sourire insolent.

— Vous croyez bien me connaître, je me
trompe ? Eh bien, cette fois, vous avez vu juste.

42

Kimberly n'avait pas jugé l'idée de faire
attendre son père très judicieuse, mais Yan
n'avait pas tort : Winnifred méritait d'être sur le
gril quelque temps encore. Si Yan faisait preuve
d'indulgence et acceptait de se taire en échange
de la restitution de l'argent et des bijoux — ce
dont la jeune femme ne doutait pas un instant
—, la veuve Marston serait laissée impunie.

La faire attendre, claquemurée dans sa
chambre, à se ronger les sangs, serait la seule
punition qu'elle recevrait pour ses méfaits. Ce

n'était que peu de chose comparé aux ennuis qu'elle avait infligés aux MacGregor, mais c'était toujours mieux que rien.

Son père, cependant, supportait mal cette attente. Il était d'une humeur massacrante. Fort heureusement, il garda la chambre la majeure partie du temps, préférant la compagnie de sa fiancée à celle de ses hôtes.

Kimberly n'avait pas interrogé Yan, mais elle était persuadée qu'il ne donnerait pas sa réponse avant leur mariage, ce qui ne ferait qu'accroître encore la colère de Cecil. Car elle ne doutait pas que ce dernier aurait préféré être parti lorsqu'elle défierait sa volonté.

Bien sûr, il ne serait pas obligé d'assister à la cérémonie, ce qui de toute façon n'avait pour Kimberly aucune importance. Tant que Yan restait près d'elle...

Noël approchait et Megan suggéra que les deux tourtereaux profitent de cette fête avant de songer au mariage.

Kimberly n'y trouva rien à redire. Bien au contraire. Elle avait tant à faire entre ses emplettes et les lettres qu'elle souhaitait écrire à ses quelques amis dans le Northumberland pour leur expliquer qu'elle n'y reviendrait jamais. Et surtout, elle devait rédiger une longue missive pour la gouvernante des Richards, lui demandant de réunir tous ses effets et de les envoyer dans les Highlands, là où elle vivrait dorénavant.

Parmi ses effets, le plus important demeurait les affaires qu'avait possédées sa mère ainsi que certaines pièces qui décoraient la demeure depuis tant d'années. Comme le tableau de maître trônant au-dessus de la cheminée dans le salon, la vaisselle de porcelaine et l'horloge en chêne massif qui appartenait depuis le début du XVIIIᵉ siècle à la famille de sa mère.

Ces meubles ne comptaient pas aux yeux de son père. Pour elle, il s'agissait de véritables trésors dont elle n'aurait pu supporter de se séparer.

Quand elle avait confié à Cecil la liste des objets qu'elle désirait récupérer, il s'était borné à hocher la tête avant de lui tourner le dos, lui signifiant en silence son congé. Comme il l'avait fait si souvent par le passé...

Noël arriva bientôt, et se révéla une journée de liesse et l'une des plus belles fêtes que Kimberly eût jamais vécues. Elle avait acheté un présent pour chacun des St. James et offert une boîte de cigares à son père qui, lui, n'avait pas songé, comme d'habitude d'ailleurs, à lui faire un cadeau.

Mais elle n'attendait rien de sa part, pas plus aujourd'hui qu'hier. Et personne n'aurait pu entacher le bonheur de cette journée, grâce à Yan qui n'eut de cesse de la taquiner et de l'embrasser.

Celui-ci éclata de rire quand Kimberly lui tendit une canne, se rappelant le jour où il y avait fait allusion.

— Si vous ne voulez pas en recevoir un coup, vous avez tout intérêt à ne pas essayer de compter mes derniers cheveux!

Elle jeta un coup d'œil à l'épaisse chevelure sombre de l'Écossais.

— Vous allez bientôt les perdre? Ce n'est pas bien grave. On fait de très belles perruques, vous savez.

Pour toute réponse, Yan sortit une ombrelle de dessous son manteau et la lui offrit avec un sourire radieux.

— Quelle délicatesse d'y avoir songé! s'exclama-t-elle avec ironie.

— Pour vous, je suis prêt à tout.

Il ne plaisantait pas, elle le lut dans ses yeux tandis qu'il sortait de sa poche une petite boîte.

— Je vous l'avais achetée avant que votre père n'arrive.

Kimberly ouvrit son présent et découvrit une magnifique bague, dans un écrin de velours noir. Ce bijou serti d'une émeraude avait dû coûter cher, or elle savait Yan sans le sou.

— Comment avez-vous pu? demanda-t-elle en levant des yeux brillants d'émotion.

Il haussa les épaules d'un air négligent.

— J'ai vendu mon cheval. Je ne suis pas un bon cavalier de toute manière, alors cette bête ne me manquera pas. Peut-être accepterai-je les trois montures que le duc souhaite tant me donner, juste pour rentrer à la maison.

Devant cette superbe émeraude, Kimberly eut les larmes aux yeux. Jamais Yan n'aurait dû faire cette folie. Il aurait pu attendre de pouvoir se permettre un tel présent. Mais non, il avait voulu lui demander sa main dans les règles de la tradition, et elle lui en était infiniment reconnaissante. Elle se promit de chérir cette bague plus que tout autre bijou.

Mais pour ne pas pleurer et prendre le risque de se ridiculiser, elle songea aux trois montures qu'avait offertes Devlin St. James.

— Je m'en suis chargée, déclara-t-elle mystérieusement.

— Chargée de quoi?

— J'ai accepté ces chevaux. Ils seront merveilleux sur un champ de courses, j'en ai la certitude.

— J'espère que vous dites vrai, ma chérie. Les
MacGregor n'ont jamais eu de chance avec
l'argent. Peut-être qu'aujourd'hui le destin va
enfin nous sourire...

43

Depuis le début de l'après-midi, Kimberly s'en
remettait aux mains expertes de Mme Canterby.
L'une des nouvelles robes que la couturière avait
créées pour elle, embellie de quelques rubans et
dentelles précieuses, conviendrait parfaitement
pour la cérémonie de mariage qui aurait lieu le
lendemain matin dans la chapelle de Sherring
Cross.

Alors que les dernières retouches s'achevaient,
une jeune servante fit irruption dans la pièce qui
tenait lieu d'atelier, pour demander à Kimberly
un entretien en privé. Une fois dans le couloir, la
domestique lui raconta à mi-voix qu'elle s'était
présentée chez Cecil, un peu plus tôt, pour net-
toyer sa chambre, mais qu'à travers la porte elle
l'avait entendu pleurer et avait préféré rebrousser chemin plutôt que de le déranger et d'encourir ses foudres.

— Pleurer ? s'étonna Kimberly, incrédule.

— Oui, m'dame.

— Tu es certaine ?

— Oui, m'dame, répéta la servante en
hochant la tête avec détermination, comme si

elle pensait pouvoir par son geste persuader Kimberly.

La jeune femme n'en croyait pas ses oreilles. Son père pleurant comme une madeleine... Quelle ineptie! La domestique devait s'être trompée.

Elle soupira

— Très bien. Je lui rendrai visite dès que je me serai changée. Merci de m'avoir prévenue.

Kimberly ne se pressa pas pour autant. Et quand, une heure plus tard, elle quitta enfin l'atelier de Mme Canterby, elle faillit rejoindre directement sa chambre au lieu de gagner les appartements dévolus à son père, à l'autre bout de la demeure.

Atteignant la chambre de Cecil, elle colla l'oreille au battant... mais ne distingua aucun bruit. Elle frappa doucement. Aucune réponse. Alors, piquée par la curiosité, elle ouvrit la porte et... elle aperçut son père, affalé sur un fauteuil, la tête entre les mains. Il portait une robe de chambre, comme si, de toute la journée, il n'avait même pas pris la peine de s'habiller.

La surprise la cloua sur place.

— Vous allez bien? demanda-t-elle avec inquiétude.

Sa voix le fit sursauter. La main de Cecil retomba, révélant des yeux rougis...

— Bien? cracha-t-il. Assurément. Pourquoi irais-je mal?

Kimberly cilla devant une telle violence. De plus, sa voix était étrange, pâteuse. C'est alors qu'elle remarqua, au pied de la chaise, une bouteille de cognac vide.

Il était ivre mort. Incroyable! Cecil Richards qui mettait toujours un point d'honneur à ne pas boire plus que de raison quand il n'était pas chez lui... un seul verre de vin à table, tout au plus un digestif après le dîner, lorsque ses hôtes insistaient...

Kimberly ne l'avait jamais vu dans un tel état. Cette découverte était si inopinée... et déconcertante.

Trop déconcertante pour ne pas poser la question qui lui brûlait les lèvres :

— Pourquoi avez-vous bu toute la journée ?

— J'ai... bu ?

Elle fronça les sourcils.

— Je crois, oui.

— Alors, j'ai bu. Et pourquoi pas, quand ma mauvaise fille que je comptais marier à un noble parti n'en fait qu'à sa tête ?

Ainsi, c'est ce qu'il pensait ? Savoir qu'elle épouserait un Écossais envers et contre tout avait eu raison de sa placidité coutumière.

— Vous me rappelez Ian, poursuivit-il d'un air dégoûté.

— Ian ? Qui est-ce ?

Cecil se baissa pour récupérer la bouteille de cognac à ses pieds, la manqua avant de se redresser tant bien que mal.

— Ian MacFearson ! Mon meilleur ami, enfin c'est ce que je croyais... Vous ne le connaissez pas. Il ne vaut d'ailleurs pas la peine d'être connu. Remerciez plutôt le Ciel de ne l'avoir jamais rencontré.

Son meilleur ami ? Elle ne connaissait aucun ami à son père, si ce n'était Thomas, le père de Maurice, en réalité plus un associé qu'autre chose. Son cynisme et sa froideur lui valaient surtout des ennemis, et ceux qui le croisaient ne s'avisaient pas de l'approcher. Apparemment la mort d'Ellie, la seule femme qu'il eût aimée, lui avait fait tourner le dos au monde, et cela bien avant son mariage d'intérêt avec Melissa et la naissance de Kimberly.

Mais, après tout, elle se moquait du passé de son père. Elle se demandait seulement comment le convaincre de se coucher sans déclencher les hostilités.

— Que faisait Ian quand il buvait trop? s'enquit-elle poliment. Il dormait?

Cecil s'empourpra comme si ces paroles avaient aiguillonné sa colère. Kimberly s'apprêtait donc à baisser pavillon et à battre en retraite quand il laissa exploser sa fureur :

— Ce qu'il a fait? Ce qu'il a fait? Il m'a volé mon Ellie, voilà ce que ce misérable a fait... et il l'a tuée. Qu'il aille rôtir en enfer!

Dieu du Ciel! Parlait-il de l'Écossais qui avait provoqué la mort de son seul amour?

— Ian était écossais? Vous aviez un Écossais pour meilleur ami?

Il la fusilla du regard.

— Il y a des siècles de cela. Mais oui, j'ai commis cette erreur de jeunesse. Que Dieu me pardonne...

— Je ne comprends pas. Pourquoi vous l'aurait-il volée si vous étiez son ami?

— Parce que lui aussi l'aimait. Et il se gardait bien de le dire, jusqu'à la mort d'Ellie en tout cas. J'aurais dû l'étrangler de mes propres mains. J'ai toujours regretté de n'en avoir rien fait.

Kimberly n'avait jamais été au courant de ce qui s'était réellement passé, glanant çà et là quelques bribes d'informations qui tombaient en général quand son père se mettait en colère contre sa mère. Lui expliquerait-il aujourd'hui de quoi il en retournait vraiment ?

— Comment est-elle morte ?

— Ian MacFearson était ivre. Jamais il n'aurait eu le courage de s'enfuir avec elle s'il avait eu toute sa raison. Il l'a enlevée aux premières lueurs de l'aube, l'emportant vers la frontière écossaise. Elle est tombée de son cheval, elle est morte sur le coup. En fait, je suis certain qu'elle s'est suicidée, parce qu'elle ne supportait pas d'être déshonorée par un mécréant. Il a clamé haut et fort qu'il ne s'agissait que d'un accident, que le cheval d'Ellie s'était pris le pied dans une racine et l'avait désarçonnée.

Cecil ponctua son récit d'un reniflement méprisant.

— Ce n'était qu'un vil menteur, une sale vermine...

— S'il l'aimait lui aussi, pourquoi aurait-il voulu sa mort ? Il devait être tout aussi bouleversé que vous.

— Il m'en voulait. Pourquoi sinon aurait-il souhaité se venger ?

— Se venger ?

— Oui, Ellie n'étant plus, il me fallait trouver une épouse. Il n'y avait aucune raison d'attendre, puisque j'étais certain de ne plus jamais pouvoir aimer. Alors j'ai choisi Melissa. Ian a attendu patiemment que nous soyons officiellement fiancés pour séduire ta mère. Il voulait que je sache ce que cela faisait d'aimer une femme qui en aimait un autre. C'était sa manière de se venger puisque, autrefois, Ellie me préférait à lui. Et cela a marché. Je suis sûr que Melissa l'a aimé jusqu'à sa mort.

Se pouvait-il que ce fût vrai ? Kimberly n'ignorait pas qu'il n'y avait jamais eu d'amour entre ses parents, aucune complicité. Ils vivaient simplement sous le même toit, sans même s'adresser la parole. Durant toutes ces années, sa mère en aurait-elle aimé un autre ?

Cecil partit d'un rire mauvais avant d'ajouter :

— Malgré les apparences, ce fut lui, le dindon de la farce, car je n'aimais pas Melissa. Je l'ai épousée parce que j'avais besoin d'une femme à mes côtés et je me fichais bien de savoir qui elle était. Ian est rentré en Écosse sans même savoir qu'il vous avait laissée derrière lui, l'idiot.

Kimberly se raidit.

— Que voulez-vous dire par me laisser derrière lui ?

Cecil sursauta, manifestement surpris par sa question.

— Vous avez décidé d'épouser l'Écossais contre mon gré. Il n'y a donc aucune raison pour continuer à vous dissimuler la vérité.

— Quelle vérité ?

— Vous n'êtes pas ma fille. Vous avez les mêmes yeux que votre père, les mêmes cheveux, la même bouche... le même sourire. Ce sourire que je déteste tant parce qu'il me rappelle cet homme. Qu'aurais-je pu faire, sinon vous reconnaître ? Je n'espérais pas avoir un héritier de Melissa, je ne supportais même pas de la toucher, connaissant ses sentiments pour Ian. Mais je ne pouvais pas divorcer. Vous imaginez le scandale ? Non, j'étais coincé entre elle et puis... vous.

Kimberly hocha lentement la tête, éberluée.

— C'est impossible. Mère me l'aurait dit.

— Ne soyez pas stupide. Je lui avais fait promettre de se taire, en échange de quoi je ne vous mettais pas à la rue en révélant la vérité.

Il n'était pas son père. Il n'était pas son père!
Il n'était pas... Ce refrain courait dans son
esprit. Et tout à coup le sentiment de culpabilité, qui ne l'avait jamais quittée depuis
l'enfance, de ne rien éprouver pour Cecil s'en
allait brusquement. Elle faillit même sourire
tant son soulagement était grand.

Ce n'était pas son père et elle en était... heureuse.

Jamais il n'avait dévoilé le secret jusqu'à ce
jour. Mais, le connaissant comme elle le
connaissait, Kimberly doutait que seule la promesse de sa mère l'eût contraint à garder le
silence. Non, il ne désirait probablement pas
ébruiter cette affaire : après tout, sa femme
l'avait trompé avec un autre...

— Est-il encore en vie?

— Qui?

Cecil avait fermé les yeux, comme vaincu par
l'alcool. Kimberly n'avait pourtant pas l'intention de quitter cette pièce sans obtenir une
réponse à sa question.

— Ian MacFearson. Est-il encore vivant?

Il se redressa, se frottant les yeux.

— Je ne l'espère pas. J'espère qu'à l'heure
qu'il est il rôtit en enfer...

— Mais vous n'en êtes pas sûr?

— Vous pensez retrouver sa trace? Il ne vous
remerciera pas de lui révéler qu'il a une fille déjà
en âge de se marier. Il n'aimait pas votre mère.
Il ne l'a séduite que parce qu'il croyait me blesser. N'imaginez surtout pas qu'il accepterait de
vous connaître aujourd'hui!

Il avait probablement raison. Mais si cet
homme était encore de ce monde, quelque part
en Écosse, elle pourrait au moins lui rendre

visite et lui dire qu'elle était sa fille. Elle devait savoir qui il était, découvrir l'affection et l'intérêt d'un vrai père, tout l'opposé de Cecil Richards, tout ce qui lui avait manqué pendant ces années.

Elle soupira en son for intérieur. Non, peut-être valait-il mieux tout ignorer...

Kimberly se tourna vers la porte, mais elle s'arrêta un instant, jetant un coup d'œil à Cecil par-dessus son épaule.

— Vous devriez vous coucher et dormir tout votre soûl. Demain matin, vous...

Elle se tut, se rappelant tout à coup les raisons qui l'avaient amenée ici.

— Pourquoi pleuriez-vous ?

— Pleurer, moi ?

Il avait bondi de son fauteuil, avec une agilité étonnante pour un homme ivre.

— Non, je riais plutôt en songeant à la tête que ferait l'Écossais en apprenant qu'il a épousé une bâtarde !

Il mentait et, de toute évidence, n'avait pas l'intention d'admettre qu'il avait pleuré. L'alcool avait dû le rendre mélancolique au point d'épancher son chagrin sur l'amour de sa vie, tragiquement disparu.

À sa menace, elle répondit par un sourire angélique.

— Je vais vous éviter cette besogne. Yan sera, je n'en doute pas, heureux de savoir que du sang écossais coule dans mes veines.

44

— Nessa a encore écrit, annonça Ranald en posant l'enveloppe sur le bureau de Yan.

— Encore ? s'écria ce dernier.

— Oui.

Yan soupira. Nessa avait décidément grand-peine à supporter l'idée de le voir marié. Quelques mois plus tôt, elle avait crié, hurlé et l'avait même supplié de ne pas aller chercher une épouse en Angleterre. Elle avait refusé d'écouter quand, pour la énième fois, il lui avait expliqué qu'il ne pouvait l'épouser, que ce serait comme s'il épousait sa propre sœur. La jeune fille avait tout essayé pour le faire changer d'avis, allant même jusqu'à proposer de trouver elle-même l'argent dont il avait besoin.

Et depuis deux semaines, elle lui envoyait des lettres à Sherring Cross, répétant chaque fois la même chose, le suppliant de rentrer à la maison, racontant qu'elle avait de l'argent, sans expliquer comment elle s'était débrouillée pour l'obtenir.

Ce n'était qu'un mensonge, bien sûr. Jamais elle n'aurait pu réunir une somme suffisante pour subvenir aux besoins du clan. Et même si elle ne mentait pas, cela ne changeait rien. Yan avait enfin trouvé la femme de sa vie et il était prêt à l'épouser sans dot.

Alors il n'avait jeté qu'un bref coup d'œil à la première lettre de Nessa, et avait demandé à ses cousins de lire les suivantes. Ce qu'ils avaient fait, toutefois gênés d'une telle mission.

— Tu n'as toujours pas l'intention de répondre cette fois-ci ? lui demanda Ranald sans pouvoir dissimuler sa curiosité, comme Yan ne manifestait aucun intérêt pour la missive posée devant lui.

— Alors que nous rentrons demain ? Non, c'est inutile. Lorsqu'elle verra mon épouse, elle se calmera.

— Je crains que cela ne se passe pas aussi bien, commenta Ranald avec une grimace ennuyée.

— Peut-être. Mais une chose est certaine, je ne supporterai aucune querelle sous mon toit.

— S'il n'y avait pas Nessa, je ne m'inquiéterais pas.

— Elle acceptera ma femme, de gré ou de force... ou elle ira vivre avec son oncle dans les Hébrides.

Ce soir-là, Yan se demanda si Kimberly n'avait pas eu vent des jérémiades de Nessa car elle semblait fort préoccupée. Peut-être était-ce tout simplement parce que la cérémonie de mariage aurait lieu le lendemain matin. L'angoisse des derniers instants, les doutes de la dernière heure... Les femmes avaient toujours une fâcheuse tendance à s'inquiéter quand il n'y avait aucune raison à cela.

— Qu'est-ce qui ne va pas, chérie ? finit-il par lui demander. Si vous me dites que vous avez changé d'avis, je vous amène sur-le-champ à Kregora où nous vivrons dans le péché jusqu'à ce que vous recouvriez vos esprits !

Elle esquissa un pâle sourire.

— Ce ne sera pas nécessaire... Je réfléchissais simplement.

— À quoi, je vous prie ?

— Connaissez-vous un certain Ian MacFearson ? questionna-t-elle.

Surpris, il écarquilla les yeux.

— Juste Ciel, où avez-vous entendu ce nom ?

— Vous le connaissez, alors ?

— Non... enfin, oui.

— Que voulez-vous dire ?

— Je ne le connais pas personnellement, mais j'ai entendu parler de lui. D'ailleurs, il n'y a personne dans les Highlands pour qui ce nom soit étranger. Certains se demandent même s'il existe vraiment, car les histoires qui circulent sur son compte sont plutôt étranges.

— Quelles sortes d'histoires ?

— Il a là réputation d'être le gredin le plus cruel de toute l'Écosse, capable de vous poignarder dès l'instant où il pose les yeux sur vous. Certains racontent qu'il n'a pas quitté sa demeure depuis plus de vingt ans et qu'il y vit comme un moine. D'autres disent qu'il n'a jamais été marié, mais qu'il compte plus de bâtards qu'on ne peut l'imaginer, tous aussi barbares que leur père. Ils s'amuseraient même à s'entre-tuer et MacFearson ne trouverait rien de mieux à faire que de les y encourager.

— Vous plaisantez, je suppose ?

— Ce ne sont que des légendes. Je ne crois pas qu'il y ait une once de vérité dans tout cela. Mais les mères de famille utilisent son nom pour effrayer leurs bambins, affirmant que ce Ian les donnera en pâture à ses fils s'ils ne se tiennent pas tranquilles. Je me rappelle que, lorsque j'avais quinze ans, j'ai cherché, avec mes cousins, à savoir où il habitait pour vérifier s'il existait vraiment.

— Et alors ?

— Nous ne l'avons jamais vu. Nous avons trouvé une maison que nous avons crue être la sienne, une vieille bâtisse sinistre située sur un promontoire rocheux, au nord du pays, entourée d'arbres aux troncs tourmentés, mais nous ne nous en sommes jamais approchés. Cet endroit donnait la chair de poule et pouvait abriter toutes sortes de lutins...

— Ou des sorcières édentées qui vous auraient cuits dans leurs marmites, suggéra-t-elle en souriant.

— Peut-être. En tout cas je n'ai jamais eu le courage d'aller vérifier... Alors, où avez-vous entendu ce nom ?

— Dans la bouche même de mon pè... de Cecil. Apparemment, Ian MacFearson compterait un autre bâtard.

Puis, avec un sourire gêné, elle ajouta :

— Moi-même.

Yan se mit à rire, mais brusquement il surprit l'air désespéré de la jeune femme et se mordit la lèvre.

— Vous ne plaisantez pas, n'est-ce pas ? fit-il en se rembrunissant.

— Non, et vous... vous semblez furieux. Furieux que je sois une bâtarde ?

Yan lui saisit la main qu'il porta à ses lèvres.

— Pourquoi serais-je furieux ? Il faut simplement que je m'habitue à cette idée.

— Je ne m'y habitue pas moi-même.

— Vous voulez dire que le comte ne vous l'a appris qu'aujourd'hui ? La veille de votre mariage ? Ce maudit...

— Cecil était hors de lui. Je ne pense pas qu'il ait eu l'intention de me le dire. Cela a dû lui échapper... et j'en suis heureuse. Jamais il ne s'est comporté comme un père avec moi et je comprends mieux pourquoi... J'ai cru que vous seriez content d'apprendre que je suis à moitié écossaise.

— Quel que soit le sang qui coule dans vos veines, cela n'a pas d'importance pour moi... même si le sang écossais est, j'en suis sûr, le meilleur. Et je suis soulagé, je dois bien l'avouer, que le comte ne soit pas votre véritable père. Je n'aurai plus à craindre que vous ne lui ressembliez un jour.

— Amusant.

— Trêve de plaisanteries. Êtes-vous certaine que vous êtes la seule fille de MacFearson ?

— La seule ? Je croyais qu'il avait d'innombrables bâtards.

— La légende veut que ce soient tous des fils, et de mères différentes.

— Seul Ian MacFearson pourrait nous le dire.

Yan réfléchit un instant.

— Et s'il s'agissait d'un complot ? Imaginez que le comte ait inventé cette histoire de toutes pièces pour que je renonce à vous épouser ?

— C'est une éventualité.

Yan renifla avec mépris.

— Non, fit-il en repoussant cette idée saugrenue. Les gens obtus comme lui n'ont en général pas la patience d'imaginer une telle machination.

— Pour être honnête, j'espère qu'il n'a pas menti. Je me moque de savoir si ce Ian MacFearson est quelqu'un de bien. Tant que le comte n'est pas mon père...

— Je peux presque vous approuver.

— Presque ?

— J'aurais préféré que votre véritable père ne soit pas une légende vivante... Avez-vous l'intention de rencontrer MacFearson ?

Il semblait si inquiet qu'elle s'esclaffa.

— Après tout ce que vous m'avez dit ? Non, je ne crois pas !

Il poussa un soupir de soulagement.

— Ce n'est pas que je refuse de vous emmener voir cet homme. Si c'était votre souhait, je m'y plierais. Mais je pense qu'il vaut mieux parfois ne pas savoir.

— Vous avez probablement raison. Autre chose, je doute que Cecil assiste à la cérémonie demain matin, mais le duc a gentiment accepté de me mener jusqu'à l'autel.

Yan haussa les sourcils.

— Vraiment ?

Puis, contre toute attente, il partit d'un grand rire.

— J'ai refusé la dernière chose que le duc m'a offerte, mais vous, je n'aurai aucun problème à vous accepter, ma chérie !

45

Kimberly flottait sur un nuage de bonheur, un bonheur qu'elle ne pouvait cependant pas s'expliquer. Elle allait se marier, oui, et ce serait à n'en pas douter une expérience fort agréable... si ce n'était qu'elle épousait un homme qui ne semblait pas l'aimer. Alors pourquoi ressentir cette joie ridicule ?

Elle se tenait devant l'autel, son futur époux à son côté, si près que leurs épaules se frôlaient. Il lui avait paru si beau quand il l'avait rejointe dans cette église, tout de noir vêtu, avec son sourire irrésistible, qu'elle en avait le souffle coupé.

On aurait presque pu croire qu'il ne l'épousait pas seulement parce que l'honneur l'exigeait. Mais si elle devait trouver une certaine sérénité dans cette union, elle ferait mieux de s'ôter immédiatement toutes ces chimères de l'esprit et d'accepter cet homme comme il était.

Kimberly se savait très en beauté aujourd'hui. Sa robe de soie ivoirine, agrémentée de dentelles précieuses, épousait ses formes féminines et flattait son teint de nacre. Sa nouvelle camériste, Jeanne, avait su la coiffer avec art.

La duchesse avait engagé elle-même cette domestique et la lui avait envoyée quand elle avait appris que Mary était partie. Jeanne était jeune et avait le cœur sur la main. Mieux que tout : elle acceptait de suivre Kimberly dans les Highlands.

— Quand vous vous rendez dans un nouvel endroit, un endroit qui vous est étranger, il vaut mieux que vous ayez déjà votre propre femme de chambre, avait affirmé Megan. Et Jeanne vous sera fidèle, ma chère, vous n'avez pas à vous inquiéter.

Kimberly fut obligée de prêter attention aux propos du prêtre qui lui posait des questions.

— Prendre et garder... en ce jour et jusqu'à ce que la mort nous sépare...

Yan lui prit bientôt la main et, en baissant la tête, elle vit qu'il ne lui glissait pas un simple anneau au doigt, mais une magnifique bague avec un diamant, le plus gros qu'elle eût jamais admiré, entouré de perles de culture à la rondeur parfaite. Sa stupeur était telle qu'elle faillit l'arrêter quand il ôta l'émeraude qu'elle portait à l'annulaire pour l'échanger contre ce fastueux présent. Mais elle se contint.

Yan la dévisagea intensément, une question silencieuse dans ses yeux verts.

— Je préfère la première que vous m'avez offerte, s'empressa-t-elle de lui chuchoter à l'oreille. Si cela ne vous dérange pas...

Son futur époux n'était pas supposé l'embrasser tout de suite, mais c'est ce qu'il fit, dédaignant le protocole. Le prêtre dut s'éclaircir plusieurs fois la voix avant que Yan relevât la tête et que l'homme de foi pût achever son office.

Enfin, ils furent mari et femme... pour de vrai. Kimberly était si émerveillée par cette idée qu'elle ne prêta qu'une oreille distraite aux congratulations qui suivirent.

Quelques heures plus tard, ils quittaient Sherring Cross.

Devlin leur avait offert une de ses berlines frappées des armoiries ducales. Il leur fournit même un cocher et une escorte d'hommes à cheval. Quelle ne fut pas la surprise du jeune couple quand le duc les invita à revenir les voir ! Et il paraissait sincère... Bien sûr, il ajouta sur le ton de la plaisanterie :

— Pas trop souvent quand même !

St. James sut adoucir le moment des adieux, alors que Kimberly était proche des larmes en quittant Megan. En effet, la duchesse était devenue son amie, la plus chère amie qu'elle ait jamais eue. Elle allait lui manquer ! Enfin, Megan avait promis de lui écrire et de venir la voir un jour dans les Highlands.

Comme ils avaient décidé de quitter le domaine ducal après la cérémonie, Kimberly s'était résignée à rendre une dernière visite au comte d'Amburough, très tôt dans la matinée.

271

Cecil était à peine réveillé. Elle l'avait trouvé en robe de chambre, en train de siroter un thé.

— Je vais partir, avait-elle commencé.

— Ah ? Parfait.

— Je n'attends pas que vous veniez au mariage. Ce serait hypocrite de votre part, et je sais que vous ne l'êtes pas.

Le comte avait reniflé avec mépris.

— Non, je ne le suis pas, tout comme je ne supporte pas les idiotes. Et vous en êtes une, si vous vous obstinez à vouloir épouser...

— Ne revenons pas là-dessus, je vous en prie ! Je l'épouserai, que cela vous plaise ou non... Je ne suis pas venue ici pour discuter.

— Petite ingrate !

— Je voudrais vous remercier de m'avoir offert un toit durant toutes ces années, de m'avoir nourrie et vêtue, avait-elle déclaré, ignorant ses propos insultants. J'aurais été heureuse que vous me consacriez également un peu de votre temps mais, étant donné le dédain que vous me portez, c'eût été trop beau.

Elle avait visé juste. Cecil s'était empourpré et avait répliqué d'un ton acerbe :

— Je ne vous méprise pas. Je méprise votre père que vous ne me rappelez que trop.

— Vous n'aurez plus de souci à vous faire désormais. Je ne vois aucune raison pour que nous nous retrouvions un jour. Je vous dis donc adieu, en espérant que vous trouverez un peu de bonheur auprès de Winnifred.

— L'Écossais ne va quand même pas porter une accusation contre elle ? Il va oublier cette affaire, n'est-ce pas ?

— Il a récupéré les bijoux des MacGregor. Si vous lui signez une reconnaissance de dette avant notre départ, cette histoire sera oubliée, j'en suis certaine.

— Merci.

Elle avait cillé, surprise d'entendre ce mot dans sa bouche. Sous le choc, elle n'avait réussi qu'à hocher la tête et, tournant les talons, s'était éloignée.

Toutefois, il restait une question qu'elle brûlait de lui poser.

S'arrêtant sur le seuil, elle avait considéré un instant sans mot dire cet homme qu'elle avait cru être son père pendant vingt et un ans.

Jamais il n'avait été un père pour elle, ni un mari pour sa mère. Aujourd'hui, tout ce qu'elle voulait savoir, c'était pourquoi Melissa avait accepté de partager la vie du comte d'Amburough.

— Pourquoi ma mère ne vous a-t-elle jamais quitté ? Elle aurait dû le faire. Pourquoi est-elle restée puisqu'elle était malheureuse avec vous ?

— Melissa avait été élevée dans un profond respect de la morale, avait-il rétorqué. Contrairement à vous, jamais elle n'aurait désobéi à ses parents. Elle a fait ce qu'il y avait de mieux à faire.

— De mieux ? Durant toutes ces années, elle a été malheureuse ! Comment pouvez-vous dire une chose pareille ?

Il avait rougi de nouveau.

— Melissa restait pour vous. Elle ne voulait pas que vous soyez une bâtarde. Elle savait qu'en partant je révélerais le secret.

— Vous vous êtes joué d'elle, n'est-ce pas ? avait accusé la jeune femme.

— Qu'entendez-vous par là ?

— Vous étiez malheureux, alors elle devait

être malheureuse, elle aussi. (Kimberly marqua une pause, puis reprit :) Vous n'auriez dit à personne que je n'étais pas votre fille. Jamais vous n'auriez pris le risque qu'on vous ridiculise. Nous le savons tous les deux. En effet, de qui aurait-on ri, de la femme infidèle ou du mari trompé qui avait été suffisamment crédule pour que cela se produise ? Si seulement vous aviez pu répudier ma mère quand vous avez appris qu'elle était enceinte... Elle aurait été bien plus heureuse...

— Vous êtes décidément aussi stupide que je le croyais. Une femme seule, avec une bâtarde, tiraillée entre l'homme qu'elle aimait et les règles de la bienséance ! Votre mère a toujours été trop fière pour assumer sa faute. Un scandale l'aurait détruite. Avec moi, au moins, elle pouvait marcher la tête haute dans la rue, et garder une place respectable dans la société. Et elle n'était pas si malheureuse que cela. Vous étiez là. Tandis que moi, qu'est-ce que j'avais ? Je n'avais rien.

— Vous auriez pu m'avoir. Je vous aurais ouvert mon cœur et je vous aurais aimé. Mais c'est vrai, j'oubliais, je ressemblais trop à mon père...

— Vous croyez que je n'ai pas de regrets ? Eh bien, détrompez-vous.

— J'en suis désolée. Je suis désolée pour ma mère. Elle n'aura pas de seconde chance d'être heureuse, elle.

— Pas plus que vous. Vous ne connaîtrez jamais le bonheur si vous épousez l'Écossais !

Elle avait éclaté d'un rire cristallin.

— Je vous prouverai le contraire !

46

« Je vous prouverai le contraire... »

Kimberly n'avait cessé de le prouver la journée durant. Depuis l'instant où elle avait quitté les appartements du comte et chassé de son esprit leur conversation, elle avait été heureuse...

Ils s'étaient arrêtés pour la nuit, non dans une auberge comme elle l'avait d'abord cru, mais sur l'une des innombrables propriétés de St. James que l'on avait spécialement apprêtée pour leur nuit de noces, avec tous les compliments du duc et de la duchesse. Yan et Kimberly n'avaient pas caché leur surprise. Le cocher et les valets de pied avaient reçu des instructions, tout comme la domesticité de la demeure.

Kimberly fut conduite directement à la chambre des maîtres, puis dans la petite pièce contiguë, où on lui avait préparé un bain chaud.

Quand, quelques minutes plus tard, parfumée d'effluves de rose, elle revint dans la chambre à coucher, elle y découvrit une table fastueusement dressée, un ballet de porcelaine et de cristal qui chatoyait dans la douce lumière des candélabres. Un appétissant fumet s'échappait de la desserte, rangée près de la table.

Et il y avait une nouvelle surprise. Sur le lit paré de satin bleu, reposaient une chemise de nuit et un déshabillé, avec les compliments de Mme Canterby, sans nul doute à l'initiative de Megan. Une chemise de nuit et un déshabillé de soie outremer qui scintillait de tous feux avec l'éclat d'un véritable joyau. Jamais Kimberly n'aurait choisi un tel ensemble pour elle... Le décolleté était un peu trop profond à son goût, retenu aux épaules par de fins rubans, et ne cacherait rien de son opulente poitrine.

Elle enfila toutefois la chemise de nuit et, choquée de découvrir que le vêtement en révélait plus qu'il n'en dissimulait, s'empressa de revêtir le déshabillé. Mais quelle ne fut sa stupeur de voir que si les manches couvraient ses poignets dans un ruché de dentelles, que si son dos disparaissait sous une longue traîne de soie plissée, rien ne cachait sa poitrine, ni sa taille étroitement épousée...

Il s'agissait d'un demi-déshabillé... ou plutôt d'une sorte de cape, destinée à accompagner la chemise de nuit affriolante et non à la couvrir. Comment pourrait-elle dîner avec Yan ce soir en paradant ainsi, à moitié nue ?

Elle secoua la tête, déterminée à se changer, lorsque l'une des servantes déclara :

— J'espère que vous l'aimez, Lady Kimberly. Sa Grâce serait déçue si ce n'était pas le cas.

Kimberly dut se retenir pour ne pas étrangler la domestique sur-le-champ. Elle ne pouvait même pas prétexter avoir froid pour l'ôter : le feu crépitait dans la cheminée, répandant une délicieuse chaleur dans la pièce.

Jeanne, Dieu soit loué, lui suggéra alors de porter le camée qui lui venait de Melissa. Cependant, celui-ci couvrait à peine sa gorge. Sa poitrine jaillissait avec impudeur de l'échancrure de soie et Kimberly se sentait encore plus nue que si elle l'avait été réellement. Dès que les servantes auraient quitté la pièce, elle se changerait...

Mais voilà, Yan arriva entre-temps.

Le camée ne lui fut que d'un piètre secours.

Pire, il attira le regard de son époux sur son large décolleté, plongeant Kimberly dans l'embarras le plus total. Yan paraissait lui aussi troublé, ou en tout cas si surpris qu'il s'arrêta au beau milieu de sa phrase. Il aurait pu tourner pudiquement la tête, mais non ! Il garda les yeux rivés sur ses seins... jusqu'à ce que l'une des servantes, en s'éclaircissant la voix, le ramenât à la réalité.

Yan s'empressa alors de dissiper le malaise en faisant quelques remarques à propos de leur journée de voyage, discutant de l'itinéraire qu'ils suivraient le lendemain, puis s'étonnant de la subite générosité du duc à leur égard. Il confessa la surprise qu'il avait éprouvée lorsque Devlin s'était excusé pour ne pas avoir cru à l'histoire de son héritage volé.

Avant que Kimberly ne se rendît compte que, toute à la conversation, elle avait oublié sa tenue indécente, ils avaient déjà entamé le dîner et les domestiques étaient sorties.

Mais brusquement les doutes s'emparèrent à nouveau d'elle.

Était-ce présomptueux de sa part de croire qu'ils auraient une véritable nuit de noces ? Seulement parce qu'ils partageaient un repas dans une chambre à coucher... Non, cela ne signifiait pas que tout à l'heure ils se glisseraient dans le même lit. Yan avait accompli son devoir en l'épousant. Et s'il n'avait plus la moindre intention de jouer son rôle de mari ?

Il se leva soudain, l'arrachant à ses sombres pensées. Posant sa serviette près de son assiette, il contourna la table pour lui prendre la main. Elle se leva à son tour.

— Que... ?

Elle n'eut pas l'occasion d'en dire davantage : il se pencha vers elle et... s'empara de ses lèvres. Lui offrant un baiser qui la fit vaciller. Elle se raccrocha à lui.

— J'ignore comment j'ai pu résister si longtemps, chuchota-t-il contre sa bouche. J'avais envie de pousser ces servantes hors de cette pièce. De renverser la table et de vous dévorer... Savez-vous que je n'ai pas besoin d'être provoqué, Kim ? Je vous désire tout le temps.

Ses mains étaient d'une douceur exquise alors qu'elles se promenaient sur sa nuque, descendaient sur ses épaules, repoussant les rubans qui retenaient sa chemise de nuit. Il y avait tant de passion dans ses prunelles émeraude...

— J'ai des projets pour ce soir, chérie. Je vais vous faire l'amour. Vous allez me supplier, comme je vous supplie maintenant.

Il tomba à genoux devant elle, les bras noués autour de ses jambes, sa bouche pressée contre son ventre. Kimberly retint son souffle. Elle avait grand-peine à tenir debout.

— Me supplier... mais pourquoi ? parvint-elle à demander.

— Je vous implore de bien vouloir me pardonner, parce que je vous veux maintenant... Je mourrais si je devais attendre une minute de plus.

Elle ébouriffa tendrement ses boucles brunes.

— Je n'ai pas envie d'être veuve tout de suite, Yan MacGregor.

Il leva les yeux vers Kimberly et... sourit. Un sourire malicieux, irrésistible. Il l'emporta dans ses bras et, l'instant d'après, ils reposaient tous deux sur le lit. La jeune femme n'eut pas le temps de protester, il scellait déjà sa bouche d'un baiser, forçant le barrage de ses lèvres. S'abandonnant au plaisir qui montait en elle, Kimberly répondit à son baiser avec une fièvre jamais égalée.

Elle lui ouvrit les bras, incapable de résister à la douce chaleur qui la submergeait. En un instant Yan fut nu et, retroussant les plis de soie de sa chemise, pénétra en elle. Quelques minutes plus tard, elle s'embrasait tout entière, avec une soif insatiable, rejoignant Yan sur les cimes de l'amour dans un même cri...

Allongée sur la couche, Kimberly tenta de recouvrer son souffle. Son cœur battait encore la chamade, tant le bonheur qu'elle venait de vivre était dévastateur. Yan la serrait tendrement dans ses bras, s'émerveillant des instants hors du temps qu'ils avaient partagés.

Il enfouit son visage dans le cou de Kimberly et, tout à coup, elle l'entendit murmurer :

— Vous êtes une fée, ma chérie. Jamais je ne me lasserai de vous faire l'amour.

47

Kimberly avait entendu plusieurs fois mentionner le nom de Kregora, mais pas un instant elle n'avait imaginé une bâtisse aussi imposante, et surtout aussi vieille. Certes, la plupart des châteaux conservaient un charme d'antan avec leurs tours circulaires, leur grand hall qui autrefois accueillait des milliers de convives, leur petite chapelle, mais ils avaient pour la plupart été rénovés et on leur avait adjoint de nouveaux éléments qui se fondaient naturellement aux bâtiments d'origine, tels que des cheminées, des pignons ou des listeaux.

Kregora n'obéissait pas à cette règle. S'il y avait quelque chose de récent derrière ces hauts murs de moellons, on ne pouvait le remarquer tout de suite. Les tourelles, les créneaux surmontaient de monstrueuses tours carrées et il y avait même un pont-levis et... une herse. Seigneur ! On avait l'impression de plonger en plein Moyen Âge !

Le premier instant de surprise passé, Kimberly dut admettre que l'édifice était plutôt bien bâti, assis sur une colline, surplombant un immense lac qui serpentait à travers la campagne avec l'agilité d'une rivière. Par-delà cette étendue d'eau, les monts et montagnes se dressaient fièrement, accrochant l'étoffe du ciel de leurs pointes acérées, avec çà et là des fermes disséminées sur les hauteurs. Et puis, faisant face à Kregora, se dressait un autre château, plus petit.

À cette époque de l'année, il n'y avait pas de verdure à proprement parler, mais ces cimes couronnées de neige et la courbe des collines étaient magnifiques. Un paysage d'une beauté sauvage à couper le souffle !

Yan l'observait attentivement, paraissant lire en elle comme dans un livre ouvert.

— Bienvenue à la maison, ma chérie ! s'exclama-t-il avec un sourire radieux.

— Les Highlands possèdent décidément un charme fou.

— Vous l'avez remarqué, vous aussi ? répliqua-t-il avec une pointe de fierté dans la voix.

— Et je ne parle pas que de Kregora.

— Reconnaissez que ce château est splendide !

— Mais dispose-t-il de cheminées ? Et de lits confortables ? De briques chaudes pour réchauffer les draps ?

Durant le dernier tiers du voyage, ils avaient connu un froid particulièrement glacial et Kimberly n'aspirait plus qu'à se glisser dans une couche bien chaude... même si, en cet instant, elle ne cherchait qu'à le taquiner.

Yan éclata de rire.

— N'ayez aucune inquiétude, Kim ! Je vous réchaufferai moi-même, quand je n'éloignerai pas les rats.

— Les rats ?

— Je plaisante. Une poignée de souris, tout au plus.

Les pupilles de la jeune femme s'étrécirent. Se moquait-il d'elle une fois encore ? Les châteaux avaient pourtant la réputation d'abriter de telles créatures. Mais après tout comme toute demeure qui n'était pas soigneusement entretenue...

— Si vous avez quelques souris, je vous promets qu'elles éliront sous peu domicile ailleurs, déclara-t-elle avec une lueur de détermination dans les yeux.

Yan esquissa un sourire. Winnifred, il devait bien l'admettre, s'était révélée un modèle de gouvernante. Durant des années elle avait dirigé la maisonnée avec une main de fer. Nessa, qui avait repris le flambeau, préférait chasser le coq de bruyère ou gambader à travers les landes avec ses chiens plutôt que de s'occuper du ménage. Au fil des ans, le château, laissé à l'abandon, était tombé en ruine...

— Vous ai-je déjà parlé de Nessa ? demanda-t-il.

— La cousine qui est amoureuse de vous et qui pense que vous auriez dû l'épouser ? Est-ce cela ?

Yan ne put réprimer une grimace.

— Qui est le maudit gredin qui vous l'a dit ?

Elle eut un sourire indulgent.

— En vérité, vos deux compagnons m'en ont fait la confidence, mais séparément, ignorant tous deux qu'ils avaient eu la même idée. J'ai trouvé cela plutôt drôle que Gilleonan me confie la même histoire que Ranald quelques jours plus tôt.

— J'aurais pu vous l'apprendre moi-même, grommela son époux entre ses dents.

— Ne leur en tenez pas rigueur. Ils pensaient me rendre service. Ils ont cru important de m'expliquer que je n'avais pas à m'inquiéter pour cette Nessa, que vous n'aviez que des relations amicales avec votre cousine. Ils craignaient peut-être que je ne sois jalouse. Comme si c'était mon habitude !

Yan garda le silence. Il se rappelait encore qu'à Sherring Cross, au bord du lac gelé, Kimberly l'avait accusé d'être un bourreau des cœurs. N'était-ce pas la réaction d'une femme jalouse ?

— J'espère de tout cœur que Nessa ne jouera pas la forte tête une fois qu'elle vous aura rencontrée, répondit-il enfin. Il n'y a aucune raison pour que vous ne deveniez pas amies.

Deux femmes aimant le même homme... Kimberly, le cœur serré, songea qu'elle ne l'accepterait jamais. Yan lui appartenait.

Non ! Cet homme n'appartenait à personne et

282

elle devait garder ses distances avec lui, ne serait-ce que pour ne pas souffrir... Elle connaîtrait du plaisir dans ses bras, bien sûr, mais elle ne devait pas lui ouvrir son cœur. Elle ne devait en aucun cas céder à l'amour qu'il lui inspirait. Parce qu'elle aimait cet homme, elle aurait voulu être payée de retour. Malheureusement, il ne fallait pas y compter...

Franchissant le pont-levis, ils atteignirent Kregora.

Le retour de Yan était un événement qu'on préparait depuis plusieurs jours déjà et, ce matin encore, un messager était venu annoncer au château que le chef du clan ne tarderait plus à arriver. La cour intérieure derrière les hautes murailles était comble. Des MacGregor étaient venus de tout le pays pour accueillir Yan et son épouse. Il régnait entre ces murs une agitation fébrile. Les gens allaient et venaient dans une liesse générale. En l'honneur de leur chef, les hommes avaient tous revêtu leurs tartans. Bleu, vert et noir, aux couleurs du clan...

Avec force paroles de bienvenue et vœux de bonheur, les MacGregor poussèrent Yan et Kimberly jusqu'au vestibule — ou plutôt ce que la jeune femme imagina être le vestibule. Mais en franchissant les lourds vantaux elle constata, non sans plaisir, que si le château n'avait subi à l'extérieur aucune rénovation, il n'en allait pas de même à l'intérieur.

Ce qui, autrefois, avait dû être le vestibule avait été divisé en plusieurs pièces : un parloir, une salle à manger de proportions correctes, une salle de billard et quelques autres pièces qu'elle aurait tout loisir de découvrir plus tard... toutes lambrissées de bois sombre.

Elle avait d'ores et déjà trouvé l'emplacement idéal pour installer l'horloge de son grand-père maternel : dans le parloir.

Un bref coup d'œil à la salle à manger qu'ils dépassèrent lui dévoila une pièce vide, désespérément vide, à l'exception d'une grande table flanquée de deux bancs. Elle devrait songer à remédier à cette triste austérité. Grâce aux meubles hérités de sa famille maternelle, qui étaient déjà sûrement arrivés...

— Alors, c'est elle, votre cousine ? demanda-t-elle soudain en se penchant vers son époux.

Non qu'elle eût encore aperçu la jeune fille qui avait surgi derrière eux dans le couloir, mais cette voix féminine aux accents méprisants ne pouvait appartenir qu'à Nessa MacGregor...

Quelques secondes plus tard, quand Yan procéda aux présentations, elle sut qu'elle ne s'était pas trompée.

Nessa était plutôt petite, Kimberly la dépassait d'une bonne tête. Cette jeune Écossaise était d'une beauté à couper le souffle, avec ses longs cheveux de jais qu'elle portait en une natte lâche, et ses grands yeux gris. Une grâce hors du commun émanait de tout son être.

Après un bref regard jeté en direction de Kimberly, la jeune fille toisa Yan :

— Ta femme doit être plus riche qu'une reine, puisqu'elle n'est pas belle. Sans compter qu'elle est monstrueusement grande ! As-tu perdu la tête, Yan, pour épouser un tel laideron ?

Elle n'avait même pas pris la peine de parler à voix basse, et tous les gens présents dans le couloir s'étaient tus. Kimberly manqua suffoquer sous la violence de l'attaque. Jamais elle n'avait essuyé un tel camouflet... Satisfaite, Nessa affichait un sourire narquois.

— Petite sorcière! gronda Yan. Elle est belle, même si cette beauté n'a rien de classique. Malheureusement, tu es trop aveugle pour t'en rendre compte. Quant à sa taille, elle me convient tout à fait. Si tu n'es pas de mon avis, c'est parce que toi, tu n'es pas plus grande qu'une enfant.

Cette remarque fit sortir Nessa de ses gonds.

— Une enfant peut-être, mais qui possédait l'argent dont tu avais besoin! Ce n'était pas la peine d'épouser cette satanée Sassenach pour sa fortune!

— J'ai épousé cette femme alors que je la croyais pauvre comme Job, Nessa. Cela ne t'a pas effleuré l'esprit que je puisse simplement l'aimer? Et ne l'appelle plus jamais la Sassenach, car son père est écossais comme toi et moi.

— Qui est-ce?

— Peu importe...

— C'est bien ce que je pensais, coupa la jeune fille avec fiel. Tu mens! Si tu crois pouvoir ainsi la faire accepter par la famille, tu te trompes. Elle ne le sera jamais!

Yan s'assombrit dangereusement tandis qu'il serrait les poings.

— Je suis un menteur? Tu veux savoir qui est son père? Eh bien, il s'agit de Ian MacFearson.

Des murmures surpris s'élevèrent dans le couloir. Yan promena un regard autour de lui avant de poursuivre :

— Je ne veux pas que ce secret dépasse les murs de Kregora. Si nous ne voulons pas voir MacFearson venir frapper à la porte du château, il faut tenir nos langues.

Dans le couloir, les hommes avaient opiné du

bonnet pour saluer sa remarque, réduisant Nessa au silence. Yan était furieux que la jeune fille ait pu gâcher son retour par sa haine. Elle avait plongé Kimberly dans l'embarras, la faisant rougir jusqu'à la racine des cheveux.

Mais celle-ci était plus qu'embarrassée, elle était choquée. La jalousie n'avait jamais été un prétexte à une telle animosité, à de tels mots blessants. Nessa méritait une gifle. Personne ne lui avait donc appris les bonnes manières ?

Apparemment non. Et Kimberly savait que la jeune effrontée ne s'en tiendrait pas là. Devait-elle s'attendre à de telles attaques chaque fois qu'elle croiserait Nessa sur son chemin ?

Pourtant, Yan avait pris sa défense et elle lui en était reconnaissante. Il avait même été jusqu'à déclarer publiquement l'amour qu'il lui portait. En fait, il aurait pu se dispenser de ce mensonge. Il lui suffisait de remettre sa cousine à sa place, sans se justifier.

Cependant Nessa vivait à Kregora. Et il y aurait des occasions où Yan ne serait pas là pour défendre Kimberly.

Que pourrait-elle alors rétorquer à de telles offenses ?

48

Kimberly aurait préféré garder la chambre pour récupérer du voyage harassant et se remettre de sa première entrevue avec Nessa. Mais Yan était de retour chez lui et un banquet avait été organisé en son honneur, réunissant tous les membres du clan ainsi que leurs plus proches voisins.

Yan s'était excusé auprès de son épouse pour la conduite inqualifiable de Nessa, tandis qu'il l'entraînait à l'étage afin de lui montrer leurs appartements. Il avait tenté sans succès de la dérider en déclarant que s'ils disposaient de quatre pièces, dont une immense salle de bains avec l'eau courante, elle n'avait d'autre choix que de dormir dans le lit de son mari.

Kimberly ne l'avait même pas récompensé d'un sourire. Alors il l'avait quittée, la laissant se reposer.

Mais ce n'était pas de repos dont elle avait besoin. Ses nerfs étaient à vif. Pour se changer les idées, elle avait aidé Jeanne à ranger ses affaires, bercée par le verbiage incessant de la domestique.

Quand elle ne supporta plus l'incroyable faconde de sa femme de chambre, Kimberly l'envoya chercher ses malles qui arrivaient du Northumberland. Tant qu'elle n'aurait pas éparpillé ses effets dans tout le château, elle ne s'y sentirait pas chez elle.

Lorsque ses esprits s'apaisèrent, elle réalisa que ses appartements étaient fort agréables. Les grandes fenêtres permettaient à la lumière de pénétrer à flots dans les pièces, et offraient un superbe panorama. Le lac avec ses eaux miroitantes ressemblait à une gemme enchâssée entre les cimes immaculées des montagnes...

La chambre, la plus spacieuse de toutes les pièces, possédait même un balcon qu'on gagnait par des portes-fenêtres. Il serait agréable d'y déjeuner quand le soleil de l'été reviendrait.

Des rideaux damassés de velours vert pâle

habillaient chaque fenêtre, élégamment retenus par des embrasses assorties. La tapisserie se déclinait en un camaïeu de bleus, ornée de personnages aux romantiques perruques et aux fastueux habits. Le sol parqueté disparaissait sous d'épais tapis de laine frappés des armoiries bleu, vert et noir des MacGregor.

La pièce contiguë invitait à la détente avec sa liseuse disposée devant la cheminée, son bureau de chêne ainsi que ses quelques fauteuils. Quant à la dernière chambre, Kimberly pourrait l'utiliser comme garde-robe, en attendant de la transformer en nursery.

La perspective d'avoir des enfants courant dans les labyrinthes de la vieille demeure lui réchauffa le cœur, effaçant ses sombres pensées. Elle eut brusquement envie d'explorer le reste du château. Et quand Jeanne vint la prévenir que les affaires en provenance du Northumberland avaient été rangées à la cave, elle ne s'en offusqua même pas. Elle se contenta de demander à la domestique de l'accompagner pour s'assurer que ses malles n'avaient pas souffert du voyage.

La cave était plongée dans la pénombre. Les hauts murs de pierre, où avaient élu domicile des centaines d'araignées, conféraient à l'endroit une atmosphère lugubre. Dans un coin s'amoncelait le charbon, principale source de chauffage en Écosse.

Elles durent rebrousser chemin afin de trouver une lampe, ainsi qu'une poignée de serviteurs pour les aider à déménager les malles et les meubles. Mais où chercher ces derniers ? La cave se séparait en plusieurs axes, en une succession de pièces qui autrefois avaient dû servir de celliers. On y avait entassé toutes sortes d'objets hétéroclites, aujourd'hui recouverts de poussière et de toiles d'araignées.

Enfin, Kimberly trouva l'endroit où on avait entreposé ses affaires, mais son soulagement ne dura guère plus d'une seconde car, en brandissant sa lanterne, elle découvrit un spectacle abominable.

L'horloge ancestrale gisait sur le flanc, les aiguilles arrachées, le corps fendu comme si on s'était servi d'une hache. Toute la porcelaine avait été cassée.

Le tableau de maître donnait l'impression d'avoir été lacéré. Les petites tables marquetées, le banc vieux de plus de trois cents ans, les vases antiques, la fine vaisselle de Chine... tout était éventré, brisé. Même les malles contenant ses vêtements avaient été forcées, et ses effets éparpillés sur le sol.

Kimberly était si horrifiée qu'elle ne pouvait plus respirer. Elle fit un pas en avant, un autre, puis s'effondra à genoux, tendant la main vers cet affligeant gâchis avant de fondre en larmes. Tout ce qu'il restait de sa mère était là, devant elle, détruit par une main satanique, bon à jeter au feu. Elle ne pouvait en croire ses yeux. Et pourtant il y avait une personne ici qu'elle savait capable d'une telle haine.

Lentement elle se remit sur pied, avec un nom sur les lèvres.

— Nessa...

— Madame, ces choses cassées... ce n'est quand même pas ce que nous cherchions ? demanda Jeanne d'une voix blanche, dans son dos.

Kimberly n'eut même pas la force de lui répondre, elle avisa les serviteurs du château, manifestement mal à l'aise.

— Où se trouve Nessa en ce moment ? s'enquit-elle d'une voix douce, mais glacée.

L'un des domestiques haussa les épaules, tandis qu'un autre déclarait :

— Là où se trouve le chef, probablement. Elle le suit partout comme son ombre.

— Et où est-il ?

Cette fois, ils haussèrent tous les épaules. Kimberly sut qu'il ne servirait à rien de les interroger davantage. La douleur la faisait suffoquer et elle était si furieuse que des idées de meurtre lui traversaient l'esprit... Elle s'éloigna d'un pas déterminé.

Elle n'eut aucune peine à trouver Yan, à l'office, recevant les doléances de ses gens après les salutations d'usage. Il n'y avait guère de formalités à Kregora, ni de privautés, elle s'en rendrait bientôt compte. Chacun aurait pu tranquillement attendre son tour dans le couloir mais non, ils étaient tous réunis là, pressés les uns contre les autres.

Yan sourit en l'apercevant... jusqu'à ce qu'il remarquât les larmes qui roulaient sur ses joues. Elle ne lui adressa qu'un bref coup d'œil, occupée à chercher parmi cette foule sa jeune cousine, Nessa. Ne la voyant pas, elle s'apprêtait à rebrousser chemin quand, tout à coup, elle la repéra. La jeune Écossaise avait levé la tête pour voir ce qui venait d'attirer l'attention de Yan.

Nessa était assise sur un banc, adossée contre un mur, assistant en silence à la réunion. Il était d'ailleurs peu probable que Yan l'eût remarquée.

— Kim, que se passe-t-il ? demanda ce dernier en accourant vers elle.

La jeune femme ne l'entendit même pas. Elle avait les yeux rivés sur Nessa et tout ce qui lui

290

importait à cette minute était de la rejoindre. Malheureusement, la cousine de Yan prit la fuite. Bondissant sur ses pieds, elle fendit la foule, mettant entre Kimberly et elle le plus de distance possible.

— Dis à cette géante de ne pas m'approcher, Yan! hurla Nessa. Tu as vu son visage? Elle est folle!

Kimberly l'attrapa par la manche.

— Folle, moi? Avez-vous au moins conscience de ce que vous avez fait? Tous mes biens ont été détruits! Tout ce qui me restait de ma mère!

— Je n'ai rien détruit du tout! Tout a été livré dans l'état.

Kimberly marqua une pause, reprenant son souffle. Elle se rappelait parfaitement les traces de coups de hache.

— Je ne crois pas que...

— C'est vrai! insista Nessa avant d'ajouter rapidement : Le conducteur du chariot a dit avoir perdu une roue et les affaires se sont renversées, parce qu'elles étaient mal accrochées.

— Je ne vois pas comment tout aurait pu être entièrement détruit.

— L'accident s'est produit près du ruisseau et les meubles, en se renversant, ont atterri sur les roches en contrebas.

C'était possible... Incroyable, mais possible. Et ce n'était pas parce que Nessa lui avait craché son hostilité au visage qu'elle était forcément responsable de ce drame.

Kimberly la lâcha, déçue de ne pouvoir se venger sur-le-champ.

— Je vais interroger le cocher.

— Il n'est pas ici, répliqua Nessa. Pourquoi le serait-il d'ailleurs? Il est retourné d'où il venait.

La jeune femme se raidit. Il y avait trop d'arrogance à présent dans les yeux de Nessa pour qu'elle pût la croire. Elle mentait, cela ne faisait pas l'ombre d'un doute.

— Inutile de poser la question au conducteur du chariot ! intervint un homme dans l'assistance en foudroyant la jeune fille du regard. Vous êtes une menteuse, Nessa MacGregor, et j'ai honte que vous soyez des nôtres. J'ai aidé à décharger le chariot. Toutes les affaires étaient en bon état et je vous ai même demandé pourquoi vous vouliez les mettre à la cave.

Son forfait percé à jour, Nessa rougit jusqu'à la racine des cheveux. Tout comme Kimberly que la fureur étouffait littéralement. Et tandis que l'Écossaise soutenait avec effronterie le regard de son dénonciateur, la jeune femme la rejoignit et la gifla de toutes ses forces.

Nessa vacilla, ouvrant de grands yeux abasourdis tout en portant les doigts à sa joue.

— Comment osez-vous... ?

— Vous avez de la chance que je n'utilise pas de hache contre vous, comme vous l'avez fait sur mes meubles. Ce que vous avez détruit est irremplaçable. Vous êtes un monstre, et je refuse de vivre sous le même toit que vous.

Aussitôt Kimberly comprit son erreur. Elle venait d'ériger un ultimatum et sa fierté ne lui permettrait pas de faire marche arrière. À son immense soulagement, Yan vint à son secours.

— Vous avez raison, Kim, intervint-il en passant un bras autour de ses épaules. Elle va empaqueter ses affaires ce soir et quittera cette demeure demain matin. Je ne veux plus loger une vipère sous mon toit. Et je vous promets, chérie, d'engager les meilleurs artisans pour remettre en état les meubles de votre mère. Nessa les paiera avec l'argent qu'elle dit avoir trouvé.

Sa cousine était devenue aussi pâle que la mort.

— Je suis ici chez moi, souffla-t-elle d'une voix craintive.

— Plus maintenant. Ta conduite t'a fait perdre le droit de vivre ici.

— Ce n'est pas juste ! C'est elle qui devrait partir, et non moi. Elle n'appartient pas à Kregora, moi si !

— Nessa, tu ne te rends même pas compte du mal que tu as causé, lâcha Yan tristement.

L'Écossaise le fusilla du regard.

— Ce sont tous les remerciements que j'obtiens après tout ce que j'ai fait pour toi ? Tu ne m'as même pas demandé où j'avais trouvé l'argent. Je me suis vendue à Gavin Kern, voilà comment !

Elle avait espéré le blesser en lançant cette révélation. Il n'en fut que surpris et... fâché.

— Alors nous aurons un autre mariage, déclara-t-il froidement.

— Je n'épouserai pas Gavin Kern !

— Tu as couché avec lui, tu l'épouseras. C'est le chef des MacGregor qui te le dit, Nessa.

Elle blêmit une fois encore. Kimberly comprit que Yan serait inflexible. La jeune fille quitta la pièce comme une furie.

Dans le lourd silence qui suivit, quelqu'un prit enfin la parole :

— Elle préférera mourir plutôt que d'épouser Gavin Kern. Elle le hait.

— Lord Kern lui a demandé de l'épouser au moins une douzaine de fois. Il sera heureux qu'elle ne puisse plus refuser son offre.

— S'il peut la retrouver...

— Allez la chercher! ordonna Yan en faisant un signe de la tête en direction des deux hommes les plus près de la porte. Et que quelqu'un aille prévenir Gavin. Nous nous chargerons d'organiser le mariage dès ce soir.

Kimberly ne put s'empêcher d'éprouver de la compassion pour Nessa. Elle n'approuvait pas qu'on forçât une femme à se marier. Mais elle se garda bien d'émettre un commentaire. Après tout, elle n'avait pas à la plaindre. Cette jeune fille ne récoltait que ce qu'elle avait semé.

49

Le banquet connut un franc succès parmi tous les convives, à l'exception d'une poignée de notables grincheux, trop peu nombreux toutefois pour entacher la liesse générale. Lorsque Yan annonça que Winnifred avait été retrouvée et que son héritage lui avait été enfin restitué, la fête battit son plein dans un concert de rires.

Les travaux de modernisation n'avaient pas que des avantages... Depuis que le grand hall avait été reconverti, il n'y avait pas de pièce suffisamment grande pour contenir tous les invités. On installa donc les buffets dans la salle à manger tandis que le vestibule et le salon ouvraient leurs portes aux convives affamés, leur offrant des bancs et des chaises pour dévorer le fastueux dîner.

Nessa, elle, avait préféré le confort moelleux du sofa, les bras croisés, le visage fermé, un tantinet méprisant dès l'instant où on lui adressait la parole. D'ailleurs, peu de gens s'y risquaient.

Kimberly s'efforçait de faire bonne figure parce qu'une dame ne devait jamais montrer son chagrin en public. Mais la douleur d'avoir perdu les souvenirs de sa mère lui martelait le cœur. Même les paroles rassérénantes de Yan après être allé lui-même mesurer l'ampleur des dégâts ne l'avaient pas soulagée. Des réparations étaient-elles possibles? Elle en doutait. Les dommages étaient trop considérables. Et puis, elle ne souhaitait pas que ses biens retrouvent une seconde jeunesse. Elle les voulait tels quels.

Mais son mari semblait si déterminé à réparer les erreurs de Nessa... Il ferait en tout cas tout ce qui était en son pouvoir pour y parvenir. Cette seule pensée adoucissait sa peine, heureusement qu'il était là!

Gavin Kern, lui, était un homme comblé ce soir-là. Depuis plusieurs années, il n'avait de cesse de conquérir Nessa, renouvelant encore et toujours ses demandes en mariage sans obtenir le moindre espoir. Aujourd'hui, à force de persévérance, il était enfin récompensé.

Nessa avait-elle été finalement contrainte à accepter cette union? Kimberly apprit, quand elle eut l'opportunité d'échanger quelques mots avec Gavin, qu'il n'en était rien.

Yan, qui était demeuré à son côté toute la soirée, fut en effet appelé à régler un léger différend entre deux frères au tempérament colérique. Kimberly se retrouva ainsi seule avec Gavin, ce qui lui permit de satisfaire sa curiosité.

Elle découvrit alors que cet homme était le propriétaire du château situé de l'autre côté du lac. Sa famille et les MacGregor étaient voisins depuis toujours. Yan et sa cousine n'avaient pas été ses compagnons de jeux durant leur enfance, et pourtant, quand Nessa s'était métamorphosée en une ravissante jeune fille, il s'était épris d'elle.

— Cela ne vous ennuie pas d'épouser une femme qui... euh...

Kimberly se tut, incapable de trouver ses mots.

— Qui me méprise, c'est cela ? acheva-t-il. Mais elle ne me déteste pas, même si elle a toujours affirmé le contraire. Je la connais bien, vous savez. Dès qu'elle a besoin d'aide, elle n'hésite pas à venir frapper à ma porte et à épancher son chagrin sur mon épaule. Elle n'a plus aucun secret pour moi. Si vous saviez combien j'ai souffert en l'entendant me confier qu'elle aimait MacGregor, jusqu'à ce que je comprenne qu'il ne s'agissait là que d'un caprice.

De toute évidence, cet homme avait le cœur sur la main et Nessa ne le méritait pas. Blond, de grands yeux noisette qui pétillaient de gentillesse, il n'était pas sans charmes, même si Yan le surpassait dans ce domaine.

— Nessa est allée quand même un peu trop loin ! commenta Kimberly sèchement. Elle est même venue vous...

Une fois encore, la jeune femme fut bien en peine de poursuivre sa phrase, tant sa gêne était grande.

Mais, de nouveau, il devina son trouble et enchaîna :

— Comme je vous le disais tout à l'heure, dès qu'elle a besoin d'aide, elle vient me rendre visite. Elle aurait pu simplement me demander de l'argent, j'aurais accepté. Mais Nessa est orgueilleuse et elle savait que jamais elle ne pourrait me rembourser, alors elle s'est offerte à moi. J'aurais dû refuser, mais...

Il s'empourpra.

— Je la désirais depuis si longtemps, reprit-il l'instant d'après en souriant. En fait, je n'espérais qu'une chose : que MacGregor l'apprenne.

— Et qu'il vous oblige à l'épouser ?

L'homme opina du chef.

— Je savais qu'il réagirait ainsi. Comprenez-moi, elle m'avait si souvent éconduit. Enfin, sa fierté n'en souffrira plus aujourd'hui.

Kimberly ouvrit de grands yeux.

— Je ne saisis pas. Voulez-vous dire que Nessa avait changé d'avis et acceptait de vous épouser, mais ne pouvait se résoudre à en parler à Yan ?

— Exactement. J'ai passé une nuit avec elle et elle m'a avoué ses sentiments à demi-mot. Elle protesterait maintenant si nous lui posions la question, mais ce serait juste pour épargner son amour-propre. Nessa est plutôt quelqu'un de compliqué, mais voilà, c'est elle que j'aime.

Non seulement compliquée, elle était également malveillante, destructrice et... Non, après tout, cela n'avait plus la moindre importance. Désormais cette jeune fille vivrait de l'autre côté du lac, avec son mauvais caractère...

Ils échangèrent encore quelques palabres, puis Yan revint, mettant un terme à leur discussion.

Nessa était une rebelle jusqu'au plus profond de son être et même ce soir, en cette occasion unique, elle ne se départit pas de sa farouche insolence. Toutefois, elle avait accepté de revêtir une somptueuse robe aux broderies fastueuses et à la soie plus douce qu'un souffle d'air, et de rassembler ses cheveux en un sage chignon. Elle était tout de même restée fidèle à son image, en refusant de faire honneur au banquet.

Ce fut Yan qui officialisa l'hymen. Chaque fois

que Nessa répondait par le silence à ses questions, il se contentait d'aviser l'audience, sans se départir de son calme, et de déclarer :

— Elle est d'accord, ce qui convient au chef des MacGregor.

Un procédé quelque peu médiéval aux yeux de Kimberly, mais Nessa ne semblait même pas s'en offusquer. Comme tous ici, d'ailleurs. Quand enfin Yan les déclara mari et femme, Gavin Kern poussa un cri de joie, hissa Nessa sur son épaule comme s'il s'agissait d'un simple ballot et quitta la pièce avec la prestance d'un conquérant victorieux.

Les applaudissements crépitèrent tandis que l'épousée recouvrait sa voix pour hurler :

— J'ai des jambes, crétin ! Lâche-moi !

Gavin éclata d'un rire joyeux.

— Je ne vous lâcherai pas avant de vous avoir enfermée dans ma chambre, ma chérie.

— Si vous croyez que le mariage vous donne tous les droits sur moi... Eh bien, nous verrons cela !

Derrière Kimberly, Yan commenta d'un ton moqueur :

— Elle sera en de très bonnes mains, j'en suis certain.

La jeune femme lui lança un regard surpris.

— Nessa ne paraît pas enchantée par ce mariage.

— Elle préférerait mourir plutôt que d'avouer ses sentiments. Dans un mois, elle me remerciera, vous verrez.

— Ou elle vous souhaitera de rôtir en enfer !

Il partit d'un grand rire et, devant l'assistance réunie, la gratifia d'un baiser sonore. On salua cette marque de tendresse par un nouveau

concert d'applaudissements. Des applaudissements qui réchauffèrent le cœur de Kimberly...
Au moins se savait-elle acceptée par le clan tout
entier.

Après une journée aussi mouvementée, Kimberly choisit de se retirer tôt dans sa chambre.
Yan s'empressa de s'excuser auprès des autres et
la rejoignit.

Se glissant dans leur lit, il la prit dans ses bras
et lui chuchota des mots d'amour à l'oreille.
D'une telle douceur que la jeune femme sentit les
larmes lui piquer les yeux.

Ce n'était pas à cause de son héritage perdu
qu'elle pleurait, mais parce que son cœur ne lui
appartenait plus. Yan le possédait, et cela à
jamais...

50

Une semaine plus tard, des cavaliers envahis-
saient Kregora. Ils étaient au nombre de trente,
portant tous des baudriers rouge et vert par-
dessus leurs lourds manteaux. Ils franchirent le
pont-levis, comme si le château leur appartenait,
et traversèrent la cour intérieure en exhortant
MacGregor à se montrer.

Posté derrière la fenêtre du salon, Yan assista
à leur arrivée. Il savait qu'il devrait remercier
Nessa de cette visite. La jeune fille leur avait probablement dépêché un message pour se venger,
même si par la suite elle avait dû regretter son
geste. Trop tard... Maintenant, ils étaient là et il
ne lui restait plus qu'à les rejoindre.

Mais lorsqu'il ouvrit en grand la porte d'entrée, ce fut pour voir Kimberly traversant la cour, inconsciente du danger qui planait sur leurs têtes. Elle avait quitté l'étable quand la horde avait fait son apparition et avait dépassé les cavaliers pour regagner la demeure, sans savoir qui ils étaient.

Lorsque, enfin, elle eut franchi le seuil du château, il la tira brusquement à l'intérieur, fermant le lourd battant de chêne derrière eux.

— Ne bougez pas d'ici, c'est compris ?

Exprimé ainsi, comme un ordre, et sans même un mot d'explication, il ne fallait pas espérer la voir obéir...

Il ouvrit de nouveau les portes.

— Je suis Yan MacGregor ! Est-ce moi que vous cherchiez ? fit-il à l'adresse des cavaliers.

Un jeune homme blond, à l'évidence le porte-parole des nouveaux arrivants, rétorqua :

— Nous avons été avertis que vous aviez notre sœur ici. Nous sommes venus la voir.

— Vous êtes tous ses frères ?

— Non, fit le blond en levant le bras.

À son signal, une monture avança, puis une autre et encore une autre... Quand ce fut fini, la moitié des hommes étaient sortis du rang.

Kimberly, qui s'était approchée de son époux, lui souffla à l'oreille :

— De qui parle-t-il ?

— De toi, ma chérie. Ces hommes sont pour la plupart des MacFearson.

Puis, se tournant vers le chef des cavaliers, il ajouta :

— Vous la verrez, mais ne croyez pas pouvoir la ramener avec vous. Elle appartient désormais à Kregora, elle est ma femme.

Le jeune homme acquiesça d'un ton sec avant de sauter à bas de sa monture. Kimberly fit un pas en avant, fixant, éberluée, tous ces cavaliers surgis de nulle part. Ceux qui s'étaient approchés et mettaient à leur tour pied à terre étaient jeunes, bien plus jeunes qu'elle.

Ses frères ? Elle les compta, trop abasourdie pour parler. Ils étaient seize, seize répliques exactes... enfin, elle exagérait, mais ils avaient néanmoins tous une forte ressemblance. Blonds comme elle, avec des yeux d'un même vert...

Elle comprit alors qu'elle s'était trompée en croyant devoir sa haute stature à sa mère. Le porte-parole qui semblait être de quelques années son aîné, était aussi grand que Yan. Comme ses compagnons, d'ailleurs.

C'était incroyable. Elle qui avait grandi seule, sans personne avec qui jouer, la voilà qui se retrouvait avec tant de frères qu'elle ne pouvait les compter sur ses doigts.

— Nous ne sommes pas réputés pour notre patience, MacGregor, fit l'un des plus jeunes garçons tandis qu'ils se rassemblaient devant le perron. Allez-vous la chercher, oui ou non ?

L'un de ses compagnons lui assena un coup de coude dans les côtes et désigna Kimberly. Il y eut alors quelques rires étouffés. Et, tout à coup, tous lui sourirent.

— Dieu ! Elle est plus vieille que nous tous, Ian Premier. Tu ne seras donc plus celui qui nous commandera dorénavant.

— Détrompe-toi, vous continuerez tous à m'obéir au doigt et à l'œil, Ian Troisième...

Ce dernier décocha un regard noir à son aîné, mais avant qu'il n'ait pu riposter, un autre de ses frères intervenait :

— Vous ne pensez pas qu'elle est trop petite pour être une MacFearson?

— Certainement! renchérit un autre.

— J'ai toujours rêvé d'avoir une sœur, déclara son voisin d'un air rêveur.

— Ian Dixième a déjà une sœur! fit remarquer un autre, mal à l'aise.

— Peut-être, mais Judy n'est pas une Mac-Fearson. Elle, c'est notre sœur.

— Elle ressemble à Ian Sixième. Vous ne trouvez pas?

Le Ian Sixième en question s'empourpra.

— Non, grommela-t-il en baissant les yeux.

Kimberly lui sourit. Les chiffres associés à leurs prénoms étaient un détail plutôt amusant, lui laissant supposer que tous ses frères avaient une mère différente. Elle imaginait sans peine toutes ces femmes fières de baptiser leurs fils respectifs du nom de leur père, malgré les confusions qui pourraient en résulter.

Elle se demanda comment elle parviendrait à se rappeler leurs noms. Mais resteraient-ils assez longtemps ici pour qu'elle pût s'en inquiéter? En fait, elle aurait aimé les prendre dans ses bras. Mais la crainte l'empêchait de bouger, la crainte que lui inspiraient ces géants avec leurs cheveux hirsutes et leurs poignards accrochés à leur cuisse. Ils étaient si nombreux, et frères ou non, ils n'étaient que des inconnus pour elle.

Toutefois, elle parvint à esquisser un sourire.

— Avec ce sourire, il n'y a plus le moindre doute, commenta le chef. C'est bien sa fille.

— Peut-être cessera-t-il enfin de broyer du noir, fit remarquer Ian Troisième.

— Certainement, mais avant, il aura étranglé Ian Premier pour l'avoir fait attendre, plaisanta Ian Dixième.

Ian Premier rougit jusqu'à la racine des cheveux pour avoir oublié les ordres, et se tourna vers l'un des cavaliers derrière lui, un homme brun avec une balafre sur la joue.

Kimberly eut un frisson d'appréhension. Il y avait peut-être là d'autres MacFearson, des cousins, ses cousins germains. Mais, alors qu'elle promenait un regard sur les hommes demeurés en retrait, elle n'en vit pas un seul qui fût suffisamment vieux pour être son père.

Soudain, le cavalier brun fit tourner bride à sa monture et s'élança au galop vers le pont-levis. Et si Ian MacFearson était derrière ces murailles ? Peut-être ne l'aimerait-il pas... D'après Cecil, cet homme avait séduit sa mère dans un simple désir de vengeance. Et pourtant, sa mère l'avait aimé. Cecil l'avait lui-même admis. Et si la douce Melissa avait éprouvé de l'amour pour ce Ian MacFearson, c'est qu'il cachait beaucoup de qualités...

Le cavalier revint et derrière lui surgit un véritable colosse, que sa cape de laine rendait plus impressionnant encore. Ses cheveux blonds et longs, striés de fils d'argent, tombaient sur ses épaules. Son visage donnait l'impression d'avoir été taillé à coups de serpe et, pourtant, il émanait de cet homme un charme qui aurait séduit plus d'une femme.

Ses yeux se posèrent sur Kimberly dès qu'il s'arrêta devant la porte d'entrée, et ne la quittèrent pas un instant tandis qu'ayant sauté à bas de son superbe alezan, il s'approchait. Un regard affûté, troublant, vert comme celui de la jeune femme, mais froid, éteint, comme si cet être n'avait plus aucune joie de vivre.

Les jeunes hommes s'écartèrent sur son passage pendant que Kimberly, impressionnée, se rapprochait de son mari. Yan glissa un bras protecteur autour de ses épaules. Elle n'était pas prête pour cette confrontation. Absolument pas prête...

Le géant s'immobilisa devant elle. Ian Mac-Fearson, la légende, le cauchemar des enfants... son père. Et elle recouvra son souffle en voyant l'expression hésitante qui passa soudain sur son visage. Il était aussi nerveux qu'elle, aussi peu sûr de lui, et cette découverte dissipa ses craintes.

Elle sourit.

— Bonjour, père.

51

Kimberly tendit à Ian un verre de vin chaud parfumé à la cannelle avant de le rejoindre sur le canapé du salon. Demain, elle aurait vraisemblablement le dos couvert de bleus à cause de l'accolade qu'il lui avait donnée tout à l'heure.

Elle n'en revenait pas encore. Jamais elle n'aurait imaginé qu'il la prendrait dans ses bras...

Yan s'était chargé de loger chacun des visiteurs et, tandis qu'il écumait le château en quête de nouvelles chambres, escorté par les fils Mac-Fearson, Kimberly put profiter de quelques instants d'intimité avec son père. Devait-elle s'en réjouir quand cela ne faisait pas une heure qu'ils s'étaient retrouvés et que l'embarras les pétrifiait tous les deux ? Toutefois, elle avait tant de questions à lui poser...

— Comment avez-vous su que j'étais ici ? demanda-t-elle timidement.

— J'ai reçu une lettre de Cecil Richards cette semaine. J'ai d'abord cru à une mauvaise plaisanterie. Il me disait que Melissa était morte.

Il ferma les paupières, comme si le souvenir de cette femme le torturait par-delà les années.

— Il prétendait ne plus vouloir considérer comme son enfant la fille de Melissa, poursuivit-il enfin en ouvrant les yeux.

— Ce n'est pas tout à fait exact. Tout du moins, il n'a pas pris cette décision volontairement. Ma mère est morte, il y a de cela plus d'un an, mais il a attendu le mois dernier pour m'avouer qu'il n'était pas mon père. Et encore, il n'avait nulle intention de le faire, mais il était sous l'emprise de l'alcool et les mots lui ont échappé. Puisque la vérité avait éclaté, j'imagine qu'il a cru bien faire en essayant de vous annoncer la nouvelle en premier.

— Je ne peux supporter l'idée que Melissa ne soit plus de ce monde, murmura Ian d'une voix douloureuse. Je n'avais pas renoncé à tout espoir de la revoir un jour...

Il enfouit son visage dans ses mains et quelques minutes s'écoulèrent avant qu'il ne reprît :

— Je suis désolé... Je ne parviens pas encore à accepter sa disparition.

— Cecil m'a pourtant raconté que vous aimiez Ellie et que vous n'aviez séduit ensuite ma mère que pour vous venger de lui.

L'Écossais s'empourpra sous l'effet de la colère.

— Quel fieffé menteur ! s'insurgea-t-il. Pourquoi raconter de telles inepties ? Pour cacher ses propres erreurs ? Si quelqu'un avait envie de prendre une revanche, c'était plutôt lui.

— Que s'est-il vraiment passé ?

— Il aimait Eleanor, il l'aimait profondément. Il était aveugle au point de ne pas se rendre compte quelle opportuniste elle était. Si elle avait accepté de l'épouser, c'est simplement parce qu'elle convoitait sa fortune et son titre de comte... La vérité, c'est qu'elle ne le supportait pas, et quelques jours avant le mariage, elle a finalement décidé que l'argent ne valait pas ce sacrifice.

— Elle a annulé le mariage ?

— Non, il lui avait donné de trop précieux présents qu'elle souhaitait par-dessus tout garder. Elle savait qu'il les lui réclamerait si elle ne l'épousait pas. Mais cela, je ne l'ai compris que bien plus tard. À l'époque, elle m'avait supplié en pleurant toutes les larmes de son corps de l'emmener et de la cacher en Écosse. Elle m'a raconté qu'ils avaient eu une terrible querelle et qu'il la battrait s'il la retrouvait. Je connaissais Cecil pour avoir un tempérament imprévisible. Elle pouvait dire vrai, en tout cas je l'ai crue.

— Il n'y avait jamais eu de querelle, n'est-ce pas ?

— Non, c'était juste un prétexte pour m'amadouer et me pousser à lui venir en aide. D'ailleurs, elle l'a elle-même admis en franchissant la frontière écossaise, se moquant de ma naïveté. J'aurais dû la planter là et retourner prévenir Cecil, lui offrir de la rechercher s'il était suffisamment stupide pour la désirer encore. Mais j'étais trop en colère, je voulais la ramener moi-même. Et voilà ma deuxième erreur.

— Pourquoi ?

— Parce qu'elle a refusé de me suivre et, quand j'ai insisté, elle s'est contentée de me rire au nez. Fouettant sa monture, elle a essayé de fuir dans la nuit. J'avais à peine commencé à la poursuivre que déjà je l'entendais hurler. Quand je l'ai rejointe, elle était morte, son cheval l'avait désarçonnée. C'est terrible à dire, mais j'étais plus attristé par la vue de cet animal blessé que par la disparition de cette intrigante.

— Cecil croyait que vous l'aimiez vous aussi, et que vous l'aviez enlevée. En tout cas, c'est ce qu'il m'a dit. Pourquoi l'aurait-il pensé ?

— Parce que je n'ai pas eu le cœur de lui avouer qu'elle l'avait quitté. Cela l'aurait définitivement détruit, et je voulais l'épargner. Je lui ai dit que je l'aimais et que j'avais bu assez pour croire qu'elle me suivrait. Je pensais qu'il valait mieux qu'il me haïsse, plutôt que d'apprendre ce qu'elle ressentait vraiment pour lui.

— C'était votre troisième erreur. Depuis il déteste tous les Écossais, et avec les années, il est devenu un homme rongé par l'amertume, un être sans pitié.

— Je suis heureux de l'entendre.

Kimberly ne cacha pas sa surprise.

— Vous semblez le haïr ! Alors pourquoi lui avez-vous dissimulé la perfidie d'Ellie ?

— C'était avant qu'il ne prenne sa revanche sur moi, à l'époque où j'étais encore son ami. Je me sentais coupable pour tout ce qui s'était passé.

La jeune femme fronça les sourcils.

— Je ne comprends plus rien. Cecil prétend que c'est vous qui vous êtes vengé de lui. Avez-vous séduit ma mère ?

— Non, je suis simplement tombé amoureux d'elle. J'aimais sincèrement Melissa, mais j'ignorais si j'avais une chance de conquérir son cœur. Elle était riche et je savais que ses parents voulaient qu'elle épouse un gentilhomme. Ma famille n'était pas à proprement parler pauvre, elle n'était toutefois pas de leur rang. Quand je découvris qu'elle m'aimait elle aussi, je fus l'homme le plus comblé de la terre.

— C'était avant qu'elle n'épouse Cecil?

— Oui, et avant qu'il ne demande sa main. Nous avions l'intention de nous enfuir. Nous gardions nos sentiments secrets, car nous savions que ses parents les désapprouveraient. Seul Cecil devina le lien qui nous unissait.

— Alors il a essayé de vous la voler?

— Il ne s'est pas contenté d'essayer, il a réussi.

— Mais comment?

— Un jour, il est venu me rendre visite. Il m'a dit qu'il comprenait ma fuite avec Eleanor, que personne n'aurait pu lui résister, et qu'il me pardonnait.

Kimberly écarquilla les yeux, incrédule.

— Cecil vous a dit qu'il vous pardonnait?

— Il mentait, bien sûr, mais à l'époque je l'ignorais. Il m'a confié que ma présence lui rappelait trop douloureusement ces mois de bonheur passés auprès d'Eleanor, et m'a supplié de m'éloigner quelques semaines, pour lui laisser le temps d'oublier. Je pouvais difficilement refuser. En effet, la culpabilité me rongeait. Je lui avais menti. Ce jour-là, j'aurais dû lui avouer la vérité — encore une erreur de ma part, bien que je doute qu'il eût accepté de me croire. Mais peut-être aurait-il fini par changer d'avis.

— Alors vous êtes parti?

— Oui, j'ai accepté de partir pendant un moment.

— Pourquoi n'avez-vous pas emmené Melissa alors ? Si vous aviez l'intention de vous enfuir avec elle...

— Elle était à Londres. La famille de votre mère avait organisé une grande réception pour son anniversaire. Et ce fut à Londres que je me rendis pour la retrouver. Chaque fois que j'essayais de la joindre, elle était sortie, ou indisposée. Je n'ai pas compris immédiatement que quelque chose clochait. Tous les jours, j'allais frapper chez elle, et tous les jours, je me faisais poliment éconduire.

— Elle ne voulait plus vous revoir ?

— En fait, elle ignorait que j'étais là. Personne ne l'avait prévenue. Par contre, son père lui avait dit qu'il était au courant de nos relations et qu'il m'avait éloigné en m'offrant une grosse somme d'argent. Bien sûr, elle n'eut d'autre choix que de le croire. Elle était bouleversée. J'ignore ce que Cecil a pu dire à cet homme, mais il a réussi à le persuader de lui offrir sa fille.

— Mon Dieu, son propre père...

— Ne le blâmez pas, Kimberly. Il a dû penser que Cecil voulait la protéger de moi. Dieu seul sait ce que ce dernier a bien pu lui raconter. Mais une chose est certaine : il nous a tous manipulés pour obtenir la femme que j'aimais.

Kimberly secoua tristement la tête.

— Alors ils se sont mariés à Londres, avant même que vous n'ayez pu lui dire la vérité ? demanda-t-elle, la gorge nouée.

— Non, le mariage a eu lieu à la campagne. Il m'a fallu plus d'une semaine pour réaliser qu'elle n'était plus à Londres. J'avais tellement envie de la voir, que malgré les exigences de Cecil, je suis retourné dans le Northumberland pour y apprendre par un proche voisin qu'il l'avait épousée quelques jours plus tôt.

— Pourquoi ne l'avez-vous pas enlevée ? Pourquoi l'avez-vous laissée auprès de cet homme ?

— Vous croyez que je n'ai pas essayé ? J'ai bien failli l'étrangler, quand elle a refusé de me suivre. Elle ne pouvait pas, elle était mariée à présent.

— Même en sachant que vous aviez tous deux été manipulés ?

— Melissa était un être d'une grande intégrité. L'erreur avait été commise. Elle avait juré de chérir son époux jusqu'à la fin de ses jours, pour le meilleur et pour le pire. Et même si elle m'aimait, jamais elle n'aurait bafoué ces règles.

Kimberly renversa la tête contre le dossier du canapé. Elle se rappelait certains détails de son enfance, depuis longtemps oubliés : sa mère qui quittait la pièce dès que ses grands-parents maternels leur rendaient visite, sans leur adresser la parole. Sa mère qui n'avait même pas assisté à leurs funérailles lorsque tous deux avaient péri dans un accident.

— Si cela peut apaiser votre peine, elle n'a jamais pardonné à ses parents, reprit-elle. À l'époque j'étais trop jeune pour comprendre pourquoi elle réagissait avec tant de froideur quand ils venaient nous voir. Aujourd'hui, je comprends mieux son attitude.

Ian lui prit la main et la serra dans la sienne.

Elle soupira.

— Ne vous a-t-elle jamais révélé la vérité à mon sujet ? questionna-t-elle.

— C'était encore trop tôt. Je ne pense pas

qu'elle se savait enceinte quand nous nous sommes parlé pour la dernière fois.

Le rouge monta aux joues de Kimberly. Il lui était difficile d'imaginer sa mère faisant l'amour hors des liens du mariage. Ce qui s'était passé pour Yan et elle des années plus tard...

— J'ai appris que vous vous étiez installé dans les Highlands, Ian... Mais n'êtes-vous jamais retourné dans le Northumberland ?

— Non, jamais. Je savais qu'en la revoyant je l'aurais enlevée de gré ou de force et elle m'en aurait voulu à jamais. Et si j'avais dû croiser Cecil sur mon chemin, je pense que je n'aurais pas hésité une seconde à le tuer. Non, j'ai préféré noyer mon chagrin dans le whisky, courir les femmes et...

Il haussa les épaules.

— Vous avez d'ailleurs découvert les résultats de cette vie dissolue.

Il avait dit cela d'un ton détaché, sans le moindre embarras. Seize bâtards, enfin, dix-sept... dont il semblait fort bien se débrouiller. Dire qu'on racontait qu'ils s'entre-tuaient pour le simple plaisir...

— Vos fils sont très bien.

— Je n'ai malheureusement pas un seul petit-fils, maugréa-t-il.

Elle le dévisagea.

— Vos fils ne sont pas encore mariés, n'est-ce pas ?

— Quel rapport cela a-t-il avec le mariage ? gronda-t-il.

C'est vrai ! Elle avait oublié qu'aux yeux de cet homme ce n'était pas une priorité. Elle se demanda si toutes les mères de ces jeunes hommes vivaient avec Ian, mais elle n'osa poser la question.

— Vous aimeriez avoir des petits-enfants ?

— Ce serait un plaisir de les voir courir autour de moi. Tu devrais t'en charger, Kimberly.

La jeune femme s'empourpra.

— Je viens juste de me marier, protesta-t-elle, embarrassée par les propos de son père et parce qu'il venait de la tutoyer.

« Je viens juste de me marier... » Ce n'était certainement pas une bonne excuse pour Ian Mac-Fearson !

Heureusement, il n'émit aucune remarque.

— Tu es heureuse avec ce MacGregor ?

— Je ne crois pas qu'il m'aime, mais nous nous entendons plutôt bien.

Pourquoi diable l'avait-elle révélé ? Déjà, son père fronçait les sourcils et l'interrogeait :

— Alors pourquoi l'as-tu épousé ?

Une question logique. Pour toute réponse, elle rougit de plus belle.

Yan entra à cet instant. À point nommé...

— Ainsi, vous n'aimez pas ma fille, Yan Mac-Gregor ? lança Ian d'un ton réprobateur.

Le visage de Kimberly était en feu. Comment avait-il pu dire une chose pareille ? Yan qui avait le sourire aux lèvres le perdit tout à coup.

— Si, bien sûr. Qui a dit que je ne l'aimais pas ?

— Kimberly.

Les prunelles émeraude de Yan se posèrent sur elle, emplies d'étonnement, puis de déception. Il soupira.

Soudain il se pencha vers elle et la hissa sur son épaule.

— Vous nous excuserez, Ian, mais j'ai des choses à expliquer à votre fille, comme la différence entre partager le lit d'une femme et lui faire l'amour. Apparemment, elle l'ignore encore !

— Comment avez-vous osé dire cela à mon père ? geignit Kimberly. Sale type !

Yan l'avait emportée dans leur chambre et l'avait couchée sur le lit. Il se penchait à présent au-dessus d'elle mais, s'il semblait amusé, la jeune femme ne le remarqua pas tout de suite, toute à sa colère.

— Comment avez-vous osé ? répéta-t-elle.

— Votre père est sans nul doute au fait de ces choses, Kim. Tous ces rejetons qu'il a semés derrière lui en témoignent. Je vous ai embarrassée, mais reconnaissez que vous l'aviez bien cherché. Si vous prétendez que vous ne m'avez jamais entendu dire que je vous aimais, je vous étrangle...

— Vous ne me l'avez jamais dit. Pas une seule fois. Je vous défie de m'affirmer le contraire.

— Le jour où nous sommes arrivés ici, je l'ai dit à Nessa et je sais que vous m'avez entendu. Mais ce n'est pas le plus important. Comment n'avez-vous pas pu remarquer combien je tenais à vous, ma chérie ? Chaque fois que je vous caressais, que je vous faisais l'amour... Êtes-vous totalement aveugle ?

Elle voulut protester, mais Yan la réduisit au silence d'un baiser impérieux. Et tout à coup, rien n'eut plus d'importance que cette étreinte délicieuse.

— Vous m'aimez ? chuchota-t-elle néanmoins quand quelques secondes plus tard, hors d'haleine, il s'écarta.

Il lui décocha un regard exaspéré.

— Vous voulez que je vous torde le cou, c'est cela ?

Elle sourit, sans mot dire, et noua les bras autour de sa nuque.

— Je sais que vous m'aimez, reprit-il. Comme moi, je vous aime... et cela pour toujours.

— Toujours? C'est trop long, Yan. Pourquoi pas, disons... cinquante ans, pour commencer?

— Non, jamais je ne me lasserai de vous...

52

— Seigneur, mais c'est totalement médiéval! Vous voyez, Megan?

La duchesse se pencha à la portière de la berline avant de se tourner vers son mari.

— Pour moi, cela ressemble à un château. Qu'espériez-vous donc trouver à Kregora?

— Ce n'est pas parce que cela s'appelle le château de Kregora, qu'il devait forcément y en avoir un...

— Généralement...

Devlin grimaça.

— Si je dois me baigner dans un baquet, je quitte cet endroit sur-le-champ.

Sa remarque fit sourire la duchesse.

— De grâce, cessez de vous plaindre, le gourmanda-t-elle gentiment. J'attends depuis si longtemps de pouvoir rendre visite à Kimberly. Vous n'allez quand même pas gâcher ce séjour par vos jérémiades.

— J'essaierai, maugréa-t-il.

Elle haussa un sourcil interrogateur.

— Très bien, jouez la forte tête, si cela vous chante. Mais je vous promets de révéler à Yan que les deux poulains que nous apportons pour la naissance de Melissa sont votre idée.

— Maudite femme !

Pour toute réponse, elle le gratifia d'un sourire mielleux. Après un instant, le duc s'esclaffa et se pencha vers elle pour déposer un baiser sur son front. Un baiser qui s'éternisa...

Ils s'embrassaient encore quand, quelques minutes plus tard, la voiture s'arrêta devant les portes du château. Et au grand dam de Devlin, ce fut Yan qui ouvrit la portière de la berline.

— Vous avez une belle promenade à faire le long du lac, si vous n'avez pas envie d'achever tout de suite votre voyage, déclara-t-il, moqueur.

Le duc et la duchesse s'écartèrent brusquement, Megan rougissant jusqu'à la racine des cheveux. Devlin jura entre ses dents avant de déclarer d'un ton cassant :

— Peut-être une autre fois, MacGregor. Pour l'instant, nous aimerions voir cette antiquité que vous appelez votre château.

— Je serai heureux de vous le faire visiter dès que vous serez installés. Depuis un an, nous avons entrepris de grands travaux de réfection que vous apprécierez.

Comme Megan fronçait les sourcils, Devlin vint à son aide :

— Je crois qu'il parle de son château, ma chérie.

— Je ne suis pas idiote, j'avais compris. Vous pouvez visiter le domaine si vous le souhaitez, Devlin. Pour ma part, je ne veux pas attendre plus longtemps pour voir Kimberly et sa fille. Dites-moi où je peux les trouver, ajouta-t-elle en se tournant vers Yan.

— Mes femmes tiennent séance dans le salon, avec la famille de Kimberly.

— Cecil est ici ? s'exclama Devlin. Seigneur ! Je sais maintenant que je ne resterai pas à Kregora longtemps.

Megan lui décocha un coup de coude avant de souffler d'un ton exaspéré :

— Il veut probablement faire allusion aux MacFearson, mon chéri. J'aurais pourtant juré vous en avoir parlé.

— Peut-être bien. Cela a dû me sortir de l'esprit.

Yan éclata de rire.

— Quand vous les aurez rencontrés, je peux vous assurer que vous ne serez pas près de les oublier !

Et il n'exagérait pas. Les MacFearson étaient des gens peu ordinaires. Lorsqu'ils étaient tous réunis dans une pièce, il ne se passait pas cinq minutes sans qu'ils viennent à se disputer. Kimberly avait toutefois un effet surprenant sur ses frères. Elle n'avait qu'à attirer leur attention pour les calmer.

Ils étaient tous aux petits soins avec Melissa, le bébé de Kimberly, à qui elle avait donné le nom de sa mère. La jeune femme avait écrit à Megan pour lui raconter l'histoire tragique de cet amour brisé par la méchanceté de Cecil. Sa petite Melissa connaîtrait le bonheur dont sa grand-mère, autrefois, avait été privée... La duchesse n'en doutait pas un instant. La fillette ne comptait pas moins de seize oncles. Elle promettait d'être gâtée...

— Avez-vous déjà vu une femme qui respire autant le bonheur que notre Kimberly ? chuchota Megan à l'oreille de Devlin, désignant cette dernière qui s'était approchée.

— Vous, peut-être ? répliqua le duc.

La duchesse réfléchit un instant avant de déclarer :

— Oui, je suppose que je fais partie des exceptions qui ont cette chance.

— Vous supposez seulement ?

— Oui. Je ne voudrais pas que vous cessiez de faire des efforts à mon endroit. Il m'en faut tellement pour être heureuse, comprenez-moi.

— Vraiment ? gronda-t-il en se penchant vers elle.

— Mais je vous rassure, Devlin : vous vous débrouillez à la perfection.

— Je vous avais dit que cela se passerait bien, commenta Kimberly en rejoignant Yan dans leur lit, ce soir-là. Admettez-le. Devlin et vous, vous vous êtes bien entendus aujourd'hui.

Il l'attira contre lui, profitant de ces quelques instants de tranquillité pour parler un peu, comme chaque nuit. C'était un rituel que tous deux savouraient.

— Il n'est pas aussi méchant que je le croyais, concéda Yan. Quand il fait un effort...

— Pour que Megan l'aime autant, il ne peut qu'avoir des qualités.

Kimberly grimaça, regrettant d'avoir évoqué Megan. Mais, tout compte fait, cela faisait si longtemps qu'elle souhaitait aborder ce sujet.

— Qu'est-ce qu'il y a, ma chérie ?

Elle ne put s'empêcher de sourire. Décidément, rien n'échappait à son époux. Il savait deviner ses pensées.

— Je me demandais juste... Je sais que vous m'aimez, mais...

Il la serra étroitement contre lui.

— De tout mon cœur, Kim.

— Avez-vous encore des sentiments pour la duchesse? s'enquit-elle.

Un instant il garda le silence et quand, enfin, elle leva un regard hésitant vers lui, elle vit qu'il souriait.

— Vous êtes plus têtue qu'une mule. Ne me dites pas que cela vous inquiète encore.

— Non... enfin... je...

Il secoua la tête.

— Ma chérie, même si j'ai un jour imaginé que je l'aimais, c'est vous qui avez volé mon cœur. Ce que je ressentais pour elle n'était qu'un rêve, car je ne la connaissais pas. J'étais subjugué par sa beauté, voilà tout. Vous, vous m'avez séduit autant par votre charme que par votre esprit. Quand l'admettrez-vous enfin?

— Quoi?

— Que je vous aimerai toujours. Une vie ne serait pas suffisante pour vous dire combien je tiens à vous. Je vous aime pour l'éternité.

Elle éclata d'un rire cristallin qui résonna dans la chambre, puis se jeta à son cou.

— D'accord, Yan MacGregor. Après cette vie-là, je suis prête à en passer une seconde avec vous.

4636

Composition Euronumérique
Achevé d'imprimer en Europe (Angleterre)
par Cox and Wyman à Reading
le 27 octobre 1997.
Dépôt légal octobre 1997. ISBN 2-290-04636-1

Éditions J'ai lu
84, rue de Grenelle, 75007 Paris
Diffusion France et étranger : Flammarion